# 삼두매

## 2
## 독도의 비밀

### 삼두매 2_독도의 비밀

초판 1쇄 인쇄 2013년 10월 3일
초판 1쇄 발행 2013년 10월 3일

| | |
|---|---|
| 지은이 | **최영찬** |
| 펴낸이 | **최영찬** |
| 펴낸곳 | **도서출판 활빈당** |
| 삽 화 | **정병권** |
| 디자인 | **프로그** |

| | |
|---|---|
| 주 소 | 경기도 김포시 한강 2로 362 중흥 S클래스 609-1502 |
| 전 화 | 031-985-3394 |
| 팩 스 | 031-985-3397 |
| 카 페 | http://cafe.naver.com/hbindang |
| 이메일 | spido33@naver.com |

ⓒ **최영찬**

ISBN 978-89-964459-6-8 04810
　　　978-89-964459-4-4 (세트)

잘못 만들어진 책은 바꿔드립니다. 무단 복제, 전재을 금합니다.
값 12,000원

# 삼두매

### ❷ 독도의 비밀

최영찬 지음

활빈당

─
작
가
의
말
─

    가깝고도 먼 나라. 어제까지 친밀했던 이웃이 주차문제로 얼굴을 붉히다가 말싸움이 되고 급기야 살인까지 벌어지는 동네의 비극처럼 동해의 작은 섬을 두고 한일간의 치열한 신경전이 벌어지고 있다. 예전에는 자주 왕래해서 친분을 쌓았던 한국과 일본이 어떻게 이런 사이가 되었는가. 너무나 가슴 아픈 일이다. 일제 35년이 한국인에게는 수치요 고통이었는데 오늘날 극우 일본인들은 자신들의 통치가 한국을 발전시켰다고 강변한다. 어린 소녀들을 강제로 납치하거나 속여 끌고 가서 유린한 행위를 매춘이라고 말하는 천인공노할 일본 정치인도 있다.

    예전의 일본은 무척 가난한 나라였다. 물산이 풍부하지 못한 척박한 땅에 지진이 땅을 가르고 쓰나미가 해변을 덮치면 태풍이 불어 그

남은 것마저 쓸어가 버린다. 그것도 부족한지 화산도 불을 뿜고 좁은 땅에 사는 인간들은 저마다 권력의 우두머리가 되겠다고 싸워 전란이 끊이지 않았다.

일본보다 좀 낫긴 했지만 끊임없는 외적의 침입으로 눈물이 마를 새가 없었던 것이 한민족이다. 그러나 형편이 어렵다고 해서 이웃 나라를 공격할 마음을 먹지 않은 착한 민족이기도 하다. 차라리 굶어 죽을망정 강도짓은 안 한 것이다.

고려말 왜구라는 이름으로 등장한 일본의 어민들은 힘들게 고기 잡는 것보다 해적질하는 것이 훨씬 짭짤한 수익을 얻을 수 있음을 발견한다. 오늘날 야쿠자가 일본에서 끈질긴 생명력을 보이는 것이 그때 학습된 유전자 때문일 것이다.

한반도도 왜구에 의한 피해가 많았지만 부유한 중국의 피해는 엄청났다. 살인과 방화에 식량과 재물은 약탈당하고 여자와 아이는 붙잡혀 인신매매되었다. 동북아를 공포에 몰아넣었던 왜구들의 활동에는 조선인이나 명나라 사람들도 약간 포함되었는데 이 사실을 두고 일본은 자신들이 주도한 강도짓을 한중일 합작인 것처럼 물타기한다. 일본의 침략정신과 역사 왜곡은 여기서 기원한다.

삼두매 제2편 독도의 비밀은 이런 배경에서 만들어진 팩션이다. 침략을 통해 영토를 확장하고 패자를 노예로 해서 부를 창출하는 것은 왜구의 전통을 고스란히 이은 것이다. 우리의 소녀들을 성노예로 만들고 청년들은 강제징용과 학도병으로 내몬 것도 정복자의 교만함으로, 피지배자를 폭력으로 다룬 것이다. 또 남경대학살에서 보여지듯 무자비한 살인과 강간 역시 위대한 천황군대가 저지른 잔학하고 야비한 만행이다.

일본의 지도자들은 이러한 추악한 사실을 후손이 알게 되는 것이 두려워 숨기거나 호도한다. 아니, 원자탄 불세례를 맞은 것으로 오히려 자신들이 피해자라고 강변한다. 한국, 중국 등 피해국이 지난 과거를 사과하라는 것이 일본이 또 그런 야만행위를 되풀이할까 걱정됨을 모르는 모양이다.

독도가 한국땅이라는 것은 수많은 자료가 증명해 준다. 여기서도 울릉도와 독도가 조선의 것임을 막부에 의해 공인받은 안용복이 등장한다. 수많은 문서와 고지도가 독도가 한국땅임을 밝히고 있지만 불타는 얼음이라는 新에너지(가스 하이드레이트)가 독도 밑에 있는 것을 알자 소유권을 주장한다.

거짓말도 반복적으로 자꾸하면 진실이 아닐까 의심하듯이 세계인을 상대로 사기를 치고 있는 것이 현재의 일본 극우 정치인이다. 그러나 이러한 망언과 망동에 대해 비판하는 양심적인 일본인도 많다. 나는 왜구 같은 일본놈보다 양심적이고 올바른 일본분들이 훨씬 많다고 본다. 이들이야말로 앞으로 동북아 평화와 발전을 이루는 주역이 될 것이다.

차례

1 침략의 조짐 —— 11
2 작은 전쟁 —— 38
3 의병을 일으키다 —— 62
4 섬을 빼앗기다 —— 84
5 모모타로의 속셈 —— 110
6 첩보전쟁 —— 133
7 개와 고양이 —— 161
8 대마도 잠행 —— 185
9 에도를 뒤엎다 —— 210
10 일본의 두 거물 —— 235
11 필사의 탈출 —— 261
12 섬을 되찾다 —— 284

─ 주요 등장인물 ─

*는 가공인물. 나머지는 모두 실존인물

**연잉군** | 숙종의 차남으로 무수리에게서 태어났다. 낮에는 한량으로 밤에는 삼두매 의적으로 활약한다. 일본 막부의 사주를 받은 해적이 울릉도와 독도를 점령하자 의병을 일으킨다.

**박문수** | 연잉군의 수하가 되어 일본 첩자를 잡는다. 침뜸을 잘하는 의원으로 변장하고 대마도와 오키섬, 에도를 드나들며 맹활약을 한다.

**안용복** | 스무 해 전 일개 노꾼으로 일본을 드나들며 울릉도와 독도가 조선의 것임을 막부에서 확약받는다. 현재는 연잉군의 궁방전에서 일하다가 암살을 모면하고 의병을 지휘한다.

**기무라 호쓰미*** | 조선에 잠입한 첩자. 이시하라의 밑에 있지만 실은 요시무네의 심복 부하로 연잉군과 요시무네를 연결하는 역할을 하고 있다.

**모모타로*** | 키비츠 신사의 궁사. 오모리에서 모모타로로 개명했다. 마나베 아키후사를 이용해 해적으로 하여금 울릉도와 독도를 점령하게 한다. 뒤에서 몰래 천황을 복권시키려는 음모의 중심이 된다.

**마나베 아키후사** | 쇼군의 측근으로 일본의 실세. 어린 쇼군이 병환에 있자 권력을 지키기 위해 해적을 사주해 울릉도와 독도를 점령하게 한다. 요시무네의 정적이다.

**이시하라*** | 오니와반슈의 첩자. 조선을 드나들며 첩보활동을 한다. 천황복권파와 양다리를 걸치고 있다.

**하나코*** | 이시하라의 처. 미모를 이용해서 조선에서 첩보활동을 한다.

**유리*** | 오키섬에 있는 키비츠 신사의 신녀. 요시무네의 부하로 박문수를 도와 밀서를 훔친다.

**하치에몬*** | 일본 해적의 두목. 모모타로의 주선으로 막부의 사면을 받고 울릉도와 독도를 점령한다.

**아메노모리 호오슈** | 대마도의 실세로 조선과 막부 사이에서 고민한다. 요시무네하고도 내통한다.

**도쿠가와 요시무네** | 일본 제8대 쇼군. 마나베 아키후사의 정적으로 연잉군과 손잡는다. 동양 삼국을 한데 묶어 평화 공존하려는 야심가

**이봉상** | 이순신 장군의 후손으로 중군(中軍). 의병과 함께 울릉도, 독도를 탈환하려고 한다.

**구당선생*** | 왜역 출신으로 짐과 뜀의 달인.

**요시무라*** | 오니와반슈의 첩자. 국내 담당. 이시하라의 친구이지만 그를 죽이게 된다.

일본에게 빼앗긴 섬을 되찾는 왕자 이야기

# 1

# 침략의 조짐


 넓고 넓은 바다에 우뚝 솟은 두 개의 작은 섬이 활활 불타고 있었다. 불 속에서 신복(神服)을 입은 중년 남자의 커다란 얼굴이 튀어나오더니 뭐라고 호통을 쳤다. 연잉군이 잔뜩 위축되어 몸을 벌벌 떨었다. 누군가 흔들어 간신히 깨어나니 온몸이 땀투성이였다.
 "나으리! 괜찮으십니까?"
 윗목에서 얕은 잠을 자던 메뚜기 김광택이 머리맡에서 조심스럽게 묻는다.
 "가위에 눌렸다. 오늘 국사당에서 굿이 있다니 이런 꿈을 꾸나 보다."
 자리에서 일어난 연잉군은 심란해서 아침 식사도 거르고 나라굿이 벌어지는 국사당으로 갔다.
 덩덩 덩더꿍

독갑이라고 이름을 바꾼 매화가 마당에서 굿을 했다. 병풍 뒤에서 연잉군이 자기를 보고 있는지 모르는 그녀는 신명나게 춤을 추다 갑자기 멈추더니 허공을 응시했다. 그것을 바라보는 무당들은 숨을 죽였다. 촛불이 탁탁 소리를 내며 타들어 갔다.

독갑이 몸을 부르르 떨더니 소리쳤다.

"섬이 보인다! 섬이."

그녀의 목소리가 빨라지고 거칠어졌다.

"두 개의 작은 섬이 나란히 있고 주위에 시커멓고 하얀 돌들이 잔뜩 떠있다!"

독갑의 눈에서 허옇게 흰자위만 남자 무당들은 바짝 긴장했다.

"불이 붙는다! 섬이 불타고 있다. 이상한 옷을 입은 남자가 바위 위

에서 신을 부른다!"

거칠고 탁한 남자 목소리로 바뀌더니 뭐라고 소리쳤다. 그러나 거기에 모여앉은 무당들 누구도 그 말을 알아듣지 못했다. 병풍 뒤의 연잉군과 메뚜기만 그 말을 알아들었다.

"덴노 헤이까?"

독갑이 뭐라고 몇 마디 더 하다가 털썩 주저앉으면서 굿을 끝냈다. 몸주인 장희빈이 그만하겠다고 앙탈을 부렸기 때문이다. 굿이 중단되자 용화부인이 연잉군을 자기 방으로 데려가 묻는다.

"덴노 헤이까가 무슨 말입니까?"

"막부의 쇼군이 통치하기 전에 일본을 다스리던 천황을 말하는데 지금은 허울만 남아있습니다."

"일본은 왕이 두 명인가 보군요. 천황과 연관이 있는지 모르겠는데……새벽에 하느님께 기도했더니 제게 말씀하시기를 독도 바로 밑에 보물이 묻혀 있다고 하셨습니다."

"아, 그럼 독도 밑에 보물을 실은 해적선이 침몰 되어 있나 보군요."

연잉군은 노략질한 보물을 잔뜩 실은 해적의 배가 침몰 되어 있는 것으로 단정했다. 그러나 용화부인은 고개를 가로젓는다.

"아닙니다. 그 밑에는 불을 일으키는 얼음이 있습니다."

용화부인은 자신이 계시받은 것을 말하기 시작했다.

"독도가 눈에 보였습니다. 그리고 그 위로 얼음덩어리가 두둥실 떴는데 신복을 입은 사내가 불을 붙이자 독도가 불타오르기 시작했습니다."

"저도 오늘 새벽에 같은 꿈을 꾸었습니다. 그러면 일본이 노리는 것이 독도인지도……"

갑자기 밖이 소란스러웠다. 독갑이 몸주인 희빈 장씨와 입씨름을 하고 있었다.

"희빈마마. 왜 중단하시는 거예요? 이건 중요한 나라 굿이란 말이에요."

독갑에 실린 장희빈의 혼령이 입이 한 발이나 나와 툴툴거렸다.

"싫어! 꼴 보기 싫은 놈이 여기 와 있거든."

"그게 무슨 소리예요?"

독갑의 입에서 색깔이 다른 두 목소리가 번갈아 흘러나왔다. 하나는 물론 독갑의 목소리이지만 또 하나는 몸주인 장희빈이다.

"내가 싫어하는 인간을 왜 불러들이는 거야? 몰래 부르면 내가 모를 줄 알고? 싫다 싫어. 정말 싫어!"

머리와 팔다리를 마구 흔들자 독갑이 소리쳤다.

"마마, 왜 이러세요? 마마가 그렇게 몸을 함부로 하면 내가 끙끙 앓는다고요."

"흥! 너는 몸만 아프지 나는 가슴 속이 숯덩이가 된다, 숯덩이."

"도대체 누가 왔다는 말이에요?"

"누군 누구야, 연잉군이지."

장희빈이 입을 삐죽거리며 대꾸하자 독갑이 얼른 고개를 돌려 용화 부인의 방을 쳐다보았다.

"어, 어. 난 그 녀석 꼴도 보기 싫다는 말이야!"

독갑은 장희빈의 말은 들은 척도 안 하고 맨발로 달려왔다. 메뚜기가 칼이 든 보자기를 품고 있다가 독갑이 달려오는 걸 보자 날쌔게 보자기 안에서 칼을 뽑아들었다.

"나으리, 나으리!"

메뚜기가 칼을 들어 위협해도 독갑은 아랑곳하지 않고 애타게 연잉군을 불렀다. 그러나 왕자는 재빨리 몸을 감춘 뒤였다.

"나으리, 나으리. 매화입니다. 어서 나와 보세요!"

독갑이 소리를 지르며, 가로막는 메뚜기를 손으로 밀쳐냈다.

"나으리, 연잉군 나으리. 매화, 매화입니다. 나으리."

용화부인이 노여운 표정을 지으며 모습을 드러냈다.

"독갑아, 이게 무슨 짓이냐?"

"연잉군이 어디 계시죠?"

"귀하신 분의 성함을 함부로 입에 올리다니…… 괘씸하구나."

"어머니, 제발."

독갑이 울면서 연잉군을 만나게 해달라고 애원했지만, 신어미인 용화부인은 냉담했다.

"어디 그분이 계시더냐?"

낙심한 독갑의 입이 씰룩거리며 울음이 터져 나오려는 찰나 갑자기 입을 딱 벌리고 웃었다. 호호호.

울려고 하려다 크게 웃는 것을 본 사람들이 수군거리는데 장희빈의 목소리로 바뀌었다.

"멍청아, 연잉군은 박수 무당 틈에 숨어 있다가 빠져나갔어. 도망쳤다고."

 독갑이 휘휘 둘러보니 칼을 빼들고 자신의 앞을 가로막았던 메뚜기도 보이지 않는다. 독갑은 털썩 주저앉아 엉엉 울기 시작했다.
 국사당을 뛰쳐나온 연잉군은 숨을 헐떡이며 말 등에 올라탔다. 메뚜기가 자기 말 위에 올라타자 연잉군이 말했다.
 "메뚝아! 함부로 여자를 가까이 마라. 이것이 한순간의 욕정을 못 이긴 대가다. 이럇!"
 두 마리의 말이 돈의문(서대문)을 향해 달리기 시작했다.


 일본 사신들은 조정에 들어가 임금을 알현하고 나가사키에 드나드는 청국 상인들의 말을 전했다. 일본을 통해 잘못 입수된 국제정세로 몇 번 낭패를 보았기에 사신들의 말에 시큰둥했다. 그러나 임금은 일본이 조선에 쌀을 주겠다는 제안에는 비상한 관심을 보였다. 최근 일본의 경제가 조선을 앞지르고 있다는 것과 넘치는 쌀로 가격이 하락했다는 것을 알고 있었다. 그래서 관례를 깨고 일본 사신들을 도성으로 부른 것이다.
 "고마운 일이오. 쌀을 그냥 주겠다는 것은 아닐 것이고 무엇을 원하는가? 대장경인가?"
 예로부터 일본이 가장 원하는 물품은 팔만대장경 인쇄본이었다. 불교 신자가 많은 일본이라 그것을 원하는 사신이 많았다. 그러나 이번엔 달랐다. 동해의 섬 두 개를 달라는 말에 임금은 깜짝 놀랐다.
 "무엇이? 우리 조선의 영토를 내달라고?"

분노로 부르르 떠는 임금의 얼굴을 보고 사신은 두려워하며 황급히 자리를 물러 나왔다.

이에 노론은 어차피 쓸모없는 작은 섬이니 이웃인 일본과 교린을 위해서라도 쌀과 바꿔야 한다고 주장했고 소론은 극력 반대했다. 처음에는 소론도 쌀을 준다는 말에 솔깃했으나 노론이 바꾸자고 하니까 삽시간에 당론이 바뀐 것이다. 옳고 그른 것을 따지기 전에 상대 당파의 말은 무조건 반대하는 것이 조선의 당쟁이었다.

일본이 바라던 대로 되었다. 국론이 둘로 갈려 나라가 혼란하기를 기다려 이익을 얻자는 계략이 들어맞은 것이다. 노론과 소론의 의견이 갈려 조정이 시끄러울 때 한 장의 상소가 날아들었다.

"안용복? 이 자가 아직 살아있다는 말인가?"

뜻밖의 상소에 조정이 술렁거렸다. 안용복은 자신이 이십 년 전 목숨을 걸고 일본을 드나들며 두 개의 섬이 조선의 것이라는 것을 확약 받은 경위를 적어놓았다. 그리고는 한 치의 땅도 일본에 넘겨서는 안 된다고 주장했다. 조정에서 일본 사신들을 다시 불러 안용복의 상소문을 보여주자 이들은 몹시 놀랐다.

"이 자가 살아 있다는 말인가?"

조선에서 활약한 첩자 두목 이시하라가 안용복을 죽였다고 하지 않았던가. 장례를 치르는 것도 보았다고 했다. 사신들은 그 말을 철석같이 믿고 상소분이 조작이라고 수장했다. 더 나아가 막부에서 울릉도와 독도가 조선의 것이라고 확약한 외교문서를 내놓으라고 요구했다. 승문원이 불에 타서 문서가 없어졌다는 것을 알기에 대담하게 나온 것이다.

　이렇게 일본 사신들이 강경하게 나오자 조정은 어쩔 줄 몰라 했다. 이들의 주장을 뭉개버릴 증거품이 없어졌기 때문이다. 일본 사신들의 주장은 왜곡되어 도성 안에 빠르게 퍼졌다.

　'왜인들이 울릉도와 독도는 원래 자기 것인데 조선이 빼앗아 갔으니 돌려달라고 한다.'

　'이번에 돌려주지 않으면 임진년의 난이 다시 벌어질 것이라고 임금님을 협박했다.'

　'조정의 대신 중에 일본 편을 드는 매국노가 있다. 바로 노론이다.'

　발 없는 말이 천 리 간다고 순식간에 퍼진 이 말에 도성 안의 백성이 동요하기 시작했다.

　여론이 그리하자 소론의 움직임도 빨라져서 상소문이 빗발쳤다. 소론과 한통속인 남인이 집권할 때 천민 안용복이 단신으로 일본을 드나들며 두 개의 섬을 되찾았음을 특히 강조했다. 상소문을 읽어본 임금은 크게 화를 냈다. 그 때문에 노론은 연판장 때문에 코가 꿰었지만, 감히 일본을 편들지 못했다.

　연잉군의 촉각이 일본 사신에 가 있는 동안 박문수는 기무라와 며칠에 한 번씩 술판을 벌이며 일본 사신들의 속셈을 알아내는 한편 첩자 화공들이 그린 에도와 대마도의 풍경화를 사들이는 중이었다.

　일본 사신의 사주에 따라 두 개의 섬과 쌀을 바꿔 굶주린 백성을 구한다는 명분을 내세웠던 노론은 난감했다. 모의 끝에 두 개의 섬을 빌려주자는 쪽으로 방향을 틀었다. 이것 역시 남별궁에 머물고 있는 일본 사신들과 비밀리에 서신 교환을 통해 확정한 제안이었다.

"빌려준다, 어차피 우리가 살고 있지 않으니 빌려준다 이건가. 그 대가로 쌀을 받고?"

몇 해 동안 끔찍한 흉년을 겪은바 있는 무당파 관료들은 흉년이 들 것을 예감하고 그쪽에 관심을 보였다. 섬을 팔 수는 없어도 빌려줄 수는 있다고 말했다. 백성 일부도 일조량이 적어 벼가 자라지 못하자 노론의 주장에 고개를 끄덕였다. 반면에 야당인 소론과 재야세력인 남인은 이십 년 전 결정 난 사항을 다시 들추는 일본 조정의 저의를 비난했다.

"울릉도와 독도를 빌려주면 조선에 출몰하는 해적을 완전소탕해주겠소."

일본 사신들은 또다시 이런 내용을 연락책인 남별궁 숙수를 통해 김춘택에게 전달했다. 해적을 막아주겠다는 말에 조정은 귀가 솔깃해서 노론의 주장에 동의하기 시작했다. 그렇지만 해적출몰이 일본 사신 행보와 맥을 같이 한다고 의심한 소론에서는 적극 반대를 했다.

"이거 큰일이오. 주상께서는 화내시고 소론은 저 난리를 피우고 일본 사신들은 그 연판장을 주상께 바치겠다고 협박을 하니……"

김춘택은 회합한 노론의 대신들에게 위기상황을 설명했다. 모두 겁을 먹고 한마디씩 하다가 최후의 수단으로 연잉군에게 의논해보자고 했다. 연잉군을 임금이 총애하니 말을 잘하면 상황을 바꿀 수 있을 것으로 판단한 것이다.

결정이 나자 춘택이 노론을 대표해서 창의궁을 찾았다.

"솔직히 말해 보시오. 왜 일본 사신들에게 꼼짝 못하는 거요?"

김춘택에게 연잉군이 따져 묻자 그는 할 수 없이 노론 인사들이 자필로 서명한 연판장의 비밀을 실토했다. 그 연판장에는 서장미의 아버지 서종제의 이름과 서명도 들어 있다고 말했다. 연잉군이 발끈했다.

"이런 고약한 일이 있나. 내게 맡기시오."

"그럼, 주상께……"

"아니요. 내가 남별궁에 가겠소."

깜짝 놀라서 만류하는 김춘택의 손을 뿌리치고 연잉군은 박문수와 함께 남별궁에 갔다.

연잉군이 자기 신분을 밝히고는 일본 사신들 앞에 앉았다.

"내게 그 연판장이라는 걸 보여주시오. 그 문서가 사실이면 내가 울릉도와 독도를 일본에 넘기도록 주상 전하를 설득해 보겠소."

노론이 세자를 폐출하고 연잉군으로 다음 보위를 잇게 하려 한다는 것을 아는 일본 사신은 얼른 연판장을 내밀었다. 그것을 받아 든 박문수가 꼼꼼히 살펴보더니 연잉군의 귀에 뭐라고 속삭였다. 그러자 연잉군이 책상을 치며 소리쳤다.

"이 연판장은 가짜요. 이 종이는 일본 종이로 십 년 전에는 이 땅에서 구경도 못하던 것이요. 어찌 날 속이려고 하시오. 글씨도 모사가 아니오?"

일본 사신들의 얼굴이 백지장이 되었다. 뭐라고 몇 마디 강변했지만, 문서를 감정하는 데는 귀신인 박문수가 아닌가. 종이와 글자체를 가지고 위조된 것임을 조리 있게 따지자 사신은 할 수 없이 진실을 고백했다.

"실은……진본은 막부에서 보관하고 있습니다."

거짓 연판장임이 밝혀지자 일본 사신들은 꼬리를 내렸다.

"이것을 진본이라고 우기더니 이제는 진본이 막부에 있다고…… 누가 믿을 것 같소? 그리고 승문원의 방화로 귀국과의 교린문서가 타버렸다고 하지만 실록과 승정원일기에 그때 일이 상세히 적혀 있소. 엄연히 기록이 남아 있는데 어찌 거짓말을 하오. 혹시 승문원의 방화가 귀국의 첩자 짓 아니요?"

연잉군이 엄하게 추궁하자 일본 사신들의 얼굴이 새파랗게 질렸다. 개중에는 손을 벌벌 떠는 자도 있었다. 연잉군이 자리에서 벌떡 일어나며 소리쳤다.

"내가 조선의 왕자로서 한마디 하려 하니 귀국으로 돌아가서 막부의 쇼군에게 전하시오. 임진년의 난을 다시 일으키려 한다면 주상 전하와 조정 신료, 온 백성이 하나가 되어 일본을 쳐들어가 복수를 할 것이라고."

"네에?"

뜻하지 않은 말에 일본 사신들은 오금이 저려 자리를 박차고 나가는 연잉군에게 인사도 하지 못했다.


육조거리 앞은 몹시 시끄러웠다. 격쟁이 있었기 때문이다.

깨갱 깨갱

요란하게 꽹과리를 울리는 사람은 듬직한 체구에 머리가 허연 노인이었다.

임금님 행차에서나 울리는 격쟁이 육조거리에서 울려 퍼지자 관아의 벼슬아치들과 행인들이 우르르 몰려들었다.

깨갱 깨갱

"내가 안용복이오! 내가 안용복이오!"

우렁찬 목소리로 자기 이름을 밝히는 노인을 보고 젊은 사람들은 의아해하고, 나이 먹은 이들은 그 이름을 머릿속에서 더듬었다.

"이십 년 전 왜놈들이 울릉도와 독도를 훔쳐가려고 할 때 홀몸으로 일본으로 건너가 되찾아온 안용복이오. 막부를 굴복시킨 안용복이란 말이오!"

안용복이 자기를 소개하자 그제서야 사람들은 그를 알아보았다. 나이 먹은 서리 한 명이 크게 소리쳤다.

"이보시오들! 여기 우리 땅을 지킨 안용복 장군이 돌아왔소. 그런데 왜인들이 그 섬을 자기 것이라 우기니 가소로운 일이 아니오?"

하하하

안용복과 함께 모인 사람들이 모두 웃어젖혔다.

"우리 이러지 말고 남별궁으로 갑시다!"

"옳소. 거기 가서 왜인들에게 따집시다."

건장한 청년이 안용복의 가랑이에 목을 들이밀고 목말을 태웠다. 몇 명이 선동하자 금세 사람들이 떼로 모였다. 숫자가 점점 늘어나자 군중심리에 도취한 사람들이 주먹을 불끈 쥐고 안용복의 뒤를 따랐다. 포도청 복색을 입은 포졸들이 이들을 보았지만, 감히 나서서 말리지 못했다.

깽깽 깽깽

젊은 청년 하나가 꽹과리를 들고 맨 앞에서 치고 바로 그 뒤에 목말을 탄 안용복과 군중들이 남별궁을 향해 몰려갔다. 구름처럼 몰려오는 수많은 백성을 본 남별궁 수직 보졸들이 막아보려고 했지만, 오히려 청년들에게 따귀만 맞았다.

"이놈아, 너는 어느 나라 백성이냐?"

군중은 일본 사신은 어서 나오라고 소리쳤다. 느닷없는 큰 소리에 밖으로 눈을 돌린 왜역 한 명이 사태를 파악하고는 얼른 안으로 들어갔다. 안용복을 데리고 와서 시위하고 있다는 말을 전하자 일본 사신들은 당황해서 어쩔 줄 몰랐다. 이시하라는 안용복을 죽이고 시체까지 확인했다고 분명히 말했는데 귀신이 아니고서야 어떻게 남별궁 앞에 나타날 수 있다는 말인가.

"막아라, 막아! 저놈들이 들어오면 우리는 맞아 죽는다."

우두머리 사신의 말에 따라 남별궁의 문은 굳게 닫혔다. 연락을 받은 군인들이 몰려와 해산시킬 때까지 일본 사신들은 겁에 질려 있었다. 강제해산을 당하게 되자 안용복이 일본어로 크게 소리쳤다.

"일본 사신들은 듣거라! 너희는 울릉도까지 와서 내 가족을 몰살하고 나까지 죽이려 했지만, 하늘이 울릉도와 독도를 지키는 사자가 되라고 내 목숨을 살려 두었다. 그러니 어서 일본으로 돌아가서 쇼군과 마나베 아키후사에게 헛된 욕심 부리지 말라고 전해라!"

안용복의 외침에 일본 사신들은 잔뜩 위축되었지만 아무 소득 없이 떠날 수는 없었다. 일을 그르치면 여기서 죽으나 거기서 죽으나 마찬가지다. 막부의 권력자 마나베 아키후사는 일을 성사시키지 못하면 대일본인답게 모두 그 자리에서 할복하라고 명령했기 때문이다.

난처해진 것은 노론들이었다. 그중에서도 재정을 담당하는 김춘택의 고민이 컸다. 연락책을 통해 계속 압력이 들어 왔기 때문이다.

'당신들이 왜역들에게서 받은 돈의 상당액은 일본 막부에서 나온 돈이야.'

'지금 가지고 있는 연판장은 복사본이지만 막부에서 보관한 원본을 조선 임금이 보면 어떻게 처리할까?'

이렇게 압박을 가해오는 것이었다.

노론들은 이 문제로 해서 김춘택의 집에 매일 모여 살다시피 했다. 뾰족한 수가 없자 연잉군을 통해 임금을 설득해보자고 하는 의견이 나왔지만 몇몇 대신이 반대했다.

"연잉군이 일본 사신들의 입을 막긴 했지만, 우리가 그이에게 끌려가는 것은 바람직하지 않습니다."

"그렇습니다. 서종제를 풀어달라고 계속 조르지 않았습니까?"

대부분의 노론 대신들은 연잉군이 자신들의 세력권 안으로 들어오는 것을 꺼렸다. 연잉군은 다음 보위에 올라 노론가문과 그들의 이념인 주자학을 고수하는 도구로서만 필요할 뿐이다.

노론의 대신들은 모두 김춘택의 입을 주시했다. 일본 사신의 요구를 거절하면 정말 진본을 가져와 협박할 것이고, 거기에 굴복해 일본 편을 들면 소론이 가만있지 않을 것이다.

"방법이 한 가지 있습니다."

춘택은 여기까지 말하고 좌중의 눈치를 살폈다. 노대신이 가래 끓는 소리로 묻는다.

"그 방법이 뭔가?"

"연잉군입니다."

"연잉군? 그 사람은 끌어들이지 말자고 결론 내지 않았나."

"위협을 하자는 것입니다. 우리 요구를 들어주지 않으면 패를 버리겠다고 하는 겁니다."

"패를 버린다? 우리가 필요해서 연잉군을 옹립하는 것인데 버린다면 우리만 낭패 아닌가?"

"숙빈 최씨가 있지 않습니까. 세자가 보위를 잇게 되면 제일 먼저 목숨을 잃게 될 사람이 누구일까요? 연산군은 자신의 생모를 죽게 한 후궁을 그 자식들이 때려 죽게 했습니다. 우리가 연잉군을 버리면 모자는 꼼짝없이 죽게 되는 겁니다."

김춘택의 말에 모두 고개를 끄덕였다. 지금 연잉군을 버리면 노론도 상처를 입지만 모자의 생명도 가늠할 수 없다. 왕의 자리를 놔두고 경쟁을 벌인 왕족이 무사한 예가 없었기 때문이다.

더군다나 세자의 생모인 장희빈을 죽이는데 숙빈 최씨의 역할이 결정적이지 않았던가. 세자가 지금은 갓 시집온 새색시처럼 얌전히 있지만, 보위에 오르면 앙칼진 시어미가 되어 손톱으로 매섭게 할퀼 것이다.

"그러면 누가 대표로 이 말을 전할 건가?"

노대신은 고양이 목에 방울 다는 일을 하고 싶지 않았다. 나중에 판이 뒤집혀 세자 대신 연잉군이 임금이 되면 그 무례함을 따질 것이 분명하기 때문이다. 앞장서고 싶지 않은 것은 김춘택도 마찬가지다.

"사발통문을 쓰는 겁니다."

"사발통문?"

사발통문이란 어떤 내용을 쓰고 그 밑에 사발을 놓고 빙 둘러가며 서명을 하는 것이다. 그러면 누가 주모자인지 모르게 된다.

"좋네. 그럼 연잉군을 압박할 문장을 만들어보세."

노론의 대신들은 머리를 맞대고 문장을 만들기 시작했다.

하룻밤 사이에 만들어진 사발통문이 김덕재에 의해 연잉군에게 전달되자 창의궁이 발칵 뒤집어졌다.

"박 서기님, 나으리가 부르오."

문수는 한참 나이 어린 김광택의 무뚝뚝한 어투가 귀에 거슬렸다. 밖으로 나가보니 메뚜기가 마당에 우두커니 서 있었다.

"무슨 일인가?"

"부호군이 보낸 편지를 보고 나으리가 몹시 화가 나셨소."

좀처럼 화를 내지 않는 연잉군이 화를 냈다는 말에 문수는 바짝 긴장해서 사랑채로 갔다.

가보니 연잉군이 마당에 나와 서성거리고 있었다. 입을 꼭 다문것이 잔뜩 화가 난 표정이었다.

"나으리, 무슨 일이 생겼습니까?"

문수가 조심스럽게 묻자 연잉군이 손에 쥐어 구겨진 편지를 건네주었다.

"이런, 이런. 이건 협박장이 아닙니까?"

사발을 대고 노론의 대신들과 그 일당이 빙 둘러가며 서명을 한 편지의 내용은 박문수가 보아도 부아가 치미는 것이었다. 그중에서도 화가 나는 것은 숙빈 최씨의 안위에 관한 것으로 연산군 때 아들에 의해 맞아 죽은 엄귀인에 비유했기 때문이다.

"어쩌시렵니까?"

"어쩌긴. 이참에 노론들과 손을 끊어야겠어. 그리고서 이놈들 썩은 기둥을 뿌리째 뽑을 거야."

문수는 분해서 씩씩거리는 연잉군을 달래며 안으로 들어가 이런저런 말로 분노를 삭여주었다. 겨우 마음을 진정한 연잉군이 문수와 함께 대안을 짜내다가 결국 의견이 일치되어 노론의 요구대로 임금에게 올리는 글을 쓰기 시작했다. 메뚜기는 명령을 받고 노론과 일본 사신의 연락을 맡은 숙수를 잡으러 갔다.

한편 연잉군에게 사발통문을 보낸 노론이 다시 김춘택의 집에서 회합했다. 비가 쏟아졌지만 사세가 불리하니 비를 뚫고 모인 것이다. 춘택은 꼬깃꼬깃 접었던 흔적이 남은 종이를 꺼내 들었다. 연락책인 남별궁 숙수가 보낸 것이다.

"울릉도가 안 된다면 독도라도 양도해 달라고 합니다."

"독도? 쓸모없는 그 섬 말인가?"

"그러면 애당초 그 섬을 달라고 할 것이지. 그러면 그냥 줄 수도 있는 게 아닌가? 쯧쯧."

일본 사신의 새로운 제안에 어떻게 처신해야 할지, 독도를 주면 연판장을 돌려받을 수 있는지 갑론을박하는데 불덩어리 하나가 창문을 뚫고 들어왔다.

"불화살이닷!"

비가 쏟아지는 가운데 불이 붙은 화살이 연이어 세 발이 날아 들어오자 노론 대신들은 어쩔 줄 모르고 방바닥에 바짝 엎드렸다. 이때 밖에서 우레 같은 함성이 들려왔다.

"이 매국노들아! 나는 삼두매이다. 너희가 동해에 있는 두 개의 섬을 왜인에게 팔아넘기면 불화살로 구이를 해 먹겠다. 알겠느냐?"

이 소리와 함께 말발굽 소리가 요란하게 들려왔다. 삼두매는 말을 타고 빗길을 뚫고 북촌의 길목을 헤집고 다니며 노론 당파가 나라 땅을 팔아먹는다고 크게 소리쳤다. 말발굽 소리가 멀어지자 대신들은 방문에 붙은 불을 끄기에 바빴다.

일본 사신들은 연락책인 남별궁 숙수가 시체가 되어 청계천에 버려지고 격노한 임금이 마지막 제안을 거부하자 죽어도 일본에서 죽자고 도성을 떠나기로 했다.

일본 사신들의 참패는 곧 파발에 의해 동래부에 전해졌다. 동래부사는 책임을 면한 것 같자 안도의 한숨을 내쉬었다. 그러나 소식을 전해 들은 왜관의 관수는 불안에 떨며 사태를 주시했다. 연락을 위해 대마도를 오가는 배편이 대폭 증가했다.

대마도에 머물고 있던 하나코(花子)는 첩자가 보낸 보고에 급히 동래로 건너왔다. 안용복이 살아 있다는 것은 남편 이시하라의 치명적인 실수였기 때문이다. 동래부의 관원이 대마도에서 오는 배 안을 샅샅이 뒤졌지만, 이중 덮개의 판자 안에 숨은 하나코를 발견하지 못했다.

수염을 다는 일은 아주 귀찮은 일이었다. 그러나 하나코는 변장만이 동래부에 득실거리는 포교들의 눈을 피할 수 있다고 판단했다. 조선은 초행길이지만 남편인 이시하라가 평소에 엄격하게 교육시켰기 때문에 동래부에서 암약하는 고정첩자와 무사히 접선했다.

그녀는 도성까지 걸어서는 보름 정도 걸리는 길을 단축하기 위해서 전령으로 신분을 속이고 부하와 함께 말을 세내어 질주했다.

동래를 떠난 지 나흘 만에 도성에 도착한 하나코는 초주검이 되어 있었다. 간신히 몸을 추슬러 첩자들이 은신한 집을 찾아갔다.

하나코가 도착했을 때 두 명의 화공첩자는 약과를 비롯한 군것질을 잔뜩 쌓아놓고 에도의 풍경화를 그리고 있었다.

이시하라가 임시 두목으로 위임한 기무라는 외출해 돌아오지 않고 있었다.

"나는 너희를 지휘하려고 온 하나코다."

새로운 두목의 출현에 화공들은 그림을 치우고 바짝 긴장했다. 그녀는 전령의 옷을 벗고 여자 옷으로 갈아입었다.

"나 좀 보자."

하나코는 건넛방에서 화공을 따로 불러 그동안의 활동과 동태에 대해 자세하게 보고를 들었다.

이런 사실을 모르는 기무라는 잔뜩 취해서 밤늦게 돌아왔다.

"여보게들, 오늘은 삶은 닭을 사 가지고 왔네. 동동주도 가져왔으니 한 잔씩 하세."

큰소리를 치며 들어왔지만 아무런 대답이 없자 살며시 방문을 열다 무릎을 꿇고 있는 화공들을 보았다. 그리고 문서를 읽고 있는 하나코와 눈이 딱 마주쳤다.

"누구?"

게슴츠레한 눈으로 바라본 기무라는 낯선 여자가 새로운 두목이라는 것을 미처 깨닫지 못하고 있었다. 눈치를 보던 첩자 화공이 조심스럽게 입을 연다.

"기무라상, 하나코 두목님이셔."

그 말에 기무라는 손에 든 닭을 바닥에 떨어뜨렸다. 알몸을 드러낸 닭은 데구루루 굴러서 하나코 앞에서 멎었다.

"이게 환영인사인가?"

하나코의 눈매가 위로 치켜 올라갔다. 기무라가 털썩 주저앉았다가 무릎을 꿇었다.

"두, 두목. 용서하십시오."

"아, 괜찮아. 비변사의 서리에게서 첩보를 입수해 온다는데⋯⋯뭐. 게다가 대마도와 에도의 풍경화를 팔아 한 몫 챙긴다고?"

말은 칭찬하는 척하지만, 속뜻은 비아냥거리는 투다.

"누구와 술을 마셨나? 오늘도 비변사의 서리인가?"

"주, 죽을죄를 지었습니다. 두목."

기무라는 납작 몸을 구부리며 용서를 빌었다.

"죽을죄는 무슨. 정보를 얻으려면 술도 마셔야지. 그런데 말이야……"

하나코는 문서를 손으로 밀치며 말했다.

"이건 허접한 쓰레기야. 그자가 정말 비변사에 있는 자야?"

"확인해보니 비변사 서리가 맞습니다."

"그럼, 그자가 매일 비변사에 출근하는 걸 봤나? 일하는 걸 봤어?"

"그, 그건."

그 지적을 받고서야 기무라는 박 서리에 대해 너무나 모르는 것이 많다는 걸 깨달았다.

"지금 포도청이나 의금부에서 이 집을 감시하고 있을 거야. 비변사 서리가 대마도 풍경화가 왜 필요하나? 조선인이 에도의 그림을 왜 사나, 집에 두고 감상하려고? 그건 네 정체가 탄로났다는 말이야."

하나코의 말에 기무라를 비롯한 첩자들은 놀라서 고개를 좌우로 둘러보았다.

"내가 여기에 들어온 것도 놈들은 보았을 거야. 나를 잡기 위해 기다리고 있었겠지. 그러니 여기를 탈출하겠다. 탈출하기 전에 한 가지 해결할 것이 있다."

하나코가 칼을 집어 처처히 뺐다. 시퍼런 칼날이 등불 밑에서 번뜩였다. 자신을 향해 칼을 겨누자 기무라는 눈을 감았다.

"기무라. 네가 용서받을 기회다. 그, 이 진사라는 자와 언제 만나기로 했나?"

"내일, 기생집에서……"

기무라의 목소리가 방바닥 밑으로 기어들어가자 하나코가 손을 내렸다.

"그래. 놈들은 여기 비밀통로가 있다는 것을 모를 것이다. 이것을 이용하자."

"여기에 비밀 통로가 있습니까?"

동래에서 따라온 부하가 묻자 칼을 내려놓은 하나코가 고개를 끄덕였다.


일본 사신이 동래로 내려가자 연잉군의 눈은 다시 첩자들에게 모였다. 문수가 보고한다.

"강 부장의 말에 의하면 전령 복장의 사내 둘이 집안으로 들어갔다고 합니다. 한 명은 체구가 작다고 합니다."

"첩자가 두 명 더 늘었군. 그 중 한 명은 일본에서 온다는 여두목일 거야."

"기다리던 자가 왔으니 이제 일망타진해야 하지 않습니까?"

"그렇지. 기무라를 통해 정체를 알아보고…… 두목을 잡으면 어떤 밀명을 받고 왔는지 알 수 있을 거야. 일단 기무라는 우리가 붙잡고 나머지는 우포청에 맡기도록 하자구."

연잉군은 기무라를 이용하려고 마음먹었다. 우포청에서 첩자들을 검거하는 과정에서 그가 죽거나 다치게 하고 싶지 않았던 것이다.

"자, 나는 안감역을 만나러 가야겠네. 박 서기는 곧장 다방골로 오게나."

안용복이 도성에 나타나 선동하자 의금부에서 그를 끌고 갔다. 거기서 연잉군의 보호를 받고 있었다는 말은 쏙 뺐다. 울릉도에서 가족을 몰살당한 뒤에 여기저기 떠돌아다녔다고 거짓말을 했다. 이렇게 해서 안용복은 의금부에서 마련한 안가에 숨어서 가끔 찾아온 연잉군과 앞으로의 대책을 의논했던 것이다.

삐걱

창의궁의 문이 열리면서 도포차림의 연잉군이 밖으로 나왔다. 그 뒤로 칼이 든 보자기를 품은 메뚜기가 바짝 붙어 호위하고 있었다.

조금 떨어진 담장 밑에서 쭈그리고 앉아 졸고 있던 좌판 행상이 눈을 번쩍 떴다. 그는 안 호주머니에서 사람 얼굴이 그려진 종이를 꺼내 조금 전에 실눈을 뜨고 본 연잉군과 대조해 보았다. 딱 들어맞는 얼굴이었다.

"연잉군?"

이렇게 중얼거리더니 다방골로 발걸음을 재촉했다. 행상은 변장한 하나코였다. 그녀는 기무라에게 이 진사와 박 서리의 얼굴을 화공들에게 설명하게 했다. 이렇게 해서 만들어진 인상서를 가지고 비밀통로를 통해 밖으로 나온 그녀는 거지들에게 돈을 주고 포도청의 서기로 있었던 박문수를 확인할 수 있었다. 박문수가 지금은 창의궁의 서기로 있다는 말을 듣고 잠복했다가 이 진사가 바로 연잉군임을 확인했던 것이다.

몇 시간 뒤.

첩자들이 은거한 집 주위를 포위했던 강 부장과 포졸들은 기무라가 나오는 것을 보고는 반 시각 뒤에 기습했다. 그러나 담을 넘고 들어가 방문을 열어젖혔을 때 이들이 본 것은 텅 빈 방에 나뒹굴고 있는 집기 몇 개뿐이었다.

"놈들이 도망쳤다!"

당황한 강 부장이 집안을 샅샅이 뒤졌더니 마루 밑으로 길게 굴이 파진 것을 볼 수 있었다. 굴은 중간에서 허물어져 더는 갈 수 없었다.

"이런 젠장."

강 부장이 가슴을 쳤지만 이미 늦었다.

"놈들이 눈치를 챘으니, 나으리가 위험하다. 다방골로 가자!"

강 부장은 포졸들을 이끌고 부리나케 다방골로 달려갔다.

이 사실을 모르는 연잉군은 안용복을 만나고 나서 느긋하게 다방골을 향해 걸어갔다. 대낮부터 다방골을 출입하는 사람들은 드물어 대부분의 기생집은 문만 열어놓고 드나드는 사람은 없었다.

"메뚝아, 오늘로 다방골은 마지막이다. 내가 열 번도 더 드나든 것 같구나."

연잉군은 유흥을 즐기는 방탕아로 위장했지만 실제로는 유흥을 싫어했다. 그는 종로의 육주비전 상인들이 이곳에 와서 돈을 물쓰듯하는 것이 못마땅했다. 어렵게 얻은 재화를 헛된 쾌락에 쓰는 것에 분노까지 표시했다. 그래도 자신을 위장하기 위해 노론의 공자들과 어울리고 기무라를 속여 기생집에 드나든 것이다.

연잉군이 기생집 앞에 왔을 때 소름이 오싹 끼쳤다. 주위를 둘러보니 별다른 것이 없었지만, 왠지 불길함이 스쳐 머뭇거렸다. 불안한 표정을 짓자 메뚜기가 묻는다.

"나으리, 왜 그러십니까?"

"아니야. 등골이 오싹해져서……"

박문수는 벌써 와서 기무라와 함께 술을 마시고 있었다. 문수가 마시려고 하면 기무라가 잔을 빼앗아 벌떡벌떡 마시는 것이 평소와는 아주 달라 보였다. 문수가 귓속말로 말했다.

"나으리, 아까부터 기무라의 행동이 수상합니다. 무슨 일이 있는 게 아닐까요?"

"음, 나도 예감이 이상하네. 강 부장이 실수한 것이 아닐까?"

연잉군과 박문수는 서로 마주 보고 있다가 기무라를 떠보기로 했다.

"여보게, 이행수. 웬 술을 그리 마시나? 서로 담소를 나누면서 술을 즐겨야지. 왜 먼저 취하려고 하는가?"

술주전자 하나를 몽땅 비운 기무라는 술에 몹시 취해 있었다. 그는 게슴츠레 눈을 뜨고 연잉군을 손가락으로 가리키며 소리쳤다.

"당신 누구야? 정체가 뭐야?"

"나, 이 진사지."

"거짓말. 당신은 지금 내게 거짓말을 하는……거야. 의금부야, 포도청이야?"

그 말에 연잉군과 박문수의 얼굴빛이 확 변했다. 기무라가 자리에서 일어났다.

"어디, 어디 가는 거야?"

기무라가 손사래를 치며 대꾸했다.

"뒷간. 뒷간."

비틀거리며 뒷간으로 가는 기무라를 보고 두 사람이 잔뜩 긴장했다. 메뚜기가 보자기를 획 펼치는 동시에 칼을 뽑아들었다.

챙

방으로 뛰어들어온 검은 복면의 칼을 받아넘겼다. 뒤이어 다른 칼이 찔러왔지만, 발로 복면을 걷어차서 위기를 넘겼다.

"이놈들!"

연잉군도 소매에 숨기고 있던 호신도를 꺼내 대적했다. 세 명의 복면들을 맞아 연잉군과 메뚜기가 분전하는 사이에 박문수는 잔뜩 겁에 질려 방구석에서 웅크리고 있었다. 복면 괴한들은 호신갑을 입고 있는지 메뚜기의 칼을 맞아도 끄떡없었다.

복면 한 명이 문수를 보고 달려들자 비명을 지르며 피했다. 아슬아슬하게 칼이 빗나간 뒤에 술상 위에 있던 주전자를 집어 들어 복면을 냅다 후려쳤다.

"이놈들, 게 섰거라!"

강 부장이 포졸들과 함께 기생집으로 뛰어들자 복면 괴한들은 뿔뿔이 흩어졌다. 문수의 가슴이 시뻘건 피로 물들었다.

"박 서기, 많이 다쳤나?"

연잉군이 놀라서 묻자 문수는 고개를 가로저었다. 주전자에 이마가 찢어진 괴한이 흘린 피였다. 강 부장과 포졸이 복면들을 뒤쫓았지만 한 명도 잡을 수 없었다. 뒷간에 간다던 기무라도 감쪽같이 사라지고 없었다.

"술에 몹시 취했는데, 어떻게 도망갔을까?"

연잉군이 중얼거렸다. 나중에 기무라가 말하기를, 술에 취해 뒷간이라고 들어간 곳은 기생이 목욕하는 곳이었다. 나무 통속에 물이 잔뜩 들어 있었는데 그곳에 얼굴을 처박았다고 한다. 그러면서 술이 깼고 생사를 가르는 결투 소리에 담장을 넘어 도주했다고 했다.

"강 부장. 덕분에 목숨을 구했소. 놈들은 어찌 되었소?"

연잉군의 물음에 강 부장이 풀이 잔뜩 죽어서 경과를 말했다. 연잉군이 입맛을 다셨지만 어쩌겠는가. 이미 새는 조롱 문을 열고 날아가 버렸으니.

"할 수 없지요. 비밀통로가 있을 줄 누가 알았겠나. 강 부장, 다음을 기약합시다."

연잉군은 괴불주머니에서 은덩이를 꺼내 주어 위로했다.

## 2

## 작은 전쟁

　이틀이 지난 아침. 돈의문 앞에서는 여러 명의 포졸이 드나드는 사람들을 조사하고 있었다. 기무라 차례가 되었다. 그가 바가지를 허리에 차고 소주 고리를 꼭 껴안은 채 앞으로 나갔다.
　"창의궁에 소주를 배달하러 갑니다."
　이 말 한마디에 그는 도성 안으로 들어갈 수 있었다. 곧장 창의궁까지는 왔지만, 문을 두들길 용기는 없었다. 몇 번을 망설이고 있는데 문이 열리면서 궁노가 빗자루를 들고 나왔다. 그는 빗자루로 대문 앞을 막 쓸려다 기무라를 흘끗 보고 묻는다.
　"이렇게 아침 일찍 무슨 일이요?"
　"나으리가 소주를 가지고 오라고 해서……"
　"소주?"
　소주는 값비싼 술이다. 요즘 뜸했던 연회를 여는가 싶었는지 궁노가 부엌 쪽을 가리켰다. 아침밥 짓는 여종들이 분주하게 왔다갔다하는 걸 본 기무라는 밥 냄새에 코를 찡긋거렸다.

마루에 병풍을 펴놓고 그 뒤에서 잠을 자는 메뚜기가 눈을 번쩍 떴다. 밤새 칼을 품에 안고 연잉군을 지키고 있다가 반수면 상태로 두어 시간 자는데 마당에서 처음 듣는 발소리를 들었기 때문이다. 병풍 구멍을 통해 살며시 밖을 보다가 깜짝 놀랐다. 도망친 기무라가 아닌가. 놀란 것은 메뚜기뿐만 아니었다. 연잉군도 문틈으로 밖을 내다보고 있었다.

기무라는 슬쩍한 생선부침개를 안주로 해서 소주를 바가지로 퍼먹으며 태연히 사랑채로 들어오더니 마당에 털썩 주저앉았다. 메뚜기가 칼을 빼어 들고 조심스럽게 마당으로 내려갔다. 연잉군이 방문을 열며 메뚜기를 말렸다.

"메뚝아, 곱게 다뤄라."

연잉군은 바가지로 소주를 퍼먹는 기무라를 안으로 들어오게 했다.

"나으리, 그렇지만 이 자가 나으리를."

"걱정하지 마라. 나를 해칠 것이면 이렇게 나타나겠느냐?"

수상한 자가 사랑채에 들었다는 말에 급히 달려온 청지기를 시켜 박문수를 불러오게 했다. 밤늦게 잠이 든 문수는 눈곱도 떼지 못하고 급히 와서는 기무라를 보고 깜짝 놀랐다.

"박 어사, 무얼 그리 놀라나? 우리 동무인 이행수, 아니 기무라상이 소주를 가져와 대작하자고 하네. 박 어사도 한잔하게나."

여종을 시켜 안주 상을 가져오게 한 연잉군은 문수에게도 한 잔 권했다. 도수가 높은 소주인지라 술이 약해 얼굴이 새빨개진 기무라가 횡설수설하기 시작했다.

"이 진사님, 아니, 연잉군 왕자님. 난 이제 갈 곳이 없소이다. 그러니 죽이든 살리든 맘대로 하시오."

"그래, 잘 생각했네. 내 술 한잔 받게."

아침부터 연잉군의 사랑채에서는 소주판이 벌어졌다. 여러 잔을 마셨던 기무라가 취해 쓰러져 코를 골았다. 연잉군은 자기 앞에 놓은 소주잔을 그대로 놔두고는 문수에게 말했다.

"이 자가 우리 집으로 올 줄은 몰랐네."

빈속에 소주를 마셔 얼굴이 벌게진 문수와 달리 연잉군은 말짱한 얼굴이었다.

"나으리가 술이 아주 세지셨습니다. 그 독한 소주를 여러 잔 마시고도 끄떡없으시니."

문수의 말에 연잉군이 피식 웃으면서 안주 상 밑의 작은 그릇을 보여주었다. 거기에 소주가 가득 들어 있었다.

"아, 마시는 것을 분명히 봤는데."

"흐흐, 내가 마술을 배운 것을 잊었소? 먹은 체했을 뿐이요."

드르렁드르렁

코를 골며 잠이 든 기무라가 일어난 것은 정오가 다 되었을 때였다. 부스스 잠에서 깨어난 기무라에게 해장으로 북어국을 먹였다. 단숨에 한 그릇을 비우고 정신을 차린 기무라는 그동안의 도피과정을 몽땅 불었다. 여기저기 헤매다가 소주방이 많은 마포 공덕리에 숨어 하룻밤을 자고 새벽에 소주 고리를 하나 훔쳐 가지고 온 것이었다.

연잉군은 우포청의 강호동 부장을 은밀히 불러 박문수와 함께 기무라를 심문했다. 우선 자신의 나이가 서른 살이라고 털어놓았다. 그리고 자신이 조선에 귀순하는 것이 결코 목숨을 구하기 위한 것이 아니라는 것을 밝히려고 애를 썼다.

"그런데 말입니다. 조선의 풍속을 알면 알수록 비교가 되더란 말씀이야."

"뭐가 말인가?"

"여긴 말들이 많아 시끄럽긴 하지만 일본처럼 칼로 위협하지는 않아요. 여긴 뒤로 임금님에게도 욕을 하지만 일본에서 그랬다가는 당장 목이 날아가지요. 평화롭다고 하지만 사실은 칼이 두려워 말을 못하는 곳이에요. 지진도, 태풍도 많아 살기 어려운 곳이고."

그의 배신을 알게 되면 나가사키에서 상공업에 종사하는 형제들이 처형을 당할 것이라고 말할 때는 목이 메고 눈물까지 주르르 흘렸다.

"알았네. 알았어. 그만 하고……첩자들에게 돈을 받고 매국을 한 자들의 이름이나 알려 주게."

강 부장의 재촉에 기무라는 이름을 적어 내려갔다. 모두 십여 명이었는데 종9품의 하급 관리가 두어 명 끼어 있고 나머지는 모두 녹사나 서리 같은 아전이었다.

"조선은 아전들에게 봉급이 박한 것이 문제예요. 그러니 어찌 도둑질이나 뇌물을 생각하지 않겠습니까."

기무라의 이 말에 박문수나 강 부장이나 대꾸할 말이 없었다. 부를 창조하는 상공업을 억제하고 농업만 중시한 정치체제의 모순 때문임을 잘 알기 때문이다.

진짜 매국노들은 왜관을 통해 뇌물을 받아먹고 이권을 파는 권력 가진 고관들이다. 이들이 줏대를 가졌더라면 일본이 감히 남의 영토를 달라고 하지 못했을 것이다.

우포청과 의금부 나졸들이 합동으로 알게 모르게 매국적인 행위를 한 관료들과 아전들의 체포에 나섰다. 개중에는 눈치를 채고 도주한 자도 있었지만 얼마 되지 않아 모두 붙잡혀 적합한 벌을 받았다. 또 화공을 불러 기무라가 설명한 대로 하나코를 비롯한 첩자 얼굴을 그리게 하고 수배했지만 일본 첩자들의 행방은 알 수 없었다.

국가기밀을 판 자들을 체포한 뒤에 의금부와 논의 끝에 당분간 기무라를 창의궁 별채에 두기로 했다. 배신한 그를 첩자들이 잡아 죽이려 할 것이 뻔하기 때문이다.

"기무라, 이제 하나코에게 들은 말을 해보게. 사신이 손 털고 갔으니 앞으로 일본이 어찌 나올 것인가?"

연잉군과 박문수는 기무라를 불러놓고 본격적인 심문을 시작했다.

"오랫동안 일본 수군의 추적을 받던 해적이 있습니다. 모모타로 하고 가까운 하치에몬이라는 자인데 막부에서는 그자를 앞세울 것입니다."

"앞세우다니?"

"해적에게 무기를 주고 섬을 점령하게 하는 것입니다."

"일본 수군은 어찌하고?"

"아마도……해적을 도와 섬을 점령한 다음 뒤로 빠져서 그자들을 감시할 것입니다."

"음, 그러면 두 개의 섬을 점령한 것은 일본이 아니라 해적들이라 이거군."

일본 막부는 철저히 뒤로 빠져서 시치미를 떼려는 수작이 분명했다. 문수가 묻는다.

"조선 수군에게 패할 경우는 어찌 되겠소?"

"정세를 봐서 그냥 포기할 수도 있겠지만, 해적을 도와 끝까지 싸우라는 명령이 있었다고 하나코가 말했습니다."

막부의 전략은 해적들을 앞세워 섬을 점령한 다음 일본어민들이 들어와 살게 해 일본의 것으로 귀속시키려는 것이라고 덧붙였다.

"울릉도는 밭이라도 갈 수 있지만, 독도는 사람이 살 수 없다고 들었소. 그런데 그 섬을 고집하는 이유가 뭐요?"

"글쎄요, 그건 저도 잘 모르겠습니다. 일본에서는 송도, 조선에서는 독도라고 부르는 이 섬 주위는 파도가 세서 접근하기도 쉽지 않다고 하는데……키비츠 신사의 모모타로가 점령을 강력하게 주장하고 있다고 합니다."

지금까지 가만히 듣고만 있던 박문수가 불쑥 끼어든다.

"그런 섬을 고집하는 걸 보니 혹시 보물이라도 묻어놓은 것이 아니요?"

"보물?"

연잉군의 눈이 반짝했다. 쓸모없는 섬을 가지려고 쌀을 준다, 해적을 동원해서 점령한다 하는 것에 의문점이 많았기 때문이다. 용화부인은 불타는 얼음이 보물이라고 말한 것도 머릿속에 떠올렸다.

"동해는 예전부터 일본과 여진의 해적들이 들끓던 곳이요. 독도에다 해적들이 빼앗은 보물들을 숨겨놓았을지도 모르잖소?"

거듭된 박문수의 질문에 기무라는 어떻게 말해야 할지 몰라 했다. 하나코는 물론이고 이시하라도 그 이유에 대해서는 말하지 않았기 때문이다. 그러자 이번에는 연잉군이 노론을 협박한 연판장의 소재를 묻자 기무라가 잠시 머뭇거리다가 말했다.

"사신이 가져온 연판장의 원본은 막부가 아니라 마나베 아키후사가 갖고 있습니다. 일본에서 떠날 때 마나베의 측근인 요시무라가 이시하라에게 말하는 것을 엿들었습니다."

연잉군의 눈이 다시 반짝 빛났다.


까악, 까악

늦은 저녁에 까마귀떼들이 무리지어 오키섬의 키비츠 신사 위로 날아갔다. 비젠의 신사가 큰집이라면 이곳의 신사는 작은집이었다. 일본 사신들이 소득 없이 쫓겨 돌아오자 모모타로는 급히 열도를 가로질러 오키섬의 키비츠 신사로 갔다. 그가 도착한 지 이틀 후에 수상한 자들이 궁사 모모타로를 찾아왔다.

"이것이 바로 혈맹서요."

모모타로는 교토에서 온 두 사내에게 무명천에 피로 쓴 혈맹서를 보여 주었다. 열 장이 넘는 혈맹서에는 수백 명의 이름이 피로 쓰여 있었다. 막부를 등지고 천황에 복종하겠다는 인사들로 몇 해 전부터 비밀리에 포섭해 왔다. 먼젓번에 왔던 밀사는 턱이 길쭉한 주걱턱에게 혈맹서를 넘기고 모모타로에게 묻는다.

"무력으로 두 개의 섬을 점령하려 한다면 저항할 것이 아니요?"

"조선의 수군은 미약합니다. 북벌한답시고 수군 전력을 대부분 육군으로 돌렸거든요."

까악, 까악

근처 나무에 앉은 까마귀의 울음소리가 요란했다.

"궁사, 조선이 우리 일본을 상대로 군대를 일으킬지 모르니 이제 어쩌려오?"

주걱턱의 물음에 모모타로는 빙긋 웃어 보이며 대답했다.

"우리는 그것을 기다리고 있습니다. 전쟁발발의 책임을 조선에 떠넘길 수 있으니까요."

"청국이 가만있지 않을 텐데……"

"우리 일본과 대적하지 못하게 마나베 아키후사가 막을 것입니다."

"어떻게 말이요?"

"조선에서 얻은 정보를 살짝 고쳐 청국에 넘겨 이간질하고 있으니까요."

주걱턱이 피식 웃었다. 모모타로는 조선군의 현황에 대해 자세하게 설명했다. 이때 밀사가 손가락을 입 가운데에 댔다. 그리고는 까치발을 해서 문쪽으로 살금살금 걸어가는데 방문이 열리며 신녀(神女) 유리가 들어왔다. 손에는 전서구가 들려 있었다.

"궁사님, 전서구가……아, 실례했습니다."

낯선 사람을 보고 주춤하자 모모타로가 부드러운 미소를 지으며 말했다.

"오사카에서 온 분들이네. 신사를 수리하라고 돈을 내놓으신 분들이라 차를 대접하고 있었네."

유리(百合)가 고개 숙여 인사를 한 다음 전서구를 건네주고 나가버렸다.

"저 계집이 우리 말을 엿들은 것은 아닐까요?"

밀사가 의심쩍은 눈을 하고 방문 쪽을 바라보았다.

"그럴 리 없소. 내가 오랫동안 교분을 쌓아 온 오키섬 토호의 딸이요. 신이 들려 내 밑에 있게 되었는데, 믿을 수 있는 아이요."

"우리 계획에 대해서도 알고 있나?"

주걱턱이 사나운 눈초리를 하고 말했다.

"그럴 리가. 교토와의 일은 누구에게도 말하지 않았습니다."

"그래야지."

주걱턱이 퉁명스럽게 말했다. 모모타로는 그의 오만한 태도가 불쾌했지만, 신분이 황족임을 눈치채고 있었기 때문에 참을 수밖에 없었다. 그는 전서구의 발목에 달린 통을 열고 쪽지를 읽어보았다.

"하치에몬이 조선에 상륙하겠다고 하는군요."

"그러면 섬을 점령하려는 건가?"

주걱턱의 물음에 모모타로가 고개를 가로젓는다.

"아닙니다. 남해안을 휘저어 조선 수군의 간을 보겠다고 하는군요."
"궁사, 천한 자가 우리 일을 망치지 않게 다그치시오."

주격턱의 명령투에 모모타로는 고개를 다시 숙였다. 황족 남자는 마나베 아키후사에 대해 잘 알고 있었다. 마나베의 부모가 후지산 폭발 때 잿더미에 깔려 죽었다는 것은 이미 알려주었고 지금은 막부의 움직임에 대해 말하고 있었다.

일본 해적들이 출몰했다는 말에 남해 바닷가에 사는 백성은 두려움에 떨었다. 순시선들이 부지런히 움직였지만, 무인도 근처에 숨었다가 해안을 기습하는 전략을 써서 어민들이 많은 피해를 보았다.

이곳 보제기들이 몰려 사는 남해의 도요저리(都要渚里)에도 해적 출현의 소식이 전해졌다. 보제기란 어업을 하면서 전복을 따거나 해초채집을 하는 해남(海男)들을 말한다. 한문으로는 포작 또는 포작인(鮑作人)이라고 쓴다. 그들은 해적이 침범할 것을 대비해서 망루를 세우고 순번을 정해 밤낮으로 경계하도록 하는 한편 크고 뾰족한 돌들도 많이 모으게 했다.

해적들이 침범한 것은 이틀 뒤 동트기 직전이었다. 망루에서 해안을 경계하며 눈을 떴다가 감았다 하던 보제기 소년이 노를 저어오는 십여 척의 쪽배를 보았다. 폭이 좁고 속력이 빠른 것으로 보아 일본 해적의 배가 틀림없자 소년은 징을 세차게 두들겼다. 데엥 데엥 데엥

요란한 징소리에 잠에서 깨어난 십여 명의 보제기들이 돌을 들고 해안으로 달려갔다. 급히 노를 젓던 해적들이 그걸 보고 빨리 상륙하

려 했지만, 공중에서 주먹만 한 돌덩이가 날아오자 황급히 바닷물로 뛰어들었다. 미처 도망치지 못한 몇 명의 해적들은 머리통이 깨져 피를 흘렸지만 그럼에도 쪽배를 돌리지 않았다.

어부들의 숫자가 얼마 되지 않자 바다에 뛰어든 해적들이 헤엄쳐서 육지에 상륙했다. 돌을 던지던 몇 명의 보제기들이 황급히 마을로 도주하기 시작했다. 유인책인지 모르고 여느 어촌과 같다고 생각한 해적들이 뒤쫓은 것이 잘못이었다. 마을 입구에 들어가려는 순간 대여섯 명의 해적들이 함정에 빠지더니 화살이 날아왔다.

퓽퓽퓽

날아온 화살이 해적들의 가슴을 관통했다. 매복하고 있던 어부의 아내들이 쇠뇌를 발사한 것이었다. 반격에 놀라 뒤돌아 바닷가로 도주하려고 했으나 이미 늦었다.

퓽퓽퓽

아녀자들이 발로 밟아 쏘는 쇠뇌(부인노)에 해적들은 비명도 제대로 지르지 못하고 쓰러졌다. 빙 돌아서 해변으로 몰려간 보제기들은 거도선을 타고 해적의 모선을 공격하고 있었다. 그들은 배 안에 가득히 쌓아놓은 돌을 집어 해적의 배를 향해 던지고 있었다.

놀란 해적들도 화살과 조총을 쏘며 반격했지만 보제기들이 나무에 철판을 씌운 방패 뒤에 숨어서 공격했기 때문에 털끝 하나 건드릴 수 없었다. 그뿐이 아니었다. 젊은 보제기들이 망치와 끌을 들고 잠수해서 해적의 배 밑으로 들어가 구멍을 냈다. 일본해적들의 배는 나무가 무르고 두께가 얇아서 금세 깨져버렸다.

"배에 물이 들어온다!"

놀란 해적들이 소리를 치며 우왕좌왕하자 하치에몬은 그제서야 이들이 포작들이라는 것을 알았다. 배 한 척이 침몰하자 나머지 배들은 허둥지둥 먼바다로 꽁무니를 빼기 시작했다. 이렇게 해서 해적들은 조선 수군이 아니라 보제기들에 의해 호된 맛을 보고 후퇴를 했다.

함정에 빠진 자를 포함해서 해적 다섯 명을 붙잡아 경상 좌도 수군에 넘겼다. 중군 이봉상(李鳳祥)이 급히 조정으로 나아가 이 사실을 알렸다.

김춘택의 급한 연락으로 모인 노론의 대신들은 깜짝 놀랐다.

"그분이 일본의 침공에 대비해 군사를 일으킨다고 하셨다는게 사실이오?"

춘택이 고개를 끄덕이며 대답했다.

"그렇소. 어제 연잉군이 찾아와서 의병을 일으켜야 하지 않느냐고 말합디다."

연잉군이 의병을 일으키려 한다는 말에 노론의 대신들은 얼굴을 마주 보더니 피식 웃었다. 멍청이 한량이 군대를 일으킨다는 말은 농담이라도 할 수 없는 말이다.

"연잉군이? 에이, 농담마오."

"과녁을 허공에 두고 활을 쏘는 연잉군이 그런 말을 하다니. 매사냥 가고 싶다는 말을 잘못 들은 게 아니오?"

김춘택이 굳은 표정을 한 채 말했다.

"어제 두어 시각 머리를 맞대고 의논을 했소. 연잉군은 세간의 소문이 커지면 언젠가는 역적들에게 돈을 받은 사실도 드러나게 된다고 했소. 더 나쁜 소문이 퍼지기 전에 선수를 치자고 했소."

그 말에 물을 끼얹은 듯이 좌중은 조용해졌다. 빈말이 아니라는 것을 알았기 때문이다. 누군가 묻는다.

"선수라면……그래서 의병을 일으키는 것이오?"

"그렇소. 그때는 노론이 애국심을 보여주기 위해 우리 아들들을 전쟁터에 나서게 해야 한다고 했소."

그 말에 대신들의 얼굴이 흙빛으로 변하는 모습을 보고 춘택이 말했다.

"그것이 다 목숨을 보전하려는 비결이 아니겠소? 시중에서는 노론이 세자를 폐하고 연잉군을 세우려고 한다는 말이 나돌고 있는데 역모에 연루되었다면 결코 무사하지 못할 것이오. 우리 노론을 말살하려는 소론의 획책을 잊지 말자고도 말씀하셨소."

그 말에도 노론의 대신들은 서로 얼굴만 쳐다볼 뿐이었다. 춘택의 간곡한 설득에도 노론의 대신, 중진들은 모두 반대했다. 전쟁을 일으키면 백성의 삶이 고단해지기도 하지만 자기 아들이 전쟁터에 나가 목숨을 잃을 수도 있기 때문이다.

"전쟁은 백성을 고통 속에 몰아넣습니다. 왜란, 호란 다 겪지 않았습니까?"

내 자식이 전쟁터에 나가는 것을 결코 바라지 않는 노론들의 변명이었다. 두 개의 섬을 지키겠다고 군대를 일으키면 자극을 받은 일본도 군대를 일으켜 공격해 올지 모른다고 했다. 임진왜란 때와 달리 수군의 세력이 보잘것 없어서 일본의 수군이 공격해 오면 방어할 수 없다고도 했다. 그러나 연판장이 드러날지 모른다는 두려움에 의병을 일으키는 것에 동조하는 이가 차츰 생기기 시작했다.

"그렇지만 한량인 연잉군이… 병법 책이라도 읽어 보았을까요?"

번번이 과녁을 빗겨가는 활을 쏘는 연잉군이 의병대장이 된다는 것이 불안했다. 아니, 믿을 수가 없었다.

"연잉군께서 무술이 약해 활이나 병장기를 다루는 것에는 약할지 모르나 손자병법을 비롯한 병서는 줄줄 외더이다."

춘택의 말에 대신들이 맞장구를 친다.

"그렇지, 연잉군이 유흥도 잘하지만, 책도 많이 읽는다고 하더군."

"연잉군에게는 우리 아들들이 있지 않소? 사냥을 나갈 때에 곁에

서 보좌하듯이 하면 될 것이오. 하하하."

어차피 연잉군이나 노론 공자들이 맨 앞에서 싸울 것이 아니니 의병을 일으키는 것도 좋은 책략이라고 생각한 노론들은 크게 웃었다. 하하하.

그날 이후 연잉군과 노론 대신과 중진들의 회합이 여러 차례 있었다. 군사를 일으키는 문제인 만큼 의견대립이 팽팽했다. 아침에는 찬성했다가 저녁에는 반대하기도 하고 좀처럼 합의가 이뤄지지 않았다.

그러던 어느 날 김춘택이 아침 일찍 창의궁을 찾았다.

"그렇지 않아도 부호군을 찾아뵐까 했소. 어젯밤에 벽보가 창의궁 대문에 붙었는데……"

연잉군은 책상 위에 놓인 벽보를 내밀었다. 춘택이 뒷면을 보니 풀칠한 흔적이 있는 것으로 보아 대문에 붙은 것을 떼어낸 것이 분명했다. 벽보의 내용을 읽어보니 노론은 나라를 팔아먹는 역적이니 곧 응징할 것이라고 쓰여 있고 밑에 삼두매 그림이 그려져 있었다.

"아니, 그럼. 삼두매가 이걸 붙였다는 말입니까?"

"그런 것 같소."

춘택이 입맛을 다시며 자기 집에도 삼두매의 협박 편지가 화살 끝에 붙어 들어왔다는 것을 고백했다.

"기둥에 박힌 것을 청지기가 가져왔는데 이것과 비슷한 내용이었습니다."

"그래요? 삼두매 도둑이 요즘 뜸하다 싶었는데……아무래도 내 목을 노리는 것 같소."

연잉군의 얼굴에 두려움과 근심이 가득했다.

"실은, 어젯밤에 여러 대신의 집에도 화살이 날아들었는데 그 내용을 읽어보니 대신들이 한 말과 주장을 일일이 공박하는 내용이었습니다. 첩자가 염탐한 것처럼 너무나 상세해서 모두 떨고 있다고 합니다."

연잉군이 놀라는 표정을 지었다.

"그럼, 우리 중에 삼두매와 내통하는 첩자가 숨어 있다는 말이오?"

"그건 알 수 없습니다만 노론의 공자들이 의병을 일으키지 않으면 집에 불을 놓고 가족을 해칠 것이라니 하니 의거를 반대하는 대신들이 걱정됩니다."

춘택은 의병을 일으키는 것에 찬성한 것이 다행이라고 생각했다. 적어도 삼두매가 자신을 공격하지는 않을 테니까 말이다. 게다가 연잉군이 벼슬자리 떨어진 아들 김덕재를 훈련관으로 임명하고 공을 세우면 김포현감으로 추천하겠다고 말한 것이 그의 결심을 굳혔다.

"부호군께서는 찬성하시니 괜찮겠지만…… 삼두매 도둑의 분노가 극에 달했군요. 그러다가 정말 반대하는 분들에게 위해를 가하면 어떡하나요?"

"그래서 나으리의 뜻을 따르라고 종용하고 있습니다."

"아바마마께 노론 대신들이 자발적으로 의병을 일으키기로 했다고 말씀드렸는데…… 그것을 따르겠다는 말이오?"

"이제 선택의 여지가 없습니다. 유림이나 백성의 눈이 부서워서라도……"

춘택이 말꼬리를 흐리자 연잉군이 뒤를 보챘다.

"삼두매의 응징이 무섭기도 하고…… 좋소이다, 당론이 그렇게 확정되었다면 준비를 합시다. 우선 노론 대신들이 군자금으로 돈과 쌀을 내놓아야 할 것이오."

군자금이라는 말에 춘택이 깜짝 놀란다.

"그건 조정에서 대는 것이 아닙니까?"

"우리는 의병이 아니요? 나라에서 먹을 것을 댄다면 그것은 의병이 아니라 관군이지. 우리는 어디까지나 나라를 지켜야겠다는 일념 하나로 일어선 것이니 무기도, 먹을 것도 우리가 조달해야 하오. 그래야 유림이나 백성도 노론의 진정성을 믿게 될 거요."

반박할 말이 없다. 연잉군이 공책을 꺼내 왼편에 노론 벼슬아치의 이름을 쓰고 오른편에 내놓을 재물을 적어 내려가기 시작했다.

"내가 우선 만 냥의 돈과 쌀 오백 석을 내놓겠소. 부호군은 이백 석만 내놓으시오."

"이백 석은 너무 과합니다. 한 오십 석까지는……"

"겨우 오십 석? 안 되오. 백석 더해 백 오십 석은 내야지요. 돈은 이천 냥"

이렇게 노론의 대신들과 중진들이 내어놓을 쌀을 정하니 모두 합쳐 이천석 가까이 되었다. 돈은 이만 냥이 조금 넘었는데 연잉군이 추가로 오천 냥을 내어 모두 삼만 오천 냥이 되었다. 무기는 훈련도감 창고에서 녹 쓸고 있는 것을 가져다가 새로 수리를 하기로 했다.

"이제 이 정도면 의병으로 나가 싸울 수 있겠소."

연잉군이 흐뭇한 미소를 지으며 공책을 덮었다. 김춘택이 조심스럽게 묻는다.

"나으리, 저희 자식들이 나으리를 따라 전쟁터에 나가긴 하겠지만 어디에 세울 건가요?"

"당연히 맨 앞에 세워야 하지 않겠소?"

춘택이 펄쩍 뛴다.

"그러면 목숨이 위험하지 않습니까? 적이 가까이서 공격할 텐데."

"아니, 아니요. 내가 장군들에게 들으니 일본군들은 매복 기습을 하거나 뒤를 공격하는 예가 많으니 오히려 맨 앞이 안전하다고 해서 나는 맨 앞에 서기로 했소."

"아, 그렇습니까?"

연잉군의 그럴듯한 말에 넘어간 춘택은 공책을 가지고 집으로 돌아갔다. 권모술수로 세상에 이름을 떨친 김춘택도 연잉군 앞에 오면 뭔가에 홀린 듯이 멍청해졌다.

박문수가 비밀리에 통진부에 가서 의병을 맞이할 준비를 마치고 돌아왔다.

"나으리, 남해안에 해적들이 출몰하고 있다는 소식을 들으셨습니까?"

"알고 있소. 도요저리에서는 대패해서 돌아갔다고 하더군."

"곧장 울릉도와 독도로 갈 줄 알았는데 의외이군요."

박문수는 조선이 아직 준비가 갖춰지지 않을 때 기습적으로 두 개의 섬을 점령할 것으로 예상했다. 연잉군이 밖을 내다보며 대답했다.

"그 질문에 대해 기무라가 답할 수 있을지 모르오."

"네에?"

박문수는 어리둥절했다. 연잉군은 메뚜기를 시켜 기무라를 데리고 오게 하고 하녀를 불러 술상을 차리게 했다. 전향한 첩자는 매일 우포청 포교들과 함께 도주한 일본 첩자들을 찾아 돌아다니는 중이었다.

"나으리, 대낮부터 무슨 술을……"

연잉군이 입가에 미소를 지으며 말했다.

"박 어사, 두고 보시오. 오늘 좋은 광경을 보게 될 거요. 오늘 기무라의 얼굴에 씌워진 탈을 깨끗이 벗겨 내겠소."

기무라를 불러오자 바로 앞에 앉히고 술을 권했다.

"기무라, 하나코를 찾아다니느라 수고가 많소. 한잔하시오."

술잔을 받아든 기무라가 술을 마시고는 낯을 찌푸렸다. 그러자 연잉군이 또 빈 잔에 술을 따르고 건네준다.

"아이구, 이런 독주를……아시잖습니까? "

기무라는 술잔을 들고 어쩔 줄 몰라 하다가 할 수 없다는 듯이 천천히 마셨다.

"아주 잘 마시는군. 한잔 더."

연잉군이 잔에 술을 따르려 하자 손사래를 친다.

"제 얼굴을 보십시오. 술주정할지도 모릅니다."

기무라의 얼굴이 잘 익은 감처럼 빨개졌다. 그동안 술을 마시는 꼴을 보아 독주를 한 잔 이상 먹으면 대취할 것이다. 술을 좋아하긴 했지만, 몇 잔 마시면 곧 취했기 때문이다. 연잉군이 차가운 미소를 지으며 말했다.

"얼굴만 빨개지지 취하지 않는다는 것을 알고 있소."

"무슨 말씀이신지……"

의아한 표정을 짓는 기무라였다. 박문수도 영문을 몰라 양쪽을 번갈아 보았다. 연잉군의 눈매가 점점 사나워졌다.

"기무라, 첩자로서 좋은 자질을 타고났네. 한 잔만 먹어도 얼굴이 벌게지는 특수체질이니."

순간 기무라의 얼굴이 굳어졌다.

"아마 이 술병을 모두 비워도……전혀 취하지 않을 거야."

박문수는 어리둥절해서 두 사람을 번갈아 바라본다.

"기무라, 누구의 명을 받고 왔나?"

침묵이 흘렀다. 방 밖에서 메뚜기가 쓰윽 하고 칼 뽑는 소리가 들렸다.

"무슨 말씀이신지……"

얼굴이 고추장처럼 빨간색을 띤 기무라가 영문을 모르겠다는 듯 되물었다.

"기무라, 당신이 술이 아주 세지만 약한 것처럼 보이려 한다는 것을 알고 있어. 다방골에서 술에 취해 첩자의 비밀을 털어놓은 듯 속인 것도 알고 있고, 하나코가 습격하리라는 것을 눈치채게 한 것도, 술항아리를 들고 창의궁으로 온 것도 계산된 행동이라는 것을 다 알고 있네. 그대의 주인이 마나베 아키후사는 아닐 것이고……천황복권파인가?"

기무라가 입가에 미소를 지었다. 미소는 이내 웃음으로 변했다. 새빨간 얼굴이 웃자 마치 탈춤의 가면처럼 보였다.

"호호, 역시 왕자님은 삼두매임이 분명하군요."

삼두매라는 말에 박문수는 기겁했다. 어찌 그걸 알았다는 말인가.

"왕자님께서 제가 속이고 있다는 것을 알았듯이 저도 대략 눈치채고 있었습니다."

연잉군도 미소를 지었다. 삼두매임을 알고 있으리라 짐작했다는 듯이. 박문수는 두 사람을 번갈아 바라볼 뿐 입을 열지 못했다.

기무라가 천천히 연잉군을 바라보며 정체를 드러내기 시작했다.

"도쿠가와 요시무네님을 아시는지요?"

"알고 있소. 어린 쇼군이 죽게 되면 다음은 그 사람 차지라지?"

마주 보는 두 사람의 눈에서 불똥이 튀었다.

"그분의 밀명을 받고 조선에 왔습니다. 마나베 아키후사를 제거할 조선의 동지를 찾으라고 하셨습니다. 그리고 저는 임무를 완수했습니다. 삼두매 왕자님."

하하하

연잉군이 크게 웃었다. 박문수는 그제서야 기무라의 지난 행적에 의심스러운 점이 많았던 것을 깨달았다. 연잉군이 웃음을 그치더니 정색을 하고 묻는다.

"해적들이 왜 남해안을 노략질하는가?"

"그것은 동해안의 섬을 점령했을 때 막부하고는 상관없는 해적의 짓이라는 것을 각인시키기 위한 것입니다."

"이시하라나 하나코에게 들은 말인가?"

기무라는 그 물음에는 대답하지 않고 자기 앞에 놓인 술잔을 들어 단숨에 비우고는 술술 털어놓았는데 깜짝 놀랄 정보가 있었다. 키비츠 신사의 모모타로 궁사가 천황파와 비밀리에 접촉하고 있으며 울릉도와 독도를 점령하려는 것도 천황의 복권과 관계가 있다고 말했다.

박문수는 갑자기 머리가 복잡해졌다. 기무라가 위장한 첩자였다는 것도 충격적이고 일련의 사건 뒤에 어마어마한 비밀들이 계속 드러나고 있기 때문이다.

기무라는 주군인 요시무네는 보통 일본인과 달리 세 나라가 서로 싸우지 않고 평화적으로 발전하는 방법을 마음에 두고 있다고 말했다. 박문수가 급히 묻는다.

"그러면 독초를 상여집에 떨어뜨린 것도 당신이 꾸민 건가?"

기무라가 빙긋이 웃으며 대답한다.

"누군가 보고 뒤를 쫓기를 기다렸습니다. 그래도 저를 찾지 못하시기에 사직과에 가서 냄새 좀 풍겼지요. 아씨께서 일본어를 아실 줄은 몰랐습니다만. 이제 돌아가도 되겠습니까?"

연잉군이 껄껄 웃었다.

"허허, 일본인은 겉마음과 속마음이 달라 본심을 잘 숨긴다고 하더니 사실이구먼."

알 듯 모를 듯한 말에 기무라는 고개 숙여 인사를 하고는 허리를 꼿꼿이 하고 자기 방으로 돌아갔다.

박문수도 기무라가 의심쩍었지만, 의도적으로 접근한 것이라고는 생각지 못했기에 연신 헛기침만 했다.

"뛰는 자 위에 나는 자가 있는 법이요. 그건 그렇고……"

연잉군은 남해의 보제기를 만나 의병에 합류시킬 것이라고 말했다. 도성의 택견꾼 가지고는 산전수전 다 겪은 일본 해적과 싸우는 것은 어려운 일이라고 덧붙였다.

"보제기들이 정말 참전하는 것입니까?"

박문수는 자력으로 해적들을 물리쳤지만, 조정에 대해 반항적인 보제기들이 두 개의 섬을 지키기 위해 나선다는 것이 선뜻 믿어지지 않았다.

"안 할 수 없지. 내가 삼두매인 것을 알고 있으니까."

문수가 놀라 움칫하자 연잉군이 피식 웃고 나서 말했다.

"작년에 식량이 떨어져 배를 곯고 있을 때 쌀 오십 가마를 보내주었소. 안감역을 보내 두목에게 내 정체를 말해주고 은혜를 갚으라고 하니 순순히 말을 듣더군. 그리고 울릉도를 보존하게 되면 보제기들이 들어가 살게 해 주겠다고 약속했으니 참전할 거요."

"아, 그럼. 안감역은 지금 남해에 있습니까?"

연잉군이 또 고개를 끄덕였다. 문수는 도성에서 행방을 감춘 안용복이 도요저리에 있을 것이라고는 생각하지 못했다.

"해적들이나 일본 수군이 울릉도에 침입하면 안감역이 이끄는 보제기들이 잘 막아낼 거야. 울릉도의 안팎에 대해 안감역만큼 아는 사람이 없으니까."

"하지만 보제기들의 남은 가족들은 어찌합니까?"

"내가 은덩이 몇 상자를 보제기들의 집에 보내 생계를 책임지어 주기로 약속했네."

박문수는 연잉군을 빤히 바라보았다. 이 사람은 천재인가 아니면 하늘에서 보낸 이인인가 탐색하고 있었다. 연잉군은 박문수에게 비밀 지령을 내렸다.

"박 어사가 의병보다 한발 앞서 통진부로 가야 할게요. 하나코가 뒤쫓아 올테니까."

# 3

# 의병을 일으키다

　연잉군이 도성의 택견꾼을 중심으로 의병을 일으켰다는 소문은 금세 퍼졌다. 연잉군은 우선 노론의 공자들과 의병으로 나선 사직골 택견꾼들을 창의궁으로 불렀다.
　마당에 돗자리를 깔고 볕가리개를 친 상태에서 공자들과 택견꾼들이 서로 마주 보고 앉게 되었다.
　"자, 여기는 내 동무들로 명문가의 공자들이요, 그리고 여기는 내 동네 동무들이요. 서로 인사하시오."
　연잉군이 양쪽을 같이 소개했지만 서로 멀뚱멀뚱 바라만 보고 있었다. 노론의 공자들 눈에 볼 때 평민 따위와 동무는커녕 같은 자리에 있다는 것이 불쾌했고, 마주한 택견꾼들도 그들의 멸시를 모를 리 없으니 반갑게 대할 수 없었다. 더군다나 나이 차도 있으니 불과 물같이 가까워질 수 없는 사이다. 그러자 연잉군이 난처해서 중얼거린다.

"허, 서로 처음 보는 얼굴이라 낯설어 이런 모양인데 전쟁터에 나가 외적을 대할 때는 어찌할 셈인가?"

박문수가 벌떡 일어나서 술병을 들어 뚜벅뚜벅 걸어가서 맨 앞에 앉은 김용택의 술잔을 집어 잔을 채웠다. 용택이 입을 연다.

"보아하니 안면은 있는 이 같소. 혹시 창의궁 서기 아니오?"

분명히 얕보는 말투였다. 문수에 대해 잘 알고 있으면서도 일부러 그러는 것이다.

"맞소. 내 이름은 박문수로 사대부의 후손이요."

문수의 대꾸에 곁에 앉은 노론 공자가 아니꼬운 표정을 짓더니 묻는다.

"서얼이신가?"

"아니요. 내가 벼슬은 하지 못했지만 분명한 적자요. 나라를 위한 거병에 적서구별이 왜 필요하고 양반과 상민이 왜 따로 있다는 말이요? 그대들의 소견은 그리 짧소?"

박문수가 당당하게 나가자 노론의 공자들은 얕보는 어투를 당장 거두었다. 연잉군이 어색한 분위기를 바꾸기 위해 나섰다.

"여기 이 사람은 비록 등과는 못했지만, 명문가의 후손으로 초시는 합격했고 지금은 나를 돕고 있소. 장차 암행어사가 될 인재로 나는 박이사라고 부르고 있지요. 자, 잔을 받았으면 돌려줘야 하지 않소?"

연잉군의 말에 떨떠름한 표정을 짓던 김용택이 얼른 술을 마시고는 따라 주었다. 박문수는 그가 따른 술잔을 집어 단숨에 들이켰다.

노론의 공자들은 앞에 마주한 택견꾼들이 천한 상것만은 아니라는

3_ 의병을 일으키다 63

것을 알았고, 택견꾼들은 연약해 보이는 박문수가 배짱있게 노론의 공자들을 제압하는 것을 보고 긴장을 풀 수 있었다.

"자, 이제 인사들 하시오."

연잉군이 재차 종용하니 노론의 공자들이 일어나 자기소개를 했고, 택견꾼들도 자신의 이름과 직업을 말했다. 이렇게 번갈아 자기를 소개하자 신분의 격차는 있었지만, 연잉군을 중심으로 모인 사람들이라는 점에서 마음이 통하는 것 같았다. 그러나 끝내 술자리는 같이 하지 못하고 따로 패를 나누었다.

술이 몇 잔 들어가자 연잉군이 호위무사 김광택을 앞에 내세웠다.

"동지들! 앞으로 검술교관으로 여러분을 이끌 분이요. 나이는 비록 어리나 칼솜씨로는 대적할 사람이 별로 없는 조선 최고의 무사요."

연잉군의 말에 의병들은 서로 얼굴을 마주 보며 수군거렸다. 아직 여드름 딱지도 떨어지지 않은 일개 호위무사 아닌가. 연잉군은 그들의 속내를 다 알고 있다는 듯 말을 이었다.

"이번 싸움은 멀리서 활을 쏘거나 창으로 대적하기도 하겠지만, 왜적과 일대일로 대할 때 칼로 공격해 오면 대응하는 방법을 익혀야 하오. 이제 김교관의 솜씨를 보여주겠소."

연잉군이 눈짓하자 하인 몇 명이 바닥에 재를 뿌리기 시작했다. 신발을 벗어 맨발이 된 김광택이 칼을 뽑아들자 햇빛에 반사되어 날카롭게 반짝였다. 연잉군이 장구채를 잡았다.

덩기 덩기 덩

장구를 치는 연잉군의 가락에 맞춰 양쪽 엄지발가락만으로 재를 밟고는 춤추는 듯이 칼을 휘둘렀다. 어찌나 빨리 휘두르는지 사람의 형체가 보이지 않을 정도였다. 더욱 놀란 것은 재에 발자국이 남지 않은 것이었다. 모두 입을 딱 열고 바라본다. 장구채를 내려놓은 연잉군이 입을 열었다.

"다음은 목검으로 시연해 보겠소."

그 말이 떨어지자 마자 일본 해적이 목검을 들고 나타나 사람들은 눈이 휘둥그레졌다. 그러나 해적이 어설픈 흉내만 낸 가짜라는 것을 알았다. 김광택이 고양이가 쥐를 잡고 놀리듯이 슬슬 대결하다가 번개같이 빠른 동작으로 가짜 해적의 손목을 쳐서 목검을 떨어뜨렸다.

그 순간 어디선가 다섯 명의 남자가 나타나 이 어린 검술교관을 포위했다. 그러자 펄쩍펄쩍 뛰며 그들을 대적하더니 눈 깜짝할 사이에 모두 쓰러뜨렸다.

우아!

이들의 대결을 숨죽여 보던 의병들이 일제히 환호성을 질렀다. 연잉군이 자리에서 일어나 좌중을 훑어보고 말했다.

"잘 보시었소? 이 사람의 부친이 그 유명한 김체건 무관이오."

조선 사람치고 김체건의 이름을 모르는 사람은 없다. 김체건은 임진왜란 당시 조총과 함께 일본의 검술에 속수무책으로 당했다는 것을 알았다. 그래서 귀화한 왜인에게서 검술을 전수받았으나 부족하다고 여겼는지 왜관의 하인으로 들어가 몰래 왜검을 익혔다는 전설적 무인이다.

"우리 조선은 예부터 활을 잘 쏘는 민족이나 칼에는 발전이 없었소. 이에 비해 일본은 전란이 많아 근접전인 검술이 발달했는데 김교관의 부친이 왜관에 숨어들어 오랫동안 익혔소. 고심 끝에 조선의 검법과 합쳐 아들인 김교관에게 그대로 전수해 주었던 거요. 이제 일본 해적을 맞아 싸우려면 그들의 검술을 알아야 하오. 김광택을 교관으로 하자는데 반대하는 사람 있소?"

그러자 일제히 없다고 소리쳤다.

"좋소. 앞으로 메뚜기 아니 김광택 교관을 정중하게 대하시오."

앞자리의 나이 어린 의병이 묻는다.

"저, 나으리. 왜 교관님을 메뚜기라고 부르시는지요?"

"아, 내가 그랬나? 아까 보지 않았는가. 이렇게……"

연잉군이 팔짝팔짝 메뚜기처럼 뛰자 한바탕 웃음이 터졌다.

박문수가 연잉군에게 술잔을 올리고 다른 이에게도 술잔을 돌리기 시작했다. 연희패들을 동원해 춤과 노래를 간간이 섞은 채 몇 시간 동안 두 패로 나뉜 무리는 술을 마시고 환담을 했다. 창의궁의 주인인 연잉군은 양쪽을 번갈아 오가며 이들의 비위를 맞췄다. 이렇게 해서 처음 대할 때 냉랭했던 분위기가 풀리자 서로 오가며 술을 권했다. 주흥이 잔뜩 높아지자 어느덧 어둠이 왔다.

"자, 이제 우포청으로 가서 마지막 여흥을 즐깁시다. 담력 기르기요."

자리에서 일어난 연잉군이 의병들과 함께 창의궁을 나섰다.

하인들에게 등을 들리고 우포청으로 열을 지어서 막힘없이 육조거리를 지나 우포청에 도착했다.

"나으리, 준비를 마치고 기다리고 있었습니다."

포도대장과 종사관들은 벌써 퇴근을 했지만, 강호동 부장은 몇 명의 포졸들과 함께 이들을 기다리고 있었다.

옥문이 열리고 두 명의 사형수들이 험상궂은 얼굴의 망나니들에 의해 끌려나왔다. 꽁꽁 포박한 사형수들을 마당에 꿇어 앉혔다.

"자, 담력을 키워봅시다. 누가 하겠…… 우선 김교관이 솜씨를 보이게."

망나니에게서 김광택이 커다란 참도(斬刀)를 받았다. 그제서야 택견꾼들은 담력을 키운다는 뜻이 무엇인지 알았다.

사형수는 스물이 갓 넘은 청년이었는데 살인을 저질러 옥에 갇혔다가 끌려나온 것이다. 체념은 하고 있었지만 시퍼런 참도를 든 김광택을 보고는 겁에 질려 오줌을 지리고는 울어버렸다. 택견꾼들 중에도 동요하며 소곤거리는 소리가 들렸다.

망나니가 울고 있는 청년의 머리를 풀어헤친 다음 앞에서 획 잡아당기자 목이 길게 늘어졌다.

"사형을 집행하오!"

강 부장이 크게 소리를 치자 김광택이 참도를 휘둘렀다. 사형수의 목이 뎅겅 떨어졌다.

택견꾼들의 동요가 심해져서 공포에 질려 떨거나 두려움에 흐느끼는 자도 있었다. 연잉군이 택견꾼들을 향해 소리쳤다.

"자, 이번에는 그쪽에서 누가 나서 보지!"

조용했다. 죽여 본 것이라곤 복날 개를 때려잡는 것뿐인 그들로서 사람의 목을 벤다는 것은 끔찍한 일이었다. 연잉군의 입가에 비웃음이 스쳐 갔다.

"그대들은 전쟁터에 놀러 가는 것이 아니다. 재수 없으면 왜적에게 잡혀서 이렇게 목이 베어질지 모른다. 누구 없는가?"

연잉군이 재촉하자 키가 큰 택견꾼이 앞으로 나섰다. 반촌에서 짐승을 도살하는 것을 보고 역겨워했던 그였지만 택견꾼의 체면을 지키기 위해 나선 것이다.

"좋소. 단번에 목을 잘라야 하오. 빗나가면 안 되오."

두 번째 사형수는 앞의 사형수가 목이 떨어지는 것을 보고 거의 실신 직전이었다. 원래 사형수는 망나니가 춤을 춰서 정신을 혼미하게 한 다음에 순식간에 목을 베는 것이다.

택견꾼이 칼을 들고 성큼성큼 앞으로 나갔지만, 사형수와 눈이 마주치자 움칫했고 겁에 질린 사형수는 울부짖기 시작했다.

"싫어, 난 죽기 싫어!"

망나니가 머리를 잡아당기자 몸부림을 쳤다. 택견꾼이 주저하는데 망나니가 재촉하자 목을 향해 칼을 내리쳤다. 그러나 목을 살짝 비켜 가자 사형수는 비명을 질러댔다.

당황한 택견꾼이 재차 목을 찍었지만 제대로 잘리지 않았다. 그때 연잉군이 이천기에게 눈짓하자 그가 뛰쳐나가며 소리쳤다.

"내가 도우리다!"

번쩍하고 이천기의 칼이 공중에서 춤추자 사형수의 목이 뎅겅 떨어졌다. 택견꾼의 얼굴은 땀으로 범벅이 되었다.

택견꾼들은 전쟁터에 나간다는 것이 결련택견을 하는 것이 아니라는 것을 분명히 알게 되었다. 연잉군이 의병지원자들을 향해 소리쳤다.

"나를 보좌하는 공자들은 그동안 무예를 단련하는 한편 담력을 기르기 위해 반촌에서 망치로 소도 때려잡아 보고 이렇게 사형수의 목도 베어보기를 수십 번 했소. 나도 처음에 목을 베는 것을 볼 때 벌벌 떨며 오줌까지 지렸소. 이제 왜적과 싸우는 것이 어떤 것인지 알 것이오. 죽음이 두려운 사람은 집으로 돌아가도 좋소."

그러나 택견꾼들은 누구도 움직이지 않았다. 끔찍한 모습에 겁이 나서 울음을 터뜨렸던 나이 어린 택견꾼도 꼼짝하지 않았다. 박문수가 앞으로 나섰다.

"왜적으로부터 나라를 지키기 위해 우리의 목숨을 나으리에게 맡겼습니다. 우리가 저기, 죽은 사형수처럼 되어도 절대로 후회하지 않을 것입니다."

그의 말에 연잉군이 만족한 듯 크게 웃었다.

이렇게 해서 담력을 시험하는 무시무시한 사형집행이 끝났다. 의병들은 사흘 뒤에 출발하기로 하고 모두 집으로 돌아갔다.

봄에서 여름으로 접어들면서 사직과의 일은 점점 줄어들었다. 잦은 비로 한과가 눅눅해지기 때문에 만들기도 어렵고 먹기도 좋지 않기 때문이다. 그렇지만 잘 보관한 약과나 강정 등을 사가는 사람 때문에 문을 반쯤 열어둔 상태다.

그날 밤. 서장미는 오랜만에 논어를 읽으려 했으나 글자가 눈에 들어오지 않아 수호전(水滸傳)을 펼쳤다.

벌써 세 번이나 읽었지만 흥미진진한 내용이라 또 읽으려는 것이다. 불우한 처지에 몰린 영웅호걸들이 양산박에 모여 부패한 관리들을 응징하는 장면에서는 삼두매의 얼굴이 떠올랐다.

어깨에 매를 얹고 질풍처럼 말을 달리며 부패한 관리들을 향해 질타하는 그 모습을 떠올리자 몸을 부르르 떨었다.

요즘 들어 하루에도 서너 차례 그가 생각났다.

'어머, 내가 왜 그 사람 생각을 하지?'

장미는 머릿속에 더러운 것이라도 묻은 양 세차게 흔들어 떨궜다. 다시 머리를 바로 했을 때 창호지에 시커먼 것이 눈에 들어왔다.

"봉선이냐?"

그림자의 크기로 보아 봉선일 턱이 없지만, 장미는 이렇게 묻고는 책상 밑에 숨겨둔 은장도를 집어 들었다. 방문이 천천히 열리면서 드러난 얼굴은 삼두매였다.

"아씨, 다시 뵙습니다."

장도를 든 장미의 손이 떨리고 있었다.

"어쩐 일로 이 밤중에 들어온 것입니까?"

"아씨가 보고 싶어 찾아왔소이다."

"무례합니다. 여기는 외간남정네가 드나들 수 없는 안채입니다."

장미는 침착함을 되찾고 삼두매를 나무랐다.

"아씨는 제 목숨을 구해준 생명의 은인입니다."

"내가 아니더라도……누구라도 했을 일입니다."

"누구라도? 나는 지금처럼 무례하게 침범했었소이다. 쫓기는 도둑으로요."

"보통 도둑이 아니지요. 백성을 위해 일했으니까요."

복면한 삼두매의 어깨에 매가 날아와 살포시 앉았다.

"허? 그런가요. 그렇다면 아씨를 사랑할 자격도, 사랑받을 자격도 있겠군요."

"그럴 수는 없습니다."

삼두매가 흐흐 소리 내어 웃었다.

"연잉군 때문인가요? 천하의 난봉꾼, 한량인 왕자님이 힘없는 백성을 위해 어떤 일을 했지요?"

"왜적으로부터 나라를 지키기 위해 의병을 일으켰어요."

"아, 그 의병이요. 그거, 다 눈속임입니다. 울릉도와 독도를 일본에 내준다는 노론의 당론으로 사세가 불리해지니까 그런 것이지요. 일본군이나 해적을 만나면 어마 뜨거라 하고 도망할 겁니다. 그 멍청이가."

"그렇게 말하지 마세요. 그분은 제 정혼자입니다."

장미의 말투가 단호해졌다. 삼두매가 또 소리 내어 웃었다.

"정혼자? 역모에 연루된 집안의 딸을 왕실에서 받아줄까요? 하긴 지금까지 질질 끈 것도 바보 멍청이 같은 짓이지만요."

"그만. 제발 그만 하고 어서 돌아가세요. 사람을 부르겠어요."

"아씨, 자신의 마음을 속이지 마십시오. 저를 쫓아낼 마음이었으면 벌써 사람을 불렀을 것입니다. 왜 그랬을까요? 그것은 아씨의 마음속에 이 삼두매에 대한 연모의 정이 있기 때문이지요."

"좋아요, 그러면 사람을 부르지요."

삼두매의 어깨에 앉은 매가 후드득 소리를 내며 공중으로 날아갔다.

"아무리 불러도 소용없을 겁니다. 오늘 저녁에 먹은 오이냉국 속에 제가 뭔가 탔거든요. 내일 아침까지는 벼락을 쳐도 듣지 못할 것입니다. 그러니까 이 집안에는 아씨와 나 단둘만 있다는 것이지요. 흐흐."

유들유들하게 웃는 삼두매를 보고 장미는 화가 났다. 오이냉국을 싫어해서 먹지 않은 걸 어찌 알았던 말인가.

"비겁한 남자 같으니! 당신을 의로운 사람으로 믿은 것이 잘못이지……."

장미가 장도를 집어들어 그 칼끝을 자기 쪽으로 돌렸다.

"허튼짓하면 이 칼이 내 살을 파고들 거예요."

장미의 단호한 목소리에 삼두매가 당황했다.

"아, 알았소. 내 어찌하려는 것이 아니오. 다만 아씨의 숨김없는 마음을 알아보기 위한 것일 뿐이요."

"제 마음속에는 오직 연잉군 나으리 뿐이에요. 삼두매가 진정 백성을 사랑하는 의적이라면 내 정조를 지켜주시기 바래요."

"연잉군은 왕자이고 나는 도둑이기 때문이요?"

삼두매가 고개를 앞으로 디밀자 장미가 소리쳤다.

"가까이 오지 마세요. 당신을 존경했던 것은 사실이에요. 대장부로써 훌륭한 사람이라고 생각한 것도 사실이에요. 하지만 지금 이런 행

동을 보니 내가 잘못 생각한 것이군요."

삼두매가 한 걸음 뒤로 물러났다.

"그러니까 아씨도 나를 마음에 두긴 했군요. 그럴 줄 알았소. 그러면 연잉군이 파혼하거나 죽게 된다면 내게로 올 수 있겠소?"

"싫어요."

"그럼, 평생 생과부로 살다 죽을 셈이요?"

"한량 연잉군, 난봉꾼 연잉군이라고 해도 그건 내 운명이지요. 나를 버리고 먼저 세상을 떴다 해도 난 그분만을 생각할 거예요. 그러니 단념하고 돌아가세요."

"다시 생각할 수 없겠소?"

삼두매가 다시 앞으로 다가오자 장미가 장도를 목에 가져다 댔다.

"방안으로 들어오면 내 시체를 볼 수 있을 거예요."

삼두매가 그 자리에 얼어붙어 꼼짝하지 않았다. 멀리서 순라꾼들이 징을 울리며 순라 도는 소리가 들려왔다.

"알았소. 아씨의 마음을 알았으니 이만 돌아가겠소. 안녕히 계시오."

삼두매는 담장으로 걸어가더니 휙 하고 몸을 날려 담을 뛰어넘었다. 그것을 보자 장미는 한숨을 내쉬며 장도를 내려놓았다. 믿었던 것에 대한 배신감과 함께 어디선가 바람이 새는 기분이었다.

그날 밤, 장미는 잠을 이루지 못하다가 새벽녘에 겨우 잠이 들었다.

"아씨, 아씨!"

봉선이 부르는 소리에 장미가 잠을 깼다. 연잉군이 방문했다는 말에 자리에서 일어난 장미가 얼른 세수하고 몸단장을 하고 나갔다.

"죄송합니다. 제가 늦잠을 자는 바람에……송구합니다."

장미가 고개 숙여 인사를 하자 연잉군이 크게 웃고 나서 말했다.

"요즘도 소설책에 열중하는가 보오."

"아, 네."

장미는 어젯밤에 벌어졌던 일을 말할 수 없었다. 연잉군이 부드럽고 사랑스러운 눈빛으로 바라보며 말했다.

"내가 의병을 일으켜 출전하게 되오. 처음으로 세상에 떳떳한 일을 하게 되었소. 나, 연잉군이."

연잉군이 바보 같은 웃음을 지어 보였다. 그러자 장미는 벌컥 울음이 터져 나왔다.

"왜 그러시오? 내가 모처럼 행하는 일이 못마땅하오?"

"아, 아닙니다. 장한 일을 하시니 감격해서요."

장미가 손등으로 눈물을 훔쳤다. 어머니 우봉 이씨는 울어야 할지 웃어야 할지 몰라 우두커니 서 있었다. 연잉군이 그녀의 손을 붙잡고 말했다.

"어머님, 이번에 큰 공을 세우게 되면 장인어른이 풀려나오게 될 것입니다. 그리고 장미 낭자와도 혼사를 이룰 수 있을 것입니다."

우봉 이씨의 눈도 글썽거렸다. 밥이나 축내는 멍청이, 못난 왕자가 더는 아니었다.

"나으리가 이리 점잖은 대장부일 줄이야. 전쟁터에 나가더라도 부디 손가락 한 마디, 머리칼 한 올도 다치지 말고 무사히 돌아오시오.

정한수 떠놓고 하늘에 빌겠소."

대문 밖에서는 연잉군이 나오기를 기다리는 사람들이 많았다. 시간이 지체되자 의병 교관이 된 김광택이 연잉군을 재촉했다. 도성 일대를 행진하며 의병들의 위세를 보여야 하기 때문이다.

"어머님, 가겠습니다."

하고는 장미에게 나직하게 들릴 듯 말듯 말했다.

"서낭자, 어제 고맙소."

장미는 이 말을 듣지 못한 것 같았다.

연잉군이 김광택을 따라 밖으로 나가자 그녀도 뒤따라 나갔다. 밖에는 연잉군이 나오기를 기다리는 얼굴들이 많이 있었다.

흰 말에 올라탄 연잉군이 멀리 보이지 않을 때까지 배웅했다. 일행이 보이지 않자 장미는 문득 연잉군이 한 말이 기억났다. 어제 고맙다고? 그게 무슨 뜻일까. 행랑아범을 시켜 한과를 보낸 것을 말하는 것인가. 아니면……갑자기 어지러워지자 몸을 비틀거렸다.

아침 식사를 마친 조선의 의병들은 사직단에 모여 제사를 지냈다. 연잉군을 제주로 해서 사직단에 의병을 일으킨 사유를 고하고 하늘의 도움을 청원할 때 의병들은 숙연해지면서 가슴이 벅차 올랐다. 노론의 공자들은 모두 말을 타고 평민출신들은 훈련도감에서 가져온 창을 들고 그 뒤를 따랐다.

그들이 숭례문으로 향할 때 동네 처녀들이 모두 나와 환송을 하자 이들의 발걸음이 더욱 씩씩해졌다. 서장미도 어머니 우봉 이씨와 사직과 사람들도 모두 길에 나와 있었다.

연잉군이 서장미와 눈이 마주쳤다. 그의 얼굴에 환한 미소가 피었다. 다시 고개를 돌린 연잉군의 뒷모습이 늠름해 보였다. 난봉꾼 같은 구석은 한 군데도 없었다. 오직 나라를 위해 목숨을 던지려 하는 비장한 영웅만 보일 뿐이었다.

의병에 앞서 온 박문수는 첩자들의 얼굴이 그려진 인상서를 가지고 통진부를 찾아갔다. 분명히 염탐을 위해 침투했을 것이기 때문이다. 포도부장은 눈치 빠른 포졸들을 뽑아 박문수에게 붙여주어 은밀히 첩자를 찾아 나섰다. 몇몇 행동이 수상한 자를 잡아 심문했지만, 번번이 허탕을 치고 말았다.

가뜩이나 심란한데 열 받게 하는 일이 생겼다. 박문수가 포졸들과 헤어져 혼자 주막에 들었을 때다. 국밥을 먹고 있는데 시장에서 장사를 마치고 돌아가는 상인들이 평상에 앉아 이야기하는 것이 귀에 들려왔다.

"듣자하니, 서울에서 의병이 일어나 이곳 김포로 오고 있다며?"

"아, 그렇다네. 왜군들이 동해에 있는 섬을 노리고 있어 그걸 막으려고 한다네. 갑곶나루 일대에서 훈련한다고 하더구먼."

"좋은 일이네. 딱 하나, 대장을 잘못 뽑은 것이 흠이지만."

"대장이 누군데?"

"연잉군인가 하는 난봉꾼이라네."

비아냥거리는 투다. 박문수는 화가 치밀었으나 겉으로 드러내지 않았다.

"천하의 한량 연잉군이 계집을 품는 대신 칼을 잡는다. 그 모양뿐인 칼로 김포 순무라도 벨 수 있겠나?"

"니미랄, 지나가는 개가 하품을 하겠네 그래."

주모가 국밥을 말아 오자 상인들은 입을 다물고 먹는 것에 열중했다. 박문수가 수저를 밥그릇에 꽂은 채 자리에서 일어났다. 세상의 평이 이러니 밥맛이 뚝 떨어졌던 것이다.

문수가 속으로 투덜거리며 나오다가 말을 타고 가는 기생들을 보았다. 모두 세 명이었는데 한결같이 예쁜 용모라 지나는 사내들이 모두 넋을 놓고 바라보는데 그중에서 특히 짙은 화장을 한 기생이 눈에 들어왔다.

자신을 바라보는 사내들에게 눈웃음을 치자 모두 자지러졌다. 그녀를 본 박문수도 눈이 마주치는 순간 가슴이 두근거릴 정도였다. 그 얼굴을 어디서 많이 본 듯해서 고개를 갸우뚱거렸다.

박문수는 등을 들고 급히 관아로 발길을 움직였다. 아무래도 저녁에 본 기생이 마음에 걸렸다. 기무라가 만든 하나코의 인상서와 비슷했기 때문이다.

횡하고 바람이 불어 등을 떨어뜨리는 바람에 불이 꺼져버렸다. 구름이 끼었는지 달빛 하나 없는 밤에 문수는 장님처럼 관아를 향해 더듬어 가는데 짚신이 발에서 떨어지지 않았다.

문수가 얼른 호주머니에서 부싯돌을 꺼내 불을 밝히자 피투성이가 되어 쓰러진 군관이 보였다. 동시에 꽝하고 요란한 폭발소리와 함께 불길이 치솟으며 거센 바람에 문수가 튕겨 나갔다. 정신을 차려보니 연이어 폭발음이 들렸다.

이백 보쯤 떨어진 화약고에 불이 붙은 것이다. 여기저기서 비명과 함께 사람들이 뛰쳐나왔다. 화약고의 폭발에 통진부에서도 숙직을 하던 포졸들이 우르르 몰려나왔다. 박문수가 안으로 들어가려 하자 얼른 가로막는다.

"나는 연잉군의 수하다. 오늘 숙직이 누구인가?"

숙직자가 병방(兵房)임을 확인하자 포졸들과 함께 급히 이방청으로 달려갔다. 불이 환하게 켜져 있는데 문을 열자 쓰러져 있는 병방과 서랍을 뒤지는 여자가 눈에 들어왔다.

"누구냐?"

박문수가 고함을 치자 여자는 그를 향해 표창을 날렸다. 퓩.

얼른 고개를 숙였지만, 표창이 갓을 뚫어 들어가 상투에 꽂히는 바람에 주저앉았다. 바로 그 기생이었다. 그녀는 뭔가 움켜쥐고는 창문을 부수고 밖으로 뛰쳐나갔다. 포졸들이 급히 그녀를 뒤따랐지만, 어둠 속으로 사라져 놓치고 말았다.

속옷 차림으로 달려온 통진부사는 침통했다. 폭발사고로 보관 중인 화약을 모두 잃었을 뿐 아니라 다섯 명의 군졸이 목숨을 잃었다. 군관과 병방은 피살된 것이 확실했고 나머지는 폭발할 때 죽은 것으로 추정되었다.

"화약도 화약이지만 해로도 사본을 잃어버린 것이 큰 손실이오."

부사가 문수에게 말했다. 안용복이 만든 진본은 군의 총사령부인

오위도총부에 두고 사본을 통진부에 보관시켰던 것이다.

동해 지역의 해로도가 일본군이나 청국 수군에게 들어가면 국가 안보에 위험을 가져올 수 있다. 그래서 해로도를 탈취당한 사실에 대해 입단속을 시켰다.

다음날 의병이 도착하자 박문수는 기생의 소재지를 찾아 헤맸다. 그러나 행방을 감춘 기생에 대해서 뜨내기라고 진술한 기생어멈이 말한 것 이상 얻지 못했다. 다만 기무라가 말했던 여두목 하나코로 추정될 뿐이었다.

"내가 재빨리 손만 썼어도 되는 건데."

문수가 비통해하며 자신의 탓으로 돌리자 연잉군은 다독였다.

"박어사! 너무 자책하지 마시오. 기왕에 당한 일이니 만회할 방법을 찾아봅시다."

다음 날 연잉군은 박문수를 의병의 비장(裨將)으로 삼았다. 그는 사태가 급박하게 돌아가자 박문수를 대마도로 보내기로 마음 먹었다.


김덕재는 우포청 종사관에서 쫓겨난 뒤 개구리처럼 옴츠려있다가 의병의 훈련을 총괄하는 자리에 임명되었다. 공을 세우면 김포현감에 앉히겠다는 연잉군의 약속에 원기가 솟구쳤다.

"야, 야, 야! 뭣들 하는 거냐? 빨랑빨랑 움직이지 못해?"

의병 훈련관 김덕재는 으름장을 놓으며 의병들을 정렬시켰다. 정식 군인들이라면 훈련도감에서 훈련을 받아야 한다. 그렇지만 의병은 민간인 신분이기에 연잉군의 별장이 있는 통진부에 모인 것이다.

"에, 나는 앞으로 너희 오합지졸을 일당백의 용맹한 군인으로 만들어줄 훈련관 김덕재 어른이시다. 아는지 모르겠는데 나는 우포청 종사관으로 악질 강도들을 맨손으로 수없이 붙잡았다. 에, 그리고 우리 조선의 왕자님이신 연잉군의 둘도 없는 단짝 친구이기도 하다. 에, 그러니까……"

이렇게 의병들 앞에서 자기 자랑을 한참 늘어놓는 것을 멀리서 연잉군이 보고 웃었다.

"내가 훈련관 하나는 잘 뽑은 것 같소. 조금만 추어주면 저리 열심이니 말이오. 하하"

"의병들이 좀 힘들 겁니다. 하하"

연잉군과 박문수 두 사람은 오랜만에 서로 마주 보며 웃었다. 하하하 덕재의 허풍을 귓전으로 흘리며 문수가 정색하고 묻는다.

"대마도가 막부를 움직일 힘이 있습니까?"

"물론 아니지. 박 비장의 역할은 그들의 동태를 염탐하는 거요. 겉으로는 막부에 속으로는 요시무네편이라는 것이 사실인가, 우리가 맞서 싸울 의지를 분명히 할 때 일본과 대마도의 반응이 어떤가 확인해 보라는 거요. 그리고 또 한 가지 임무가 있소. 자칫하면 목숨을 잃을 수도 있으니 강요하지는 않겠소."

연잉군이 정색하며 말하자 문수가 단호하게 대답했다.

"나으리, 나라를 위해서 이 한 몸이 못할 것이 무엇이겠습니까? 무슨 일이든 하겠습니다."

"하하, 내 그리 말할 줄 알았소. 뒤를 돌아보시오."

어느 틈에 왔는지 기무라가 서서 히죽 웃고 있었다.

"하나코에게 뒤통수 한 대 맞았으니 우리도 한 방 먹여야지요. 대마도에서 돌아오는 길에 오키섬으로 가셔야겠습니다. 박비장님."

"오키섬? 모모타로가 머물고 있다는 섬 말이요?"

"그렇습니다. 거기에 가면 박 비장님을 도와줄 사람이 있을 것입니다. 그 사람의 안내로 모모타로의 숨통을 끊을 문서를 가져오면 됩니다."

"기무라, 너무 쉽게 말하는군요."

문수가 내뱉듯이 말했다. 대마도도 처음 가는 길인데 해적들이 우글거리는 오키섬에 첩자로 가라니 말이 안 된다.

"그래서 안감역에게 오키섬 사투리를 배우지 않았소?"

문수는 그제서야 연잉군이 처음부터 자신을 오키섬으로 보내려고 했다는 것을 깨달았다. 끙하고 앓는 소리를 내고 기무라에게 반문했다.

"낯선 자가 어슬렁거리면 의심을 사지 않겠소? 당장 붙잡히게 될 거요."

"박 서기님은 침뜸에 능하지 않소? 그 솜씨면 대마도에서 온 의원으로 속일 수 있을 거요."

그 말을 들으니 약간 화가 풀렸다. 침뜸을 놓는 침구사로 변장하는 건 어렵지 않을 것이다.

"그러면 오키섬에는 어떻게 가야 하나요?"

뭔가 속은 것 같아 기분이 상한 문수의 물음에 기무라가 봉투를 옷소매에서 꺼냈다.

"여기에 그 방법이 적혀 있소. 도와줄 첩자는……"

기무라는 히죽 웃더니 중얼거리듯 말한다.

"아주 예뻐서 박비장님이 감당하기 어려울 거요."

그의 말에 문수는 접선할 첩자가 여자임을 알아 챘다.

기무라는 지도를 펼치고 오키섬 근처에서 접선할 지점과 접선방법을 설명했다.

## 4

# 섬을 빼앗기다

 쉬지 않고 역마를 달려 동래에 도착한 박문수는 대마도로 가는 왜인의 배에 올라탔다. 대마도에 도착해 곧바로 대마도주의 측근 아메노모리 호오슈를 만났다.
 "대마도는 처음 오시는 것이지요?"
 "아닙니다."
 박문수의 말에 아메노모리가 영문을 모르겠다는 듯 바라보았다.
 "그동안 대마도의 지리와 풍광에 관한 이야기를 많이 들었으니 몸은 초행이나 머리는 아닙니다."
 그의 말에 아메노모리가 빙긋 웃는다. 재미있는 녀석이로군 하는 눈빛으로 바라보더니 차와 과자를 권한다.
 "들어서 아시겠지만 지금 영주님은 에도에 머물면서 긴박하게 돌아가는 사태를 주시하고 있습니다. 저도 며칠 전에 에도에서 돌아왔습니다."

　아메노모리는 막부의 중신들과 차나 마시며 태평세월을 즐기는 대마도주를 감싸며 말했다. 박문수는 잠시 숨을 멈추고 머리를 굴렸다. 아메노모리는 노련한 외교관이다. 자칫하면 그의 말솜씨에 말려들 것이니 정신을 바짝 차려야 한다.

　"아시겠지만 조선은 왜관을 폐쇄하지 않습니다."

　"저도 조선에서 으름장을 놓는 것으로 생각하지만, 임진년에 일어났던 일이 다시 일어나면 어쩔 수 없지요."

　"그러면 또 대마도의 재물과 백성이 맨 먼저 희생되겠군요."

　박문수는 전쟁이 나면 대마도가 큰 피해를 볼 것임을 상기시켰다. 그랬더니 아메노모리가 한숨을 푹 내쉬고 나서 말했다.

　"저희로서는 조선과 일본이 전쟁하는 것도 원치 않고 조선과의 관계가 나빠지는 것도 원치 않습니다. 제발 원만하게 일이 잘 매듭지어졌으면 하는 바람뿐입니다."

　"울릉도와 독도는 분명히 조선 땅입니다. 이십 년 전 막부도 확인하지 않았습니까?"

　"그렇기는 하지만 조선에서 사람이 들어가 살지 못하게 하는 공도정책을 펴니 우리가 대신 들어가 사는 것도 좋지 않겠습니까?"

　"이웃집이 비었으니 이제부터 우리가 들어가 주인으로 살겠소 하면 집주인이 가만있겠습니까? 우리 조정에서 울릉도 같은 큰 섬에 사람이 살지 못하게 하는 것은 귀국 해적의 행패 때문이 아닙니까."

　그 말에 아메노모리는 아무 대답도 못했다. 조선의 공도정책은 방

4_ 섬을 빼앗기다　85

어가 취약한 섬에 일본 해적들이 들어가 백성을 죽이고 재물을 빼앗기에 부득이 취한 정책이었기 때문이다.

"알겠소. 죽도는 그렇다 쳐도 송도라도 일본에 넘겨줄 수 없겠소?"

"송도라면…… 독도 말인가요?"

"죽도야 사람이 살 수 있는 터전이 있긴 하지만 송도는 사람이 도저히 살 수 없는 섬 아니요? 있는 것이라곤 강치뿐이라는 말을 들었소. 그 섬을 준다면 막부는 그에 상응하는 재물을 내놓을 것이요. 황금 천 냥이면 어떻겠소?"

"황금 천 냥?"

문수는 침을 꿀꺽 삼켰다. 황금 천 냥이면 어마어마한 돈이다. 아무리 높게 쳐도 독도의 가치는 황금 닷 냥도 못 된다. 강치 수놈의 생식기가 정력에 좋다고 하지만 얼마나 잡을 수 있겠는가. 독도는 지나는 배들이 잠시 쉬었다가 가는 역할밖에 하지 못하는 섬이 아닌가.

"천 냥이 부족하면 이천 냥, 아니 오천 냥까지도 내놓을 수 있을 것이요."

"오천 냥의 황금을 주고 탐내는 것을 보니 혹시 독도 안에 황금이 묻혀 있는 게 아니요? 해적들이 도둑질한 것을 그런 작은 섬에 숨긴다는 말을 들었소만."

말이 엉뚱하게 나가자 아메노모리는 당황했다. 모모타로는 조선에서 사신이 오면 울릉도를 포기하는 한이 있더라도 독도만은 꼭 지켜야 한다고 하지 않았던가. 그 이유를 모르지만, 박문수가 찾아오자 그대로 말했을 뿐인데 보물섬으로 둔갑하니 놀라지 않을 수 없었다.

"그, 그럴 리가 있겠소. 돌섬 어디에 보물을 파묻을 수 있다는 말이요? 말도 안 되오."

아메노모리는 말까지 더듬으며 강력히 부인했다. 그 이후로 두 사람의 대화에는 진전이 없었다.

박문수는 연잉군이 명령한 대로 분위기를 살피니 전쟁이 날까 봐 두려워하는 것이 역력했다. 대마도는 막부의 실권자와 생각을 달리하고 있었다. 두 개의 섬을 노리는 것은 기무라의 말대로 마나베 아키후사를 비롯한 몇몇 권력자들의 권력유지 수단이 분명했다. 박문수는 동래로 다시 돌아가기 전에 기무라의 부하와 몰래 접선했다. 그에게서 위조증명서를 받은 다음 대마도의 상선에 올라탔다.

아메노모리는 박문수가 떠나자 둘이 나눈 대화를 편지에 써서 대마도번의 공식경로로 마나베 아키후사에게 보냈다. 대마도에 잠복한 막부의 첩자들을 의식했기 때문이다. 그리고는 몰래 도쿠가와 요시무네에게도 그 내용을 전했다.

박문수는 갑판에서 오키섬으로 데려가 줄 배를 기다리고 있었다. 선장의 말에 의하면 곧 나타날 때가 되었다. 그러나 예정보다 한 시간이 지났는데도 배는 나타나지 않았다.

휘잉

갑작스러운 돌풍에 배가 휘청하더니 뒤집어질 듯하다가 바로 섰다. 갑판에 나동그라진 박문수를 일으키며 선장이 말했다.

"뱃길에서는 이런 일이 흔하지요. 하지만 염려 마십시오."

4_섬을 빼앗기다 87

간신히 일어나서 보니 시커먼 것이 둥둥 떠서 가는데 공중으로 물이 뿜어지는 것을 보았다.

"아, 저건 뭐요?"

"네. 고래입니다. 동해안에는 흔히 볼 수 있는 커다란 짐승 물고기이지요."

물을 뿜은 고래는 다시 바다 밑으로 들어갔다.

"가끔 용오름이 오르는 것도 볼 수 있습니다. 모르는 사람들은 용이 승천하는 것으로 알지만요."

선장은 마치 용처럼 하늘 위로 올라가는 바닷물의 신비한 광경을 설명해 주었다. 고개를 끄덕이며 그때의 장엄함을 머릿속에서 상상하고 있는데 쿵 하는 소리와 함께 배가 옆으로 기울여졌다. 갑판의 선원들이 비명을 지름과 동시에 배가 획 뒤집어졌다.

박문수도 밑으로 떨어졌지만, 용케 바다에 떨어진 나무통을 붙잡을 수 있었다. 상인과 선원을 태운 배는 바다 밑으로 가라앉고 있었다. 널빤지를 잡은 선원 몇 명이 파도에 쓸려가더니 모습이 보이지 않았다. 순식간에 배를 침몰시킨 고래는 유유히 사라졌다.

'이거 꿈 아닌가?'

조금 전까지만 해도 멀쩡했던 배가 눈앞에서 사라지고 망망대해에 혼자 남게 된 박문수는 모든 것이 꿈만 같았다. 그러나 볼을 꼬집어 아픈 것을 보니 틀림없는 현실이었다.

하늘은 푸르고 바람은 언제 배 한 척을 삼켰느냐는 듯이 고요하기만 했다. 그래도 갓은 벗겨지지 않았다. 바짝 통을 부여잡은 박문수는 해류에 따라 천천히 움직였다. 이렇게 움직이기를 한 시각 정도 했다.

"이런 젠장. 그래도 내가 명줄은 길게 태어났나 보다."

어처구니가 없어 허허 웃는데 자신이 붙잡고 있는 통이 스르르 밑으로 가라앉는 게 아닌가. 통속에 물이 들어간 모양이었다. 그러자 문수는 당황했다. 수영에는 자신이 있다고 자랑하지만 그건 언제든지 나올 수 있는 개천이나 강 같은 데서나 할 수 있는 말이다.

"사람살류! 사람살류!"

아무리 외치지만 어디에 대고 구원을 요청할 수 있다는 말인가.

"망할 놈의 연잉군. 삼두매 도둑놈. 하필 날 대마도로 보내 이렇게 죽게 한다는 말이냐! 나는 장가도 못 가본 숫총각이란 말이다! 너는 기생 끼고 잠이나 잤지, 난 총각이야! 이대로 죽으면 몽달귀신이 된다는 말이야."

허공에 대고 온갖 욕설을 다 퍼부었지만, 험한 욕이 물에 빠진 사람을 구해 주지는 못했다. 다행히 통이 다시 올라왔다.

"이런 젠장. 암행어사는커녕 과거에 급제도 못해보고 여기서 물고기 밥이 되다니……"

망망대해에서 통에 의지하고 가라앉았다, 떠올랐다가를 반복하고 있으면서 애를 바짝바짝 태우고 있었다.

꼬르륵

드디어 통이 가라앉고 박문수도 막 가라앉으려는 찰나에 기적이 일어났다. 눈앞에서 배 한 척이 다가오는 것이 보였다. 작은 어선에서 휙 하고 밧줄이 날아오자 얼른 밧줄을 잡았다.

일본인 어부가 줄을 잡아당기자 문수가 끌려가면서 재빨리 머리를 굴렸다.

"어디 사는 사람이요?"

어부가 일본어로 묻지만, 문수는 못 알아듣는 척했다. 사투리로 보아 이즈모나 호키의 어부 같았다. 배 안에는 머리를 빡빡 깎은 열살 정도 되는 아이가 우두커니 바라보고 있었다. 말이 통하지 않자 어부는 아이에게 조선말로 물어보라고 했다.

아이가 박문수의 아래위를 훑어보더니 더듬거리는 조선말로 누구냐고 묻자 문수는 자신은 제주도로 가는 배를 탄 조선의 선비인데 배가 고래와 부딪쳐서 난파했다고 거짓말을 했다. 그러자 아이는 서툰 일본어로 어부에게 전했다. 어부는 의심쩍은 얼굴로 훑어보더니 배를 저어 조그만 섬에 도착했다.

거기에는 또 다른 배 한 척이 매여 있었다. 세 사람은 배에서 내려 작은 오두막으로 갔다.

박문수는 바닷물에 젖은 도포를 벗고 다 떨어져 넝마 같은 일본옷으로 갈아입었다. 구운 생선과 조밥을 먹은 박문수는 아이에게 통역을 부탁했다.

"나를 동래로 데리고 가면 황금 열 냥을 주겠다고 해라."

문수는 아이에게서 그 말을 들으면 어부가 좋아할 줄 알았는데 시큰둥한 것을 보고 뜨끔했다. 속내를 숨기고 잠이 온다고 하고 자리에 누워 코를 골았다. 아니, 고는체했다.

어부는 작은 목소리로 아이에게 뭐라고 말했지만, 신경이 곤두선

문수는 무슨 내용인지 다 알아들을 수 있었다.

어부는 도포를 뒤적거리며 뭔가를 찾았지만, 그의 신분을 밝혀줄 그 어떤 단서도 찾을 수 없었다. 위조된 신분증을 유지에 싸서 속옷 안에 꿰맸기 때문이다. 어부가 슬며시 다가와 살폈다. 코를 고는 것을 보자 어부는 문수의 팔을 뒤로 돌려 끈으로 묶으려 했다.

"이놈!"

문수는 벌떡 일어나 어부의 얼굴을 후려쳤다. 불의의 기습에 놀랐지만, 바다를 누비는 억센 어부에게 문수는 상대가 아니다. 어부의 주먹에 문수가 나가떨어졌지만 곧바로 일어났다.

어부가 생선을 갈무리하는 칼을 집어 들었다. 문수는 택견의 아랫발차기를 머리에 떠올리고 어부의 정강이 아래를 돌려찼다.

쿵

소리와 함께 넘어지면서 손에 든 칼이 그의 목을 베었다. 어부는 비명도 지르지 못하고 쓰러졌다. 시뻘건 피가 목에서 솟구쳤다. 아이가 구석에서 바들바들 떨고 있었다.

"무서워할 것 없다. 너는 조선 아이지? 이름이 뭐냐?"

박문수의 물음에 아이는 자신의 이름을 말했다. 순천 바닷가에 살았는데 이년 전에 해적이 들이닥쳐 아버지를 죽이고 엄마와 함께 붙잡혔다고 했다.

엄마는 사쓰마로 팔려가고 자신은 호키로 팔려왔다고 말했다. 어업과 밀무역을 병행하는 어부에게 노예로 팔려온 사실을 알게 된 문수는 함께 어부의 시신을 거둬 언덕에 묻어 주었다.

"네 눈가에 멍이 든 것을 보고 붙잡혀 온 아이인 줄 알았다."

문수는 아이를 안심시키고 그동안 노예 생활을 하면서 보고 들은 것을 모두 이야기하게 했다. 조선말도 서툴고 일본어도 서툴러 알아듣기 어려웠지만, 조선의 밀사를 잡기 위해 혈안이 된 것은 알 수 있었다.

문수는 자신을 마중 나올 배가 없다는 것을 깨달았다. 어부는 밀사로 의심되는 박문수를 잡아 오키섬의 치안을 맡은 반슈에 넘기려고 했던 것이다.

"오키섬에 해적들이 모여 있다는 말이지?"

아이의 말을 조합해보니 일본 수군을 피해 여기저기 섬에 흩어져 있던 해적들이 막부가 직접 관할하는 오키섬에 모였다는 것이다. 이키섬에 본부가 있는 일본 수군을 앞세워 울릉도를 점령하면 전쟁이 일어날 수 있으니 해적으로 하여금 급습하게 하려는 것으로 판단했다.

"이곳의 해로를 알 수 있겠니?"

문수의 물음에 아이는 흙바닥에 나뭇가지로 섬 근처의 해로를 그렸다. 어부와 함께 조선 근처까지 몇 번 배를 저어 가보았다고 말했다. 아이는 오키섬으로 가는 해로도 그려 보았다.

"좋아, 그럼. 조선은 너 혼자 가도록 해라."

박문수가 오두막을 뒤져보니 자질구레한 것들이 많았다. 그것을 뒤져 머리를 미는 삭도와 숨겨둔 은전도 찾아냈다.

"얘야, 머리를 밀 수 있겠니?"

아이가 밀 수 있다고 하자 박문수는 서슴지 않고 상투를 잘라내고 대충 머리를 자른 다음 일본인처럼 앞이마를 밀게 했다. 신체발부 수지부모라는 말대로 조선인으로서 상투를 자르기는 쉽지 않으나 일본인으로 위장해서 침투하려면 이 방법밖에 없다고 판단한 것이다.

손재주가 있는 아이는 문수의 머리를 일본인과 똑같이 만들었다. 머리를 깎은 뒤 박문수는 흰 천 조각을 찾아 깨끗이 빨았다. 그런 다음에 새의 털을 뽑아 붓처럼 만든 다음 오징어 먹물을 이용해서 그간의 사정을 언문으로 적어 놓고는 생선 기름을 발랐다.

"이걸 가지고 연잉군을 찾으면 된다. 너를 고향으로 돌려 보내줄 것이다."

이렇게 말하고는 아이의 옷 안에 대고 바느질을 했다. 그리고는 두 척의 배 중에서 튼실한 것에 아이를 태우고 자신은 허름한 배를 택했다.

아이의 배에는 음식과 물을 충분히 실어두고 자기 배에는 그물과 고기잡이 도구 등을 날아 실었다. 어부로 위장해서 침투할 생각이었다. 은전은 띠 안에 넣어 허리춤에 감았다.

"조선에 도착하면 꼭 왕자님을 찾아야 한다."

다시 한번 주의시키고 조선 쪽으로 배를 떠나보냈다. 그리고는 아이가 가르쳐 준 해로를 따라 노를 저었다. 안용복과 같은 방을 쓰면서 배운 바다에 대한 지식이 유용했다. 그의 배는 얼마 되지 않아 오키섬(隱岐島)에 도착했다.

오키섬 근처까지 왔을 때 암초에 걸려 홀라당 배가 뒤집어졌다. 그때 마침 귀항 중이던 배가 문수를 구출해서는 촌장에게 데려갔다.

"대마도에서 나가토로 가다가 풍랑을 만났소. 나카토로 돌아갈 수 있게 도와주시오."

박문수는 망망대해를 떠돌던 표류객 행세를 했다. 해양감시를 하는 반슈(番所)에서 관리가 나와 조사를 했지만, 행선지가 대마도에서 나카토로 적힌 위조된 여행증을 확인하고는 곧바로 돌아갔다.

의병들은 보름 동안 김덕재 훈련관에게서 입에서 단내가 날 정도로 호된 훈련을 받았다. 일부 선발된 택견꾼 출신 의병들이 남해로 가서 보제기와 합류한 다음 울릉도로 향하기로 했다.

나머지 의병들은 동래에 있는 경상좌수영으로 가서 수군과 함께 해전훈련을 하며 호흡을 맞췄다.

이키섬 근처로 갔던 척후선이 돌아오고 척후병이 중군의 거처로 꽁무니에 불이 붙은 듯 황급히 뛰어갔다. 잠시 후 군영 내에 소문이 퍼졌다.

"큰일 났네. 일본 수군이 울릉도를 향하고 있다는 첩보라네."

"그놈들은 지금 이키섬에 있다고 하지 않나? 어떻게 울릉도를 우리보다 먼저 갈 수 있다는 말인가?"

"해로도. 해로도가 있지 않나, 통진부에서 훔쳐간 해로도."

연잉군을 비롯한 조선의 수군들은 해적과 함께 일본 수군이 연합해 작전을 펴는 것임을 깨닫고 출항할 태세를 갖추었다.

뒤이어 들어온 소식은 대마도에서 오키섬 근처로 갔다가 동래로 오는 상선이 행방불명이 되었다는 비보였다. 그러나 연잉군은 박문수의 안위를 생각할 수 없을 정도로 긴박하게 움직여야 했다.

"도성에서 온 파발이요!"

녹초가 된 전령이 말에서 굴러떨어지듯 내려서며 외쳤다. 연잉군이 조정에서 보낸 급보를 받아보고 놀라 몸을 떨었다. 청국의 사신이 와 있는데 일본 수군과 전쟁을 벌여서는 안 된다고 강력히 주장하고 있다는 것이었다.

"허, 이런 일이 있나?"

연잉군이 멍하니 하늘을 쳐다보다가 급히 중군 이봉상을 찾아 편지를 보여주었다.

"안 됩니다. 지금 발진하지 않으면 두 섬을 빼앗깁니다."

중군의 말에 연잉군의 얼굴이 새빨갛게 달아올랐다. 이키섬에서 배가 떠났다면 해적이 아니라 일본 수군들이다. 그 시간에 오키섬에서도 해적들이 출진해서 합류한 다음 울릉도와 독도를 점령하려 들 것이다.

"지금 떠나지 않으면 선발대로 가는 의병들과 보제기들이 모두 죽습니다."

"알지요. 하지만 전하의 엄명이니 어쩔 수가 없습니다."

가야 한다, 가지 말아야 한다. 옥신각신하고 있는데 또다시 파발이 도착했다. 청국 사신이 일본과 조선이 싸우는 것을 그냥 두고 볼 수 없으니 황제에게 보고해 죄를 물겠다고 으름장을 놓고 있다는 것이었다.

"안 되겠소. 내가 도성에 가야겠소."

연잉군이 급히 서울을 향해 말을 달렸다. 김광택은 보제기와 택견꾼으로 구성된 선발대를 이끌고 바다로 나갔다. 나중에 문책이 오면 연락을 받기 전에 떠났다고 하려는 것이다.

선발대로 떠난 남해의 보제기들과 사직골 택견꾼들 일부가 울릉도에 도착했다. 이키섬을 일본 수군이 먼저 떠났지만 뜻하지 않은 태풍으로 발이 묶였기 때문에 앞서 도착한 것이다. 해적의 기습을 걱정하며 해변을 지키던 몇십 명의 수군이 몰려나와 이들을 맞이했다.
"이제 우리는 살았습니다."
그들은 나이 많은 보제기 두목이 선발대의 대장인 줄 알고 모두 그쪽으로 몰려갔다가 열여덟 나이의 김광택이 인솔자임을 뒤늦게 알고 다시 그쪽으로 우르르 몰려갔다. 나이가 어린 김광택은 자신을 대장님이라고 추켜올리자 어쩔 줄 몰라 했다.
선발대는 가져간 싱싱한 채소와 술 그리고 돼지 한 마리를 내놓았다. 풍성한 음식재료를 마주한 수군들은 신이 나서 굽고 쪘다. 부하들이 요란을 떨고 있을 때 광택은 슬며시 빠져나와 수군을 지휘하고 있는 군관을 불렀다.
"아침에도 해적들의 척후선이 왔다 갔습니다. 요즘 들어 부쩍 횟수가 늘었습니다. 침공이 머지않은 것 같습니다. 여기 병력으로는 당할 수 없을 겁니다."
울릉도의 현황을 말하는 군관의 표정이 어두워지자 광택이 묻는다.

"연잉군께서 퇴각로가 있을 거라고 하셨는데 그건 어디입니까?"

연잉군은 광택에게 해적들이나 일본 수군이 공격해오면 싸우되 불리하면 사수할 생각 말고 곧바로 섬을 탈출하라 지시했다.

"은밀한 곳에 몇 척의 소형 거도선을 숨겨놓았습니다."

같은 시각. 태풍으로 발이 묶였다가 사흘이 지나서야 울릉도로 향한 일본 수군들은 근처 바다에서 오키섬에서 온 해적들과 합류했다. 선발대가 울릉도로 들어간 것을 보고 본대가 도착하기 전에 서둘러 점령하려는 것이었다.

"상륙은 저희가 할 테니 화포만 지원해 주십시오."

해적 두목 하치에몬이 일본 수군 대장에게 이렇게 청했다. 울릉도를 향해 해적들의 배가 앞장서고 일본 수군들은 깃발을 내려 자신들의 정체를 숨겼다.

에에라 디야.

군사들과 의병들은 뱃노래를 부르고 있었다. 군관이 김광택에게 말했다.

"해적들이 오기 전에 본진이 일찍 도착해야 할 텐데요."

광택은 일본의 배가 먼저 도착할 것이라는 불안에 몸을 떨었다. 속도 면에서 조선의 배보다 일본 배가 빨랐기 때문이고 오키섬이 동래보다 울릉도에 훨씬 가까웠기 때문이다.

에야 디야. 노를 저어라.

신이 나서 불어 젖히는 뱃노래가 약간 위안이 되었지만, 그들도 직감적으로 해적들의 침공이 머지않았다는 것을 알고 불안에 떨었다.

"놈들이 오기 전에 빨리 거점을 만들어야 한다."

의병들은 오래되어 죽은 나무를 베어 목책을 설치했고 보제기들은 해변을 순회하며 해적이 침입했을 때 저항할 수 있도록 참호를 팠다.

"걱정할 필요 없어. 쬠만 있으면 본진이 온다."

광택은 이렇게 안심시키고 군관과 함께 망루가 있는 성인봉 정상을 향해 갔다. 망루는 정상 가까운 곳에 세워져서 사방이 뚜렷이 보였다. 멀리 희미하게 섬의 윤곽이 보였다. 군관이 섬을 손가락으로 가리키며 말했다.

"저기가 독도입니다."

"독도요? 강치들이 산다는 섬?"

"네. 보통 때는 보이지 않는다고 하는데 오늘은 안개가 끼지 않아서 잘 보이는군요."

"일본에서도 독도가 보이나요?"

광택의 물음에 군관이 씩 웃으며 대답했다.

"아니지요. 아무리 가까운 일본의 섬에서도 독도는 보이지 않는다고 합니다. 울릉도가 더 가까우니까요. 어부들은 울릉도가 아버지섬이고 독도는 아들섬이라고 하더군요."

이들은 밑을 내려다보며 해적이 침입할 때 어떻게 방어해야 할 것을 의논하고 있는데 망루 위에서 망을 보던 군사가 크게 소리쳤다.

"이상한 배들이 몰려오고 있습니다!"

그 소리에 놀라서 바라보니 바다에 새카만 점들이 몰려오는 것이 보였다. 이런 사실을 모르는 해변의 의병들은 칼과 창 등 무기를 손질하며 이야기꽃을 피우고 있었다.

"해적 놈들, 울릉도에 상륙하기만 하면 머리통을 깨서 곪은 수박처럼 만들어 버릴 거다."

이렇게 농을 주고받을 때 산 위에서 초병이 뛰어 내려오며 소리쳤다.

"큰일 났다! 해적 배들이 울릉도를 포위하고 있다!"

그 말에 의병 모두가 놀라 벌떡 일어났다. 그동안 들은 말로는 해적들은 오키섬에, 일본 수군들은 대마도 뒤편의 이키섬에 머물고 있다고 하지 않았던가. 그러자 이들과 함께 있던 수군이 눈을 위아래로 치켜 뜨고 소리쳤다.

"너, 저번에도 뗏목이 몰려오는 것 보고 호들갑 떨었잖아!"

며칠 전 해류를 타고 십여 개의 뗏목이 울릉도 쪽으로 흘러오는 것을 보고 놀라서 징을 치고 난리를 폈었다.

"아니야, 정말로 구름떼처럼 몰려오고 있다고."

두려움에 가득 찬 초병의 얼굴을 보고 그 말이 사실임을 안 보제기와 의병들이 벌떡 일어나서 밖으로 몰려나갔다. 해변을 보니 수십 척의 왜선들이 포구를 중심으로 펼쳐진 것이 보였다.

"아니, 저놈들이 어떻게 온 거야?"

모두 놀라워했다. 멀리 떨어져서 어느 배가 해적인지 일본 수군의 배인지 알 수 없었다. 구분할 수 있는 깃발이 모두 내려져 있었기 때문이다.

"준비! 전투 준비!"

수군, 의병, 보제기 세 패거리는 각자 자기 자리로 돌아가 활과 돌 그리고 화승총을 들고 엄폐물 뒤로 숨었다. 멀리서 시커먼 것이 날아오는 것이 보였다.

쾅!

배에서 쏜 철환이 바위 하나를 맞춰서 파편이 사방에 튀었다. 두 번째 철환이 이들이 이야기꽃을 피웠던 자리에 떨어졌다. 그러나 같이 날아온 한 발은 바닷물 속으로 떨어졌다.

하하하.

어디선가 웃는 소리가 들렸다. 돌아보니 선발대 대장 김광택이 칼을 빼들고 외쳤다.

"본대가 오기 전에 실컷 싸워보라고 하늘이 기회를 주셨다! 저놈들이 상륙하면 반 토막을 내 주자!"

쾅!

철환이 광택의 머리를 넘어서 바위를 때렸다.

"적의 숫자가 많다고 해서 겁내지 마라. 내일이면 수군이 이곳에 도착하니 하루만 버텨내자."

광택은 두려움에 사로잡힌 의병들을 독려했다. 통진 갑곶나루에서 혹독하게 훈련을 받았고 동래에 와서도 계속 훈련을 했지만, 실전 경험이 전혀 없는 의병들 아닌가. 그들은 일본 수군임을 알리는 깃발을 보지 못했기에 몰려온 배가 해적이라고 믿었다.

의병들이 겁에 질려 소리쳤다.

"저놈들은 악귀같이 사나운 해적들입니다. 우린 한 번도 싸워본 적이 없구요. 우리가 저런 놈들과 싸워 이길 수 있을까요?"

수군들이 화포를 해변으로 끌고 왔다. 수군 중에 나이가 먹어 보이는 포수가 앞에 나섰다.

"여러분도 알다시피 난 포수요. 몇 번 해적과 싸워본 적도 있소이다. 적의 숫자가 많다고 해서 두려워할 것은 없소. 우리는 여기 숨어서 화살로 쏴 상륙하는 놈들을 죽일 수 있고, 화포로 아예 배들이 접근하지 못하게 할 수도 있소."

옆에서 묵묵히 바라보던 보제기의 우두머리도 앞에 나섰다.

"맞는 말이오. 우리 보제기들도 해적과 여러 번 싸워 봤는데 그때마다 놈들을 내쫓았소. 무서워할 것 전혀 없소."

보제기 두목은 돌을 던져 해적의 배를 깨부순 경험을 되풀이하며 곧 수군 본대가 올 것이라고 반복해서 말했다.

그 말에 안심한 의병들은 곧 상륙을 기도하는 해적들을 막기 위해 제자리로 돌아갔다.

쾅!

포수가 포구에 놓인 단 하나의 화포를 발사했다. 포물선을 그으며 날아간 화포 알은 해적의 배에 미치지 못하고 바닷물 속으로 들어갔다. 이에 답이라도 하듯이 해적도 포를 쏘았다. 쾅!

날아온 포알은 조선 의병들의 화포 위를 스쳐 지나갔다.

"저놈들 제법 하네."

포수의 말에 모두 허허 웃었지만, 사거리가 해적의 것이 더 길다는 것에 모두 놀랐다. 김광택의 귀에다 대고 군관이 속삭였다.

"저자들은 해적이 아니오. 일본 수군이지."

김광택의 얼굴빛이 변했다. 해적의 숫자를 대충 짐작하고 있었는데 엄청난 숫자를 보고 이상하게 여기긴 했다.

"해적들은 배를 빨리 움직여서 기습 공격을 하지 저렇게 큰 화포를 달고 다니지 않습니다. 아니 아예 화포가 없습니다. 일본 수군이 분명하니 우리 수군이 올 때까지 되도록 접전을 하지 맙시다."

"실은, 수군은 내일 못 옵니다."

그의 말에 이번에는 군관의 얼굴빛이 변했다. 얼른 보제기 우두머리를 불러와 의논 끝에 해적들이 상륙하지 못하게 막는 전법을 쓰기로 했다.

해적들은 폭이 좁고 긴 배를 모선에서 내려 노를 저으며 몰려왔다. 어림잡아 서른 척이 넘었는데 의병들은 엄폐물 뒤에 숨어서 사정권 안에 들어오기를 기다렸다.

"쏴라!"

풍풍풍

수없이 많은 화살이 해적을 향해 날아갔다. 화살이 날아오자 방패 뒤에 숨는 자도 있었고 화살에 맞아 바닷물로 굴러떨어지는 자들도 있었다. 배가 점점 다가오자 또다시 화살이 날아갔고 보제기들이 던진 돌들에 의해 배가 깨졌다.

여기저기서 비명과 함께 아랫도리만 가린 해적들이 칼을 입에 물고 바닷물로 뛰어들었다. 그들은 잠수해서 다른 해변으로 올라왔다. 배를 멀찌감치 세우고 조총을 겨누었다.

탕탕탕

요란한 조총 발사소리와 함께 돌을 던지던 보제기 두 명이 쓰러졌다. 조총이 엄호하는 가운데 잠수했던 해적들이 상륙하기 시작했다. 입에 물었던 단도를 들고 덤벼드는 해적들과 육박전이 벌어졌다. 의병들이 이들을 맞아 싸우면서 몇 명 죽이기도 했지만, 그들 칼에 찔려 쓰러지기도 했다.

"칙쇼!"

김광택이 일본말로 욕설하며 칼로 해적의 가슴을 찌르고 옆에서 달려드는 것을 재빨리 피하면서 내지르기로 차버렸다.

의병들의 반격에 견디지 못한 해적들이 다시 바닷물로 뛰어들었다.

쾅!

해적들이 도주하자 멀찌감치 떨어져 있는 해적의 배에서 다시 포를 쐈다. 수십 개의 포탄이 떨어져 몇 명의 보제기와 의병이 또 죽었다. 조총 탄환도 빗발치듯 날아들었다. 목책에는 불화살이 꽂혀 활활 타기 시작했다.

"후퇴! 후퇴하자!"

상황이 불리하자 의병과 보제기들은 성인봉 쪽으로 후퇴했다. 빙 둘러쳐진 목책 뒤로 숨은 뒤에 문을 닫아걸었다. 해변을 지키고 있던 의병들이 후퇴하자 해적들은 포구에 배를 대고 본격적으로 상륙했다.

"놈들이 개미떼처럼 몰려오고 있습니다."

겁에 질린 의병들이 우왕좌왕하다가 김광택의 호통에 정신을 차리고 쐐기로 고정해 놓았던 바위를 밑으로 굴렸다.

우르릉

요란한 소리와 함께 커다란 바위에 깔려 비명을 지르는 해적들의 소리가 들려왔다. 여러 개의 바윗돌이 밑으로 굴러떨어지자 해적들의 공격이 주춤했다.

"목책만 잘 지키면 놈들은 올라오지 못한다. 우리 수군이 올 때까지 잘 버텨야 한다."

목책 덕분에 해적들은 더 짓쳐 올라오지 못했다. 이렇게 해서 하루 해가 지나고 다음 날 아침이 되자 해적들은 다시 기어오르기 시작했다. 굴릴 바윗돌이 없자 의병들은 활을 쏘고 보제기들은 돌멩이를 던졌다.

이렇게 해서 반나절을 싸웠는데 해적들이 교대로 공격해 오는 데 비해 의병들은 피곤함과 함께 배고픔에 점점 지쳐갔다.

"안 되겠습니다. 이곳을 탈출해야겠소. 그냥 있으면 전멸입니다."

군관의 말에 따라 김광택은 탈출하기로 하고 미리 계획된 탈출로를 점검하라고 시켰다. 쪽배를 숨긴 곳은 울릉도의 부속 섬인 죽도, 독도에 이어 세 번째로 큰 섬인 관음도였다. 절벽이 높은 섬인데 깍새(슴새)가 많이 날라와 깍새섬이라고도 한다.

"깍새섬으로 탈출하면 됩니다. 이곳은 사방이 절벽이라 왜구들이 접근하기 어렵습니다."

김광택의 말에 따라 의병들은 관음도로 피신하기로 했다. 이곳에 있다가 조선 수군이 오면 합류한다는 계획이었다. 몸이 날랜 군사 몇 명을 보냈으나 얼마 뒤에 화살을 등에 맞은 군사 한 명이 간신히 돌아와서 말했다.

"해적들이 그쪽 방면에 상륙했습니다."

그 말에 김광택을 비롯한 의병들의 얼굴이 새파래졌다. 탈취해 간 해로도를 통해 비상탈출구를 봉쇄한 것이 틀림없었다.

"할 수 없소. 끝까지 버티면서 수군을 기다리는 수밖에."

멀리서 해적들이 올라오는 것이 보였다. 막대에 하얀 깃발을 꽂은 해적이 훈도시만 찬 채 걸어오는 것이 보였다. 의병이 활을 들자 김광택이 말리고는 그냥 접근하도록 했다. 김광택이 앞으로 나섰다.

"무슨 할 말이 있느냐?"

일본어로 묻자 해적이 말했다. 항복하면 목숨을 보전해 주겠다는 두목의 말을 전하러 온 것이었다.

하하하

광택이 크게 웃다가 퉁겨나가자 어느새 베었는지 해적이 상투가 잘려 바닥에 떨어졌다. 놀란 해적에게 일본어로 소리쳤다.

"두목의 목이 이렇게 잘리기 전에 그쪽에서 먼저 항복하라고 전해라!"

상투가 잘려 산발이 된 해적이 허겁지겁 도망쳤다. 광택은 비장한 결심을 했다. 이 섬을 지키기 위해서라면 죽음도 마다치 않을 것이다. 의병들도 최후의 일전을 각오하고 있었다.

탕탕

조총 소리가 요란하게 울렸다. 그러자 의병들도 몸을 나무 뒤로 숨기면서 화살을 날리고 돌을 던졌다. 어두워지자 전투는 끝이 났다.

"우리 수군은 언제 오는 거요?"

어깨를 스치고 날아간 총탄에 부상당한 의병이 김광택에게 묻자 그는 대답할 수 없었다. 어둠 속에서 바다를 바라보니 불이 켜진 해적의 배가 오십 척이 되어 보였다. 적어도 천 명 이상, 아니 이천 명이 넘는 해적과 일본 수군이 포위하고 있는 것이다. 이때 망루에서 의병이 내려와 뛰어와 김광택에게 보고했다.

"저기 해적들의 반대쪽으로 배가 오는 것 같습니다."

"어, 얼마나 되나?"

"한 십여 척 됩니다."

광택은 해적의 배가 증강된 것이라고 믿었다.

"다른쪽으로 탈출로를 찾는다. 우선 몇 명만 지키고 잠을 자도록 하자."

느닷없는 해적의 공격으로 식량을 챙기지 못했다. 몇몇 의병들이 숲에 들어가 열매를 따서 가지고 온 것을 씹어 배를 채웠다. 이렇게 해서 또 하룻밤이 지났다.

"자, 놈들이 또 쳐들어올 것이다. 준비하자."

동이 트자 의병들은 얼마 남지 않은 화살을 챙기며 결전 태세를 취했다. 보제기들도 포탄에 맞은 바위를 잘게 부순 돌을 들고 석전을 준비했다. 그런데 아래에서 해적이 기어 올라오는 소리가 들리지 않았다.

"아군이닷! 아군."

망루에서 바다를 주시하고 있던 의병이 소리쳤다. 그의 외침에 김광택은 망루로 단숨에 뛰어 올라갔다. 조선의 수군을 알리는 깃발이 분명했다. 그러나 해적의 배들과 다른 편에 있는 관음도 쪽인 것으로 보아 전투를 벌일 태세는 아니었다.

배에서 커다란 연이 하나 떠오르고 있었다. 군관이 소리쳤다.

"아니, 저건 뭐야? 뭐라고 써있는가 봐라!"

연에는 언문으로 '물렀거라' 라고 쓰여 있었다. 탈출하라는 뜻인데 어떻게 탈출을 할 수 있다는 말인가. 망루 가까이에 온 연은 그대로 멈췄다. 광택은 그것이 무얼 의미하는 것인가 곰곰이 생각했다. 그리고 길게 연줄이 그어진 곳을 보니 협곡이 보였다.

"맞다. 연줄을 따라가면 된다."

그는 연잉군이 연을 날려 탈출로를 알려준 것임을 알아차린 것이다.

관음도 쪽을 지키고 있던 해적들을 쫓아내고 무지하게 큰 연을 날린 병사들은 무려 여섯 명이었다. 이들은 다른 곳으로 날아가려는 연

을 붙잡고 낑낑대고 있었다.

연잉군이 안용복에게 묻는다.

"안감역, 저들이 이 연을 따라 탈출할 수 있을까요?"

"메뚜기가 눈치챘을 겁니다."

이들이 탈출하지 못하는 것이 안전한 퇴로를 모르기 때문이라는 것을 알았기 때문이다. 다시 올려다보니 의병들이 줄을 따라 협곡으로 내려오는 것이었다. 부상자들은 건장한 의병이 업고 내려왔다.

"됐소. 어서 배를 보냅시다."

연잉군이 급히 쪽배들을 내려 의병들이 도착하는 지점으로 가게 했다.

망루를 점령한 해적들이 뒤따라 내려오고 섬 반대편에 있던 해적의 배들이 몰려왔다. 그러나 조선 수군이 포를 쏘자 움칫하고 더 이상 진격하지 못했다. 이렇게 대치하고 있는 상황에서 쪽배들은 의병들이 산을 타고 내려오는 곳으로 향했다.

깎아지른 듯한 절벽을 내려오는 의병들을 향해 해적들이 위에서 조총을 발사했다. 각도가 맞지 않자 접근하는 쪽배를 향해 총을 쏘기 시작했다. 연잉군이 해적을 조준해서 화포를 쏘았다. 쾅 소리와 함께 해적들이 죽어 자빠졌다.

"어서 배에 태워라!"

안용복이 의병들을 배에 태우고 모선을 향해 갔다. 이렇게 해서 울릉도를 사수하던 수군과 의병은 몰살을 면하고 좌수영으로 돌아갈 수 있었다.

의병을 쫓아내고 울릉도를 점령한 해적들과 일본 수군은 성인봉에 올라가서 만세를 불렀다. 이십 년 전 울릉도와 독도가 일본 것이 아니라 조선의 영토라는 확인문서를 만들어야 했던 굴욕을 해적의 힘을 빌려 복수한 것이다.

"일본이 죽도와 송도를 차지할 수 있다면 만 명의 일본인이 죽어도 괜찮다."

마나베 아키후사가 해적으로 변장하고 울릉도로 떠나는 일본 수군의 대장에게 보낸 편지의 내용이다. 앞장서서 상륙하려던 해적들만 다수의 사상자가 났을 뿐 일본 수군은 털끝 하나 다치지 않았으니 대승을 거둔 셈이다. 온종일 일본만세! 소리가 끊이지 않았다. 의병들이 비상식량으로 쓰려고 말렸던 오징어는 모두 구워져 점령자들의 입속으로 들어갔다.

## 5

# 모모타로의 속셈

쿵쿵쿵

마루를 밟는 궁사의 발에 힘이 들어가 있었다. 오키섬의 키비츠 신사에 와있는 모모타로에게 울릉도를 점령했다는 소식이 날아들었다. 해적 두목 하치에몬이 날린 전서구가 알려준 반가운 소식에 감격했다. 송도 즉 독도에도 몇십 명의 해적이 토막을 짓고 지키고 있다는 것에 고개를 끄덕였다.

울릉도를 빼앗긴 조선의 수군이 탈환을 시도할 것이다. 지금 양국의 수군 전력으로 봐서는 일본이 계속 점령할 수 있지만, 전쟁을 반대하는 정세로 흐른다면 울릉도를 내놓아야 하는 상황이 될지 모른다. 그때는 돌섬으로 이루어진 독도만 챙기면 된다.

조선으로서도 아무 쓸모도 없는 독도를 내주고 울릉도를 되찾는 것이 더 나을 것이다.

크기는 문제가 안 된다. 동해의 작은 섬 하나가 점(點)이 된 뒤 조선 침공의 선(線)이 되고 마침내 청국이라는 면(面)을 차지하는 기반이 되기 때문이다. 독도를 점거하면 동해를 차지할 수 있고 궁극적으로는 중국 대륙까지 일본이 진출할 수 있다는 것이다.

쿵쿵쿵

마루 끝에 도달한 그는 그 앞에 무릎을 꿇고 명을 기다리는 신관들에게 모모타로신에게 바칠 공물을 준비하게 했다.

두 개의 섬을 점령했다는 것은 에도의 막부에도 전해졌다. 요시무라의 보고를 받은 마나베 아키후사는 부채를 내려놓고 환하게 웃었다.

"에도 민심은 어떤가?"

"아직 알려지지 않아서 모르겠습니다만 큰 반향이 있을 것입니다. 일본이 승리했으니까요. 이기면 영웅, 지면 역적 아닙니까?"

요시무라의 말이 마음에 들었는지 마나베가 흡족한 표정을 지었다.

"그렇지. 승리네. 고 얄미운 조선 놈들의 콧대를 꺾어 놓았으니."

"전쟁이 일어날까 봐 걱정하는 백성이 있긴 하지만 극히 일부입니다."

요시무라의 말에 의하면 상인들 사이에는 흉흉한 소문이 돌고 있다고 한다. 백 년 전 도요토미 히데요시(豊臣秀吉) 시절에 벌어졌던 전쟁이 다시 벌어진다, 이번에도 청국이 전쟁에 개입해서 일본을 쳐들어온다는 등등 장사꾼에게는 최악의 소문으로 시중은 시끄러웠다.

"요시무라! 에도에 소문을 퍼뜨려라."

마나베는 에도에 거주하는 사람들에게 퍼뜨려야 할 내용이 적힌 종이를 내보였다.

"백성이란 게 본래 어리석어서 이익이 있으면 좋아하고 손해가 있으면 화내는 법이니 잘 헤아리기 바라네."

마나베는 부하들과 장어덮밥이나 먹으라고 금화 몇 잎을 건네주며 말했다. 요시무라는 공손히 절하고 물러 나왔다.

"됐다. 이제 내가 쇼군에게 할 일은 다 했다. 이제 남은 것은 쇼군의 건강뿐이구나."

마나베는 이렇게 중얼거리면서 자리에서 일어났다.

막부 내에서도 전쟁이 벌어질 것이다, 아니다. 조선은 일본을 공격할 힘이 없다 등으로 내분이 일었지만 교묘한 선동공작에 놀아난 에도 사람들은 조선이 빼앗아 간 죽도와 송도를 되찾았다는 거짓선전에만 눈이 뒤집혔다.

팔 년 전 후지산 폭발로 많은 희생을 치렀던 에도 인근에 사는 사람들은 더욱더 기뻐 날뛰었다. 두 개의 섬이 있는 동해를 수중에 넣어 더 커질 수 없는 섬나라 일본의 크기를 늘린 것이다. 그리고 머지않아 지진과 화산폭발이 없는 안전한 땅 조선을 일본의 노예로 만들고 거대하고 부유한 중원대륙으로 진출할 꿈에 부풀어 있었다.

모모타로가 탄 배가 독도 근처까지 오자 풍랑이 일었다. 그가 비틀거리자 옆에 선 하치에몬이 팔을 꽉 붙잡았다.

"궁사, 흥분하셨군요."

"그러네. 송도를 바로 앞에서 보다니……눈물이 나올 것 같네."
"이런. 이런. 정말 우시네."
모모타로는 손등으로 눈물을 훔쳤다. 하치에몬은 작고 아름답기는 하지만 사람이 살 수 없는 이 돌섬에 궁사가 왜 집착하는지 이해가 되지 않았다.
"궁사, 이곳에 해적들이 보물을 숨겼다는 소문이 꼬리를 잇고 있습니다……"
그는 말꼬리를 흐리면서 모모타로의 눈치를 슬쩍 보았다. 보물에 미련을 떨치지 못했던 것이다.
"보물? 그렇지. 이 섬은 신성한 섬이야. 두목은 송도 밑이 어떻게 되어 있다고 생각하나?"

"아, 그거야. 그냥 돌이 아닐까요?"

"송도는 우리 일본의 땅과 연결되어 있네. 바다 밑으로 한몸이라는 것이야."

모모타로가 비장한 얼굴로 말하자 하치에몬이 어깨를 으쓱하고 되물었다.

"무슨 말씀인지 잘 모르겠군요. 본토와 이 섬은 아주 멀리 떨어져 있잖아요. 궁사께서는 어떻게 그 사실을 알지요?"

"아마데라스 오미카미가 말씀하셨지."

"아마데라스? 아, 그 여신 말인가요? 우리 일본을 만들었다는."

"그렇지. 아마데라스 오미카미가 기도 중에 나타나서 이 섬을 조선으로부터 되찾으라고 했어."

"궁사께서는 모모타로신을 모시던 것이 아니었던가요? 그래서 이름도 바꾸신 줄로 아는데요."

하치에몬이 고개를 갸우뚱하며 묻자 모모타로의 얼굴빛이 약간 변하며 대꾸했다.

"모모타로신도 아마데라스 오미카미 밑이지. 신중의 신이 아닌가."

"아하, 교토에 있는 천황이 그 신의 후손이라는 말은 들었는데, 아닌가요?"

이 물음에는 답하지 않고 말을 돌렸다.

"이 송도는 영원히 일본 섬이 되었네."

"하지만 이 섬은 원래 조선의 것이 아닙니까?"

하치에몬이 말하자 모모타로가 무서운 눈으로 쏘아보며 소리쳤다.

"모모타로 신의 전설을 모르나? 조선은 도깨비고 모모타로는 못된 도깨비를 응징하는 정의로운 영웅이야. 보물은 힘센 자만이 소유할 수 있는 거야."

"아, 네. 그렇지요. 힘센 놈이 힘 약한 놈을 잡아먹는 것이 세상 이치지요."

해적 두목은 말은 이렇게 했지만, 울릉도는 몰라도 이 작은 섬을 기어코 가져야 한다는 모모타로의 속마음을 알 수 없었다. 그러던 중 풍랑이 가라앉아 배를 댈 수 있었다. 하치에몬의 부하들이 먼저 올라가 판자를 대서 모모타로가 상륙할 수 있었다.

풍덩

바위 위에 앉아 있던 강치들이 이들을 보고 놀라서 바닷물 속으로 뛰어들어갔다.

풍덩 풍덩

이윽고 한 마리도 보이지 않게 되었다.

"강치가 보물이라면 보물입니다. 수놈이 암놈 백 마리를 거느리고 있어 그놈의 거시기를 먹으면 정력이 아주 세진다고 합니다. 필요하시면 한 마리 잡아 드릴까요?"

모모타로의 귀에는 하치에몬의 말소리가 들리지 않았다. 여색을 밝히기는커녕 아내도 없지 않은가.

캬악

비명이 들려 돌아보니 범고래가 강치의 새끼를 공중으로 높이 튕기는 것이 보였다.

"범고래가 강치를 사냥하는군요."

하치에몬의 말에 모모타로가 히죽 웃었다. 몇 마리의 강치 새끼가 범고래에 잡혀 먹자 강치들이 허겁지겁 뭍 안으로 도망치는 것이 보인다.

"조선을 강치라고 하면 범고래는 우리 일본이겠군."

모모타로는 범고래떼가 강치를 공깃돌 다루는 듯 하는 것을 보고 크게 웃었다. 하하하

스미다강(隅田川)을 오르내리는 화려한 유람선에 쇼군이 타고 있었다. 기력이 많이 회복된 어린 쇼군은 강을 오르내리며 강변에 사는 백성의 생활을 관찰하는 것을 좋아했다. 뱃전에 의자를 놓고 원통형의 기다란 망원경을 들여다보다 신기한 것을 보면 손뼉치며 좋아했다. 겟코인과 마나베 아키후사는 이 모습을 보고 흐뭇해서 바라보았다.

에도 시내로 들어간 유람선에서 쇼군이 내리면 귀인들은 가마로 갈아탄 다음에 오오쿠(大奧)로 들어가게 된다. 그 전에 마나베는 하나의 볼거리를 기획했다. 요시무라를 통해 본래 일본의 섬이었던 동해의 두 섬을 일본 어부들이 되찾은 것을 널리 알리는 축제를 벌였다. 이때 쇼군이 나타나면 점령의 배후에 쇼군이 있다는 암시를 자연스럽게 주게 되는 것이다.

"만세! 만세!"

쇼군을 기다리던 에도의 백성은 나이 어린 쇼군이 뱃머리에 나타나자 일제히 두 손을 높이 치켜들고 만세를 불렀다. 쉽게 조선의 섬들

을 점령했다는 것은 백이십 년 전 조선을 침략했다가 조명연합군에 의해 패전당한 역사를 떨쳐버릴 수 있었다. 또 조선을 점령하고 나아가 청국까지 쳐서 영토를 확장할 수 있다는 욕심을 불러일으키기에 충분했다.

"쇼군 만세! 일본 만세!"

군데군데 심어놓은 바람잡이들이 소리를 지르자 백성의 열기는 불을 뿜었다. 이 상태에서 창칼을 쥐여주면 조선으로 출병하는 배에 곧장 올라탈 기세였다.

쇼군의 곁에 선 생모 켓코인은 이들의 환호에 얼굴이 벌게져 있는데 정작 이 자리를 마련한 마나베는 보이지 않았다. 배 뒤로 몰래 올라온 요시무네와 언쟁을 벌이고 있었기 때문이다.

만세! 만세!

"요시무네님, 저 소리가 들리지 않습니까? 쇼군을 찬양하는 저 소리가."

"저 만세는 백성의 마음속에서 우러나오는 것이 아니라 당신이 뒤에서 조종하는 무리가 이끄는 것 아니요?"

만세! 만세!

"무슨 소리요? 저건 좁은 열도를 벗어나 넓은 대륙으로 가고 싶어 하는 우리 일본인의 외침이요. 더 큰 세계, 더 큰 나라를 꿈꿔온 우리 일본인의 환희란 말이요."

"흥! 이웃 나라를 침략하려는 것이 환희라구? 도둑놈 심뽀구려."

"요시무네님, 이 세상은 강자가 약자를 지배하게 되어 있소. 우리가 약자라면 조선이 가만있겠소? 벌써 우리는 그들의 노예가 되고 말았을 것이요. 칼을 숭배하는 우리의 정신이 이 땅을 지킨 것이요."

마나베 아키후사의 강변에 요시무네는 어이가 없었다.

"조선이 우리를 침략할 것이라고? 이 땅이 무슨 가치가 있소? 툭하면 지진에, 태풍에 당신 같이 도둑놈 심뽀를 가진 사내들이 우글거리는 이곳을 조선이 왜 넘본다는 말이오?"

"조선은 삼백 년 전에 대마도를 공격하지 않았소? 또 고려 때는 원과 작당해서 일본을 침략하지 않았다는 말이요?"

"원나라가 일본을 치기 위해 항복한 고려를 앞에 내세웠던 것이고, 조선이 대마도를 공격한 것은 그곳에 숨은 해적들을 토벌하기 위한 것이요. 그러니 어찌 침략이라고 할 수 있겠소. 그럼, 도요토미가 조선을 침략한 것은 일본의 정당방위였다는 말이요?"

임진왜란은 명분이 없는 침략전쟁이었기 때문이다. 요시무네의 반격에 할 말을 잃은 마나베가 입을 씰룩거리더니 되물었다.

"요시무네님은 일본인이오, 조선인이오?"

"물론 일본인이지요. 사리분별이 뚜렷한 일본인이요. 당신처럼 염치 없고 뻔뻔한 인간하고는 다른 일본인이요. 그러니까 있는 사실 그대로 말하는 거요. 자, 어쩌겠소? 조선이 섬을 빼앗긴 분풀이로 대마도를 공격한다면 전쟁이 일어나는 것인데 그걸 기다리고 있소? 그래서 조선을 지배하고 나아가 중원을 지배한다는 허황된 꿈을 심어주어 멀어진 백성의 마음을 마나베님에게 쏠리게 하려는 것이요?"

쇼군 만세! 일본 만세!

"쇼군과 일본을 위해서라면 기꺼이 전쟁도 불사할 생각이오."

"다이묘들이 찬성할까요? 전쟁에 필요한 돈과 병사를 내놓으려 할까요?"

"일단 전쟁이 벌어지면 안 내놓고 배길 수 없을 거요. 히데요시때도 이랬지요."

"그건 불확실한 것이오. 도쿠가와 가문이 막부를 연 것은 전국시대, 가치 없는 살육을 끝내려고 한 것이오. 그런데 다시 전쟁을 일으킨다고요?"

"평화가 너무 길면 나라가 위태로워집니다. 끈을 바짝 조여 백성에게 두려움을 주어야지요. 그게 정치라는 것을 모르신단 말이요?"

"백성을 공포로 다스린다, 그것이 마나베님의 속셈이라 이거지요? 조선 침공은……당신 뜻대로 되지 않을 거요. 주인 행세하는 청국이 가만있겠소?"

요시무네는 백삼십 년 전 조선을 침략했을 때 명이 구원해 주어 패배한 것을 상기시켰다. 그러자 마나베의 입가에 비웃음이 스쳐 지나갔다.

"이런 일을 벌일 때 그런 대비가 없었을까요? 청국은 절대로 간섭하지 못합니다. 아니, 안 합니다. 조선을 불신하니까요."

요시무네와 마나베가 서로 언쟁을 벌이고 있을 때 겟코인이 부르는 소리가 들려왔다.

마나베님, 마나베님.

"이제 갈 때가 된 것 같소. 만약 조선과 전쟁이 벌어질 상황까지 간다면 절대로 가만두지 않을 거요. 다이묘들은 물론이고 할아버님이신 이에야스님이 하늘 위에서 굽어본다는 것을 잊지 마시오."

요시무네는 이 말을 남기고 배의 뒤편으로 가서 사다리를 타고 밑으로 내려갔다. 겟코인이 마나베에게 다가와 물었다.

"마나베님! 왜 여기 계신 거예요? 저 소리가 들리지 않으세요?"

"요시무네님과 한바탕 했습니다."

겟코인이 놀라서 되물었다.

"요시무네님이……어떻게 왔지요?"

"쪽배를 타고 배 뒤편으로 올라왔습니다. 훈계하더군요."

"저런, 무례한."

"모모타로를 다그쳐야겠습니다."

마나베는 요시무네가 사라진 쪽을 바라보며 중얼거렸다. 어쩌 술술 일이 잘 풀리더라니.


용화부인이 활인서의 구당 선생과 함께 동래로 내려간다는 말이 금세 주위에 알려졌다. 의병들이 전투를 벌이다 부상하면 치료를 하겠다는 것이다. 맨 처음 찾아온 것은 서장미였다.

"용화부인, 저도 따라가겠습니다."

"지금 한창 바쁠 텐데……어쩌시렵니까?"

"어머니께서 대신 맡기로 했습니다. 봉선이도 영리하니 어머니를 도와 그럭저럭 꾸려갈 것입니다."

용화부인은 한참 주저하며 장미를 측은한 눈빛으로 바라보다 어렵게 입을 열었다.

"아씨, 제 생각에는 가지 않는 게 좋을 것입니다. 올해 운수로 볼 때 아씨의 남행이 불길합니다."

"아닙니다. 나라가 위태로우니 도와야지요. 숙빈마마를 봐서도."

용화부인은 고개를 끄덕였다. 전쟁터로 나간 연잉군을 돕는 것은 혼인을 반대하는 연잉군 생모 숙빈 최씨에게 서장미의 정절을 확실히 보여주는 것이기 때문이다.

그녀가 돌아간 뒤에 용화부인은 자신과 함께할 제자들을 세 명 뽑았다. 빈민들을 무료로 치료하는 활인서에서 일했기에 상당한 의료지식이 있었다. 독갑으로 이름을 바꾼 매화도 자신도 도울 수 있다고 나섰다가 용화부인의 매서운 질책만 받았다.

"독갑이, 너는 도성 안에 꼼짝 말고 있어라!"

이렇게 말하고는 큰 제자에게 만약 독갑이 국사당 밖으로 나갈 기미가 보이면 창고에 가두라고 명령했다. 뽑힌 무당들에게는 군에서 간호법을 가르치는 의원을 초빙해서 이틀 동안 외과 치료와 접골법 등을 가르쳤다.

좌수영의 수군과 의병들이 울릉도와 독도의 탈환을 위해 훈련하는 것을 보는 왜관의 일본인들은 심기가 불편했다.

게다가 툭하면 동래백성들이 빼앗긴 섬을 돌려달라고 소리치는 것은 물론이고 대마도가 조선 땅이라고 시위를 하니 불안에 떨 수밖에 없었다.

깨갱, 깨갱, 깨갱

"도둑질한 울릉도와 독도에서 물러가라!"

"대마도는 조선 땅이다, 왜놈들은 물러가라!"

왜관의 문을 굳게 닫고 일체 반응을 보이지 않았지만, 귀가 있으니 소란 떠는 소리가 들리지 않을 리 없다. 만약 동래부 백성이 떼지어 도끼로 왜관의 문을 부수고 들어와 낫과 죽창으로 해코지한다면 꼼짝없이 당할 판이다.

"칼, 칼을 가까이 두어라!"

왜관의 우두머리인 관수는 만약을 대비해서 칼을 마루에 쌓아놓고 있었다. 그냥 앉아서 죽음을 기다릴 수는 없기 때문이다.

"관수님! 답장은 왔습니까?"

왜관에 머물고 있는 상인들의 대표가 근심 어린 표정을 지으며 물었지만 제대로 답할 수가 없었다. 대마도와 연락이 두절되었기 때문이다.

"우릴 그냥 이렇게 내버려 두는 겁니까?"

거듭되는 물음에 관수가 벌떡 일어나며 소리쳤다.

"빠가야로! 작은 섬 가지고 우리 대마도를 이렇게 궁지로 몰아놓다니. 막부 놈들이 제 정신인가?"

관수는 자기 방으로 들어가 대마도로 보내는 편지를 쓰기 시작했다.

깨갱 깨갱 깨갱

사물패들이 꽹과리를 치며 왜관 앞에서 시위를 벌이는 것을 보고 동래의 양반들은 혀를 찼다.

'대마도가 조선 땅이라니…… 왜놈이 억지를 부린다고 똑같이 억지를 부리면 되나. 못난 짓이지. 못난 짓이야.'

'울릉도와 독도가 우리 땅인 것처럼, 대마도가 예전에는 우리 땅이었을지 모르나 지금은 왜인들이 살고 있으니 그 땅은 왜인들 것이네.'

'왜인들이 경상도 땅으로 해달라고 우리 조정에 청원한 것은 먹고 살려는 방편이니 어찌 조선 땅일 수 있겠나. 빼앗긴 우리 섬을 되찾자는 것은 이치에 맞으나 대마도가 우리 땅이라고 주장하는 것은 소인배나 하는 짓이지. 쯧쯧.'

양반들이 자기들끼리 하는 말을 엿듣는 자들이 있었으니 그들은 통진부에서 뒤쫓아 온 하나코와 그의 부하들이었다.

"음. 양반들의 생각이 이리하면 대마도를 공격하지는 않겠군."

하나코는 국가 이익보다 원리원칙을 앞세우는 조선의 양반들을 비웃었다. 일반 백성이 감정적으로 흥분하는 것처럼 조선 사람 모두가 일사불란하게 울릉도 대신 대마도를 내놓으라고 하면 막부의 입장도 난처할 것이다.

하나코는 동래부의 하급관리들을 돈으로 매수해서 정세를 파악했다. 한편으로는 왜상(倭商)들로 하여금 그깟 쓸모없는 섬을 가지고 임진년에 벌어졌던 전쟁을 다시 벌일 것이냐고 떠들도록 공작을 했다. 반역자 기무라가 좌수영에 있다는 것을 알게 된 하나코는 그를 잡아 죽이려고 계획을 세웠다. 그러나 기무라는 어느 날 갑자기 좌수영에서 모습을 감췄다.

쾅쾅

안용복의 지휘 아래 무기를 제작하는 장인들의 손이 바빴다. 도검과 창, 활을 쉴새 없이 망치질하거나 다듬고 있었다.

도가니 속에서 쇳물이 부글부글 끓고 있었고 장인들은 거푸집에 쇳물을 부었다.

치지직

연잉군이 메뚜기와 함께 들어와 제작공정을 지켜보았다.

"모든 것이 부족합니다. 각궁에 필요한 물소 뿔은 구하기 어렵고요."

조선 활이 사정거리가 긴 것은 물소 뿔을 휘어 만들었기 때문이다. 하지만 청국에서는 매매를 금지하기에 밀수하거나 유구(오키나와)를 통해 수입하는 수밖에 없었다.

"안감역, 각궁이 부족하다면 전국의 활터에 알려 활을 이곳으로 보내라고 하는 것이 어떻겠소?"

"좋은 말씀입니다만 날짜가 촉박해서 어려울 것 같습니다."

안용복이 난색을 보이자 연잉군은 우선 동래부를 중심으로 가까운 곳에 공문을 붙여 활을 징발하자고 했다.

"신기전은 어찌 될 것 같소?"

연잉군의 물음에 안용복은 고개를 좌우로 흔들었다. 좌수영에 오랫동안 내버려둔 신기전은 잔뜩 녹이 슬어 있었다. 도면이라도 있으면 수리를 할 텐데 그것도 남아 있지 않다.

"화포는? 제작이 어렵겠소?"

"화기도감에서 보낸 것 이외에는 제작을 할 수 있는 재료와 장인이 없습니다."

그동안 국방을 소홀히 한 탓에 최악의 상황을 맞이하고 있었다. 효종 때 우수한 화포를 만들어냈지만 잦은 흉년과 전염병으로 군비를 재충전할 여력이 없어 창고에서 녹슬고 있었다. 반면에 일본은 서양의 화포를 모방해서 더 좋은 포를 만들었고 그것은 지금 해적 하치에몬의 손에 들어가 있다.

"그렇다면 적의 허점을 이용하는 방법밖에 없는데."

그의 머릿속에 박문수가 스쳐 지나갔다. 오키섬에 침투해서 요시무네의 첩자를 만나면 무슨 수가 생길 것이다. 그러나 지금 박문수의 생사가 불분명하지 않는가. 오키섬에 무사히 도착했다면 기무라의 말대로 대마도를 통해 안착 소식을 전해왔을 것이다.

박문수를 태우고 동래로 오던 배가 고래와 부딪쳐 파선된 사실은 표류 끝에 동래로 온 일본 선원에게서 들었다. 박문수가 쉽게 죽을 것 같지 않았지만 그래도 걱정이 되어 밤에 잠을 이루지 못했다. 안용복이 묻는다.

"박문수는 어찌 되어가고 있나요?"

"글쎄올시다, 아직 소식을 모르오."

그는 멀리 일본 쪽을 향해 고개를 돌렸다. 청국사신이 출진을 막지만 않았더라면 울릉도와 독도로 진입하기 전에 조선 수군이 가서 막았을지도 모른다.

연잉군은 청국 사신을 회유하기 위해 자기 돈 은자 2만 냥을 뇌물로 주었다. 그리고는 임진왜란 때처럼 두 개의 섬을 시작해서 조선을 쳐들어와 점령한 다음 그것을 발판으로 해서 청국을 침입할 것이라고 하자 겨우 설득되었다. 따로 뇌물을 준비해서 말단 수행관리에게 주고 물으니 일본 막부에서 조선에 불리한 정보를 청국 황실에 넘기고 있다는 것도 알아냈다.

'박문수가 오기 전에라도 요시무네를 만나야겠어.'

연잉군은 문수가 쉽게 잡히지 않았으리라 믿으면서도, 정 소식이 없으면 최후의 방법으로 일본에 건너가 차기 쇼군이 될 요시무네를 만나 공조를 해야겠다고 다짐했다.

빼앗긴 울릉도와 독도를 되찾는 것은 물론이고 앞으로도 조선과 일본이 평화를 유지하기 위해서는 차기 쇼군이 될 요시무네를 만나야 한다고 판단한 것이다.

해안을 향해 다가오는 배를 제일 먼저 본 것은 망루에서 감시하던 보초였다. 수상한 쪽배가 접근하는 것을 보고 북을 울리자 의병들이 몰려나왔다. 해안에 떠밀려 온 배 안에는 소년이 등에 화살이 꽂힌 채 죽어 있었다. 심하게 부패해 시커멓게 변한 것으로 보아 죽은 지 꽤 된 것 같았다.

소식을 듣고 연잉군이 한걸음에 달려왔다. 시체를 해변으로 옮기게 하고 등에 박힌 화살을 빼어 살펴보니 일본 수군의 것이었다.

"머리 깎은 것과 복장을 봐서는 일본 아이가 표류한 것 같은데 왜 일본 수군의 공격을 받았지? 몸 좀 뒤져 봐라."

연잉군의 명령에 메뚜기가 옷을 벗기니 천조각을 바느질한 것이 보였다. 조심스럽게 떼어내 보니 놀랍게도 박문수의 글이 언문으로 쓰여 있는 것이 아닌가.

"박문수, 살아있구나!"

천 조각을 읽어 본 연잉군의 목소리가 떨렸다. 연잉군은 거기 모인 사람들에게 박문수가 살아있다는 사실을 비밀로 하라고 하고는 천조각을 들고 중군 이봉상을 만났다.

"박문수가 살아 있다니. 명줄이 길다고 한 용화부인의 말이 맞았군요."

연잉군은 박문수가 살아있어 반갑기도 했지만, 해적들의 본거지가 있는 오키섬으로 들어가 고정간첩을 만나 정보를 가지고 돌아가겠다는 말에 이봉상과 함께 기뻐했다.

"박 비장, 이 사람 정말 난 사람이요. 몸이 정신을 따라와 주지 못하는 것이 흠이긴 하지만, 용기 하나는 대단하지요."

"용케 살아서 오키섬에 들어갔을 수 있겠지만, 다시 돌아올 수 있을지는 모르지 않습니까? 아직 연락이 없으니."

"아니요, 아니요. 박 비장은 꼭 돌아올 것입니다."

연잉군은 박문수가 해적들의 정세를 파악하고 돌아올 것으로 확신했다.

"박 비장이 살아있다는 것을 다른 사람들이 알면 안 되는데……"

"입단속을 시켰습니다."

"잘했소이다. 일본의 첩자들이 염탐하고 있을 것이니까요. 그 아이는 해적에 끌려간 조선 아이니 관을 써서 잘 묻어 주십시오."

연잉군은 머리가 비상한 박문수가 기필코 임무를 완수하고 돌아올 것이라 확신했다. 그러나 연잉군의 비장인 박문수가 오키섬으로 들어갔다는 비밀은 매수된 하급 관리를 통해 하나코의 귀로 들어갔다. 이 소식은 전서구를 통해 며칠 뒤에 오키섬의 이시하라에게 전달되었다.

키비츠 신사의 분사가 있는 오키섬은 막부가 직할 통치하는 천령(天領)이지만 동북아의 골칫거리인 왜구(일본 해적)가 새로 터 잡고 있게 된 섬이기도 하다. 요즘 식으로 말하자면 경찰과 범죄자가 한 지붕에 두 가족으로 같이 사는 것과 마찬가지다.

남중국해에 진출했던 해적들이 청국의 수군에게 쫓겨 돌아왔을 때 기다리고 있는 것은 일본 수군의 토벌이었다. 여기서 맞고 저기서 터지면서 마지막 피난처로 방비가 허술한 조선을 택해 보았지만, 해변에 사는 가난한 어부들을 털어봐야 별 소득이 없었다.

그때 모모타로와 내통하던 이시하라가 마나베 아키후사의 밀사로 하치에몬을 찾아왔다. 그것은 물 없는 구덩이에서 빈사 상태가 된 물고기가 비를 만난 격이 되었다. 하지만 하치에몬을 사면했으면서도 일본 각지의 반슈에는 그의 인상서가 여전히 나붙어 있었다. 나중에 조선에서 항의하더라도 그건 막부와는 상관없는 해적들의 짓이라고 우기기 위한 꼼수였다. 표리부동이지만 수군에게 붙잡혀 책형을 당하는 것보다 막부의 묵인 아래 해적질을 계속하는 것은 행운이 아닐 수 없다.

가장 세력이 큰 하치에몬이 울릉도와 독도를 점령하기 위해 각지에 흩어져 숨어있던 해적들에게 막부의 비밀지령을 알리고 오키섬으로 모이게 했다. 그들은 평생 남의 재물만 약탈하며 수군의 추적을 피해 다니다가 울릉도와 독도를 점령해도 된다고 하자 신이 났다. 섬을 점령한 뒤에는 너도나도 혈서를 써서 마나베 아키후사에게 보냈다. 그 내용은 아주 짧았다.

"막부의 명이라면 무슨 일이든지 하겠습니다."

비밀리에 해적들에게서 충성을 맹세 받은 막부는 크게 고무되었다. 애당초 계획은 왜상들의 뇌물에 길이 들고 역적과 연루된 약점을 가지고 있는 노론을 협박하는 것이었다. 그런데 죽은 줄 알았던 안용복이 나타나는 바람에 실패하자 해적으로 변장한 수군과 함께 울릉도와 독도를 무력으로 점령했다. 그러니까 대외적으로는 조선의 영토를 점령한 것은 일본 수군이 아니라 바다의 무뢰배, 해적이 점령한 것이다.

일본인들에게는 일본의 어부들이 조선 어부들과 조업문제로 다투다가 싸움이 붙어 죽도와 송도를 점령했다고 떠벌렸다. 그 말을 곧이 들은 일본의 백성은 이참에 조선의 버르장머리를 고쳐야 한다고 벼르게 되었다. 그러나 머리가 깬 지식인들은 그 뒤에 조선을 다시 침략하려는 음모가 있음을 눈치챘지만 입을 다물었다. 그들 역시 묵시적으로 찬성하기 때문이다.

막부의 첩자 이시하라가 오키섬을 찾은 것은 울릉도와 녹도를 섬령한 며칠 뒤였다. 마나베 아키후사의 밀명을 받고 모모타로를 찾은 것이다. 두 사람은 외진 곳에 있는 모모타로 방에서 독대했다.

"예상보다 빨리 섬들을 점령했구려. 하치에몬의 말로는 죽도로 질러가는 해로를 타고 기습했다고 하던데."

"네. 저의 안 사람, 하나코가 빼내온 해로도 덕분입니다."

"대단하오. 이번 정벌에 일급 공신이오. 조선은 반응은 어떻소?"

"조선에서 대마도를 통해 막부에 항의 서신을 보내왔습니다만, 막부는 점령을 부인했습니다."

"그렇지. 죽도와 송도를 점령한 것은 일본 수군이 아니라 도둑떼 해적들이니까."

"하지만 눈 가리고 아웅 아닙니까?"

"그건 조선도 마찬가지야. 우리 일본과 전쟁을 피하려고 수군 앞에 민간인인 의병을 내세운 것이고…… 협상만 잘하면 싸움없이 두 섬을 가지게 될 것이오."

모모타로는 조선도 일본과 마찬가지로 전쟁을 피하는 것이라고 확신했다. 조선의 수군이 많이 축소되어 있기는 하지만 조선 수군과 해적이 바다에서 정면충돌 한다면 해적이 이길 가능성은 거의 없다. 그렇지만 섬을 먼저 점령한다면 이야기가 달라진다. 울릉도는 쉽게 배를 댈 곳이 없기 때문이다.

"마나베님의 의견은 다릅니다. 이십 년 전에 조선 조정이 내버리다시피 한 죽도와 송도를 되찾아간 것이 안용복이라는 일개 노꾼이었습니다. 체면을 잃은 조선 조정도 뒤늦게 영토권을 주장했고요. 그러니 이번에도 해적을 토벌하겠다는 명분으로 나설 것이라고 말씀하셨습니다. 그리고 청국에 조선에 불리한 정보를 보내 출동을 잠시 늦췄지만 결국 승낙받았으니 조선이 섬을 탈환하려고 할 것이 분명하다고 덧붙이셨습니다."

이시하라의 말에 모모타로가 고개를 끄덕였다.

"음. 그럴 수도 있겠지. 그러면 내가 어떡해야 하는가?"

"우리도 지원병을 모으는 것입니다. 해적과 뜻을 같이하는 민간인으로 말이죠."

이시하라는 막부 실세 마나베 아키후사의 밀서를 건네주었다. 그것을 들여다본 모모타로가 고개를 끄덕이고는 말했다.

"에도에 좋지 않은 소문이 돈다고 하던데……후지산이 폭발한다든가 하는."

"그렇습니다. 팔 년 전의 그 일을 떠올리면 끔찍합니다."

이시하라가 고개를 절레절레 흔들었다. 그때 후지산(富士山)에서 뿜어져 나오는 용암을 가까이서 본 그는 그 위용에 떨었지만 정작 두려운 것은 많은 사상자와 함께 몇 년간 논과 밭에 식물을 재배할 수 없었다는 것이다. 목조건물도 대부분 부식되어 다시 지어야 했다.

"정말 후지산이 폭발할 것인가?"

"글쎄요, 용암이 끓고 있다는 보고는 들었습니다만……"

두 개의 섬을 점령한 그날부터 일본 열도의 중앙에 있는 후지산이 이상을 보이고 있었다. 그러나 이시하라는 점령이 잘못된 일이 아닐까 혼자 생각하긴 했지만 이렇게 말할 수밖에 없었다.

"요시무네 쪽에서 퍼뜨린 소문이 아닐까 합니다만……"

모모타로가 고개를 끄덕였다. 차기 쇼군 자리를 노리며 마나베 아키후사와 치열한 권력다툼을 하는 요시무네 입장으로서는 이런 소문이라도 퍼뜨려야 할 것이다.

"후지산은 우리 일본의 심장이네. 이런 경사스러운 일을 망치지는 않겠지. 그건 그렇고 시끄러운 일이 도대체 무엇인가?"

모모타로의 물음에 이시하라가 고개를 들어 좌우를 둘러보고 나직하게 대답했다.

"사실은 섬을 점령하기 얼마 전에 몰래 바다로 나가려던 배를 이곳 반슈에서 잡았습니다. 대마도에서 조선인이 한 명 들어오기로 했다고 합니다."

"첩자 말이요?"

"심하게 고문을 했더니 겨우 그 말만 토하고 죽어버렸다는데 여기에 조선과 내통하는 고정간첩이 잠복하고 있는 것이 틀림없습니다. 지금 반슈에서 찾고 있습니다."

이시하라가 멈칫하더니 살그머니 일어나 창문을 조금 열었다. 검은 고양이 한 마리가 야옹 하며 지나갔다. 그가 다시 문을 닫고 이야기를 계속했다. 천장 위의 작은 틈새에 귀를 바짝 댄 검은 그림자가 엿듣는지 모르고 두 사람은 에도의 정세에 대해 서로 의견을 교환하고 있었다.

## 6 첩보전쟁

 문수가 촌장을 처음 만났을 때 마침 그의 모친이 낙상했다. 허리가 삐어 드러눕자 촌장을 통해 침을 구해와 거뜬히 고쳤다. 문수는 자신의 이름을 하토야마 요시자네(鳩山義眞)이라고 사칭하고 침구사 행세를 하며 호의를 베푸는 촌장 집에 눌러앉게 되었다.
 대마도 출신의 침구사로 의료행위를 하면서 어부들에게서 울릉도와 독도가 해적에게 점령당했다는 사실을 알게 되었다. 그 이후로 오전은 오키섬 이곳저곳을 돌아다니며 정보를 수집하고 오후부터 밤늦게까지 찾아온 환자들에게 침을 놓고 뜸질을 했다. 구당선생에게서 배운 침뜸이 이렇게 유용하게 쓰일 줄은 몰랐다.
 오키섬에도 침구사가 여럿 있었지만, 나이가 많아 의료활동을 못하거나 치료능력이 부족했다. 이럴 때 용한 침구사가 나타났다는 소문에 주민이 너도나도 몰려와 침을 맞았다.

토박이 침구사들의 반발을 의식한 박문수는 수입 일부를 침구사들에게 건네주었다. 그리곤 몇 달만 하고 대마도로 돌아갈 것이라고 양해를 구했다. 또 촌장에게는 숙박비 외에 따로 돈을 건네주었다.

"은혜를 갚아야지요."

입이 귀에 걸린 촌장이 문수의 손을 덥석 잡으며 말한다.

"하토야마, 이른 시일 내에 나카토로 가는 배를 주선해 보겠네."

"아닙니다. 거기보다 이곳이 맘에 드는군요. 두어 달 더 머물며 돈을 벌어가겠습니다."

"그래? 그렇다면……허허."

박문수가 오래 머물수록 주머니가 두둑해지니 굳이 나카토로 가는 배를 주선할 이유가 없다.

문수는 오키섬으로 데리고 갈 배를 만나지 못할 때 대비한 비상접선을 상기했다. 기무라의 말로는 매달 초하루와 보름날 정오 포구에 있는 큰 바위 옆에 있으면 고정첩자가 나타날 것이라고 했다. 그래서 접선 표식인 빨간 천을 목에 두르고 서성였지만, 다가와 말 거는 자는 없었다.

포구에 커다란 배 한 척이 정박한 것이 보이길래 어부에게 물어보니 막부에서 온 배라는 말을 들었다. 자세한 것을 물어보려 했지만, 대마도 사투리의 낯선 사람이라 경계하는 듯해서 더 묻지 못했다. 배 근처를 둘러보니 관복 차림의 사내가 부하들을 데리고 오는 것이 보였다.

"이시하라님!"

누군가 그를 보고 부르자 뒤돌아보았다. 박문수는 그가 조선에 침투했던 첩자 두목인 것을 직감할 수 있었다. 이시하라는 자신을 부른 자와 몇 마디 말을 나누고는 다시 배가 정박한 곳으로 가다가 문수와 눈이 딱 마주쳤다.

"어이! 여기서 뭐 하나?"

이시하라가 매같이 날카로운 눈으로 노려보며 문수에게 물었다. 위협적인 상황이었지만 문수는 당황하지 않고 오히려 대담해졌다.

"네, 침구사인데 다리를 다친 어부가 있다고 해서 찾아왔습니다."

"여기 말이 아니군. 대마도에서 왔나?"

"네. 나으리."

이시하라가 더 묻기 위해 몇 발짝 앞으로 나오는데 부하가 부른다.

"배가 곧 떠납니다. 어서 타셔야 합니다."

그 말에 이시하라는 흘끗 문수를 바라보고는 다시 발길을 돌렸다. 위기를 넘긴 문수는 이시하라의 얼굴을 머릿속에 뚜렷이 각인시켰다.

박문수가 고기 그물을 손질하는 어부들 곁으로 지나며 자기들끼리 하는 말을 엿들었다. 나이 많은 노인 어부가 한마디 한다.

"죽도와 송도가 어떻게 우리 땅이야? 벌써 이십 년 전에 조선 땅으로 결정이 났구만. 내가 그 안모인가 하는 조선인도 봤는데……사람이 살지 않는다고 내 땅이라고 우기면 우리 앞바다에 있는 무인도 주인은 도대체 누구야? 조선놈이 늘어와 주서앉아 내 땅이라고 우기면 어쩔 수 없다는 말 아니야?"

"흥! 그까짓 작은 섬 두 개를 놓고 조선과 전쟁을 벌여 무슨 이익이 있나. 거기에 황금 덩어리가 묻혀 있다면 모를까."

"이게 다 막부와 모모타로가 손잡고 벌이는 수작이야. 해적 놈들을 앞세우고 무슨 꿍꿍이인지……도둑놈들이 고개 꼿꼿이 하고 설치는 꼴을 보자니 분통이 터지는구만."

"오키섬의 어부를 징발한다는 소문이 있는데 우리 목숨이 벌레인가? 그런 바보들이 하는 싸움에 나가서 죽을 수는 없어. 암."

무식한 어부들이었지만 자신의 생명과 관계된 일이었기에 여기저기서 얻어들은 말을 가지고 욕을 하는 것이었다. 박문수는 어부들의 대화에서 조선의 두 섬을 무단 점령한 것에 대해 불안해하는 것을 알 수 있었다.

문수가 집으로 돌아왔을 때 손님이 기다리고 있었다. 화려한 기모노를 입고 얼굴을 온통 하얗게 분칠한 게이샤였는데 발목을 삐고 냉이 심하다며 찾아온 것이었다. 놀랍게도 그녀는 대마도 사투리를 쓰고 있었다.

"어머! 의원님은 대마도 분이시네요. 어디 사시죠?"

그 물음에 박문수는 우물쭈물했다. 몇 번 대마도 출신 사람들이 찾아와 치료하면서 이거저거 물어왔지만, 그때마다 커다란 대침을 놓아 답변을 회피했다. 그런데 게이샤가 쉴새 없이 말을 걸어오는 바람에 대침을 놓아 입을 막을 기회를 놓쳤다. 허리에 항아리 뜸을 놓아 달라고 해서 빨리 끝낼 수도 없었다. 진한 분내와 뜸이 뒤엉켜 코를 찔렀다.

"대마도 분이 아니신 모양이다. 의원님은."

그녀가 의심쩍은 목소리로 말하자 박문수는 그만 엉뚱한 말을 하고 말았다.

"실은 제가 거기서 여자 문제를 일으켜서……더 묻지 말아 주십시오."

게이샤가 입을 막고 눈웃음치며 웃었다. 호호호.

"어쩐지, 제가 관상을 좀 볼 줄 알거든요. 의원님은 본래 여색을 밝히지 않는데 여자가 따르는 상이군요. 유부녀를 건드렸나요?"

게이샤의 물음에 문수는 더 대꾸하지 않았다. 관상까지 볼 줄 안다면 자신의 정체를 파악하고 있을지도 모른다는 걱정에 얼른 자리를 피하고 싶었다.

"저도요. 실은 쫓기고 있는 신세에요. 대마도 출신이지만 에도의 유곽에서 일하다가 상인의 첩으로 들어갔거든요. 그러다가……"

게이샤의 이름은 리에(里枝)라고 했다. 대마도의 가난한 어부의 딸이었던 그녀는 타고난 미모를 이용해서 잘 먹고 잘 살아보겠다는 마음으로 에도로 가는 배를 탔다고 했다. 거기서 유곽에 들어가 게이샤가 된 후에 부자 상인을 꼬여 첩으로 들어가기를 몇 번 했다고 했다.

"늙고 냄새나는 늙은이하고 평생 같이 살 생각이 없어 오줌을 몇 번 쌌지요."

"오줌을 싸다니요?"

신경이 곤두서서 그녀의 말뜻을 헤아리고 있던 박문수가 되묻는 말에 리에가 생긋 웃었다.

잠자리에서 오줌을 몇 번 싸면 정나미가 떨어져서 돈을 주고 떼어낸다는 것이다. 그러면 다른 부자에게로 가서 돈을 우려낸 다음에 또 오줌을 싸서 쫓겨나고.

이런저런 얘기가 끝나자 뜸도 끝이 났다. 그녀가 작은 주머니를 뒤적거리더니 눈웃음을 치며 제의한다.

"의원님. 치료비가 약간 부족하군요. 저를 안아보시는 것으로 대신하면 안 될까요?"

그 말에 문수의 눈이 동그래지더니 빠른 어조로 대꾸했다.

"아, 그럼 됐습니다. 나중에……아니, 그만두셔도 됩니다."

박문수는 리에를 빨리 쫓아내고 싶었다.

"그러면, 다시 올 때 드리지요."

그녀는 번개처럼 빠른 동작으로 박문수의 뺨에 뽀뽀했다. 그리고는 궁둥이를 살살 흔들며 고개를 돌려 눈웃음을 치면서 나갔다. 박문수는 놀랍기도 하고 흥분도 되어 숨을 크게 내쉬었다.

촌장의 집에 머물고 있는 박문수 즉 하토야마를 찾는 손님이 많아졌다. 대마도에서 온 의원이 용하다는 소문을 듣고 온 것이다.

실제로 잘 고치기도 했지만, 촌장이 자신에게 들어오는 돈 욕심에 여기저기 떠들고 다닌 덕분이었다. 그러나 모모타로가 있는 키비츠 신사에 들어갈 수는 없었다. 전속 의원이 있다는 말에 문수는 낙담했다.

"의원님. 아직도 머물고 계시는군요. 대마도는 언제 가세요?"

저녁 늦게 게이샤 리에가 찾아와서 호들갑을 떨었다.

"여기서 의원으로 버는 돈이 많아서 당분간 머물기로 했습니다. 허허."

그녀를 보자 문수는 웃음으로 얼버무렸지만 자기의 정체가 드러날까 봐 두려웠다. 기무라의 말에 의하면 게이샤나 몸 파는 여자 중에 첩자가 많다고 했기 때문이다.

리에는 잔뜩 침을 꽂고 있는 여자 손님과 수다를 떨었다. 자기 차례가 되었을 때는 어두워서 등잔불을 켜야 했는데도 갈 생각을 하지 않았다.

"너무 어두워서 침을 놓기가 어려우니 내일 오시지요."

"그러면 뜸이라도 하고 갈래요."

"선약이 있어서 조금 뒤에 나가 봐야 합니다."

밤늦게 배를 여러 척 가진 선주에게 침을 놔주기로 한 약속도 있지만, 기습적으로 뽀뽀를 당한 그때를 머리에 떠올리며 시술을 거부했으나 리에는 애교를 부리며 떼를 썼다.

리에가 옷을 훌훌 벗어젖히자 문수는 난감한 표정이 되었다. 탐스러운 유방이 드러나자 얼른 딴 곳으로 고개를 돌렸다. 저쪽에 촌장의 부인과 아이들이 보였다. 리에가 웃었다.

"호호호. 내가 의원님을 어찌할까 봐 그래요?"

"아, 그게 아니라 뜸이 독해서 방문을 닫으면 냄새에 기절할 수도 있습니다."

당황한 문수가 얼버무리며 쑥을 찾고 있는데 리에가 말했다.

"의원님은 어디서 침뜸을 배웠어요? 대마도에서 이런 뜸을 하는 의원은 본 적이 없는데."

리에가 슬쩍 물었지만, 문수는 대꾸를 안 했다.

"아, 한 사람 있었다. 왜관에서 침뜸을 배워서 대마도에서 의원을 하는 사람이 있었어요. 하토야마 의원님도 조선 사람에게 배웠어요?"

문수는 리에의 물음에 가슴이 뜨끔했지만, 대답하지 않으면 의심을 할 것 같아 입을 뗐다.

"네. 우리 동네에 사는 기무라 선생에게 배웠어요. 그분은 왜관에서 구당 선생이라는 분께 배웠다고 하데요."

박문수는 구당 선생이 왜관 일본인들에게 침뜸을 가르쳐 주었다는 말을 상기하고 이렇게 둘러댔다. 그제서야 리에는 알아듣는 듯했다.

"혹시 키비츠 신사에서는 사람이 안 왔나요?"

"신사요?"

"네, 모모타로님이 허리를 삐끗했다고 하던데. 그래서 용한 침쟁이를 부른다고 하던데."

그녀의 말을 듣는 순간 문수는 가슴이 두근거렸다. 마침내 기회가 온 것이다. 리에가 고개를 갸우뚱하더니 말을 이었다.

"아까 반슈에서 일하는 사람을 만났는데 오니와반슈에서 조사를 한다는군요."

"네에?"

"이번에 조선의 섬을 어부들이……아니, 해적들이 점령하자 그걸 염탐하려고 조선의 첩자가 침투했다는 소문이 있나 봐요. 그래서 외지에서 온 사람들을 일일이 찾아다니면서 묻는다고 하던데……의원님은 대마도에서 오셨다고 했지요?"

리에의 말에 문수의 손이 떨리기 시작했다. 붙잡혀 죽는 건 두렵지 않으나 임무를 완수하지 못하게 되는 것이 걱정되었기 때문이다.

문수는 리에의 백옥같이 하얀 등에 쑥을 올려놓고 뜸을 뜨기 시작했다. 짙은 쑥 냄새와 연기가 피어오르자 치지직하고 살이 타는 것 같았다. 리에가 야야, 아야 하고 아픈 소리를 내자 문수가 놀라 물었다.

"아프십니까?"

"호호, 아니에요. 시원해서 하는 소리예요. 의원님. 신사에 들어가 보실래요? 의원님의 침 한 방이면 모모타로님의 허리를 거뜬히 낫게 하실 거예요."

문수는 잠시 생각해 본다. 포위망이 좁혀오니 잡히지 않으려면 도망쳐야 하는데 빈손으로 도망칠 수는 없다.

"그러지요. 내일 가면 됩니까? 누구를 만나야지요?"

문수가 성급하게 묻자 유리가 호호하고 웃었다.

"성급하시기는. 사람이 이리로 올 거예요."

리에의 수다가 이어졌다. 자기가 좋아하는 남자는 문수같이 잘생기고 점잖은 의원이라는 등 쓸데없는 말이 거의 끝나갈 때 쑥뜸도 끝이 났다. 옷을 입고 리에가 주머니를 꺼내자 문수가 만류했다.

"아니에요. 먼젓번에도 돈이 부족했으니 오늘은 모두 드려야지요."

"괜찮습니다. 좋은 고객을 소개해 주셨으니 그만 됐습니다."

"아니에요. 드려야지……어머."

주머니를 열어보던 리에가 깜짝 놀란 표정을 지었다.

"돈이 든 줄 알았더니 한 푼도 없네요. 그럼."

리에가 버럭 달려들어 박문수의 입술에 자기 입술을 가져다 댔다. 리에의 진한 분 냄새가 문수의 코를 찌르더니 그녀의 혀가 안으로 들어오자 문수는 그 달콤함에 정신을 잃었다.

호호호

그가 정신을 차렸을 때 리에는 박문수의 시야에서 멀어지고 있었다.

"호호호, 하토야마 의원님. 다시 볼게요."

빠른 걸음으로 나가는 그녀의 뒷모습을 문수는 넋을 놓고 바라보았다. 리에가 가고 난 뒤에 침술도구를 챙겨 밖으로 나갔다.

왕진을 간 선주의 집에서 침을 시술한 뒤 나오니 캄캄한 밤이었다. 그러나 다닥다닥 붙은 집에서 흘러나오는 불빛과 등을 들고 다니는 행인들로 해서 밤길은 그리 어둡지 않았다.

터벅터벅

촌장의 집으로 향하는데 뒤에서 누군가 따라오는 것 같아 뒤를 돌아보니 한 사내가 어둠 속으로 숨는 것이 보였다.

박문수의 심장이 뛰기 시작했다. 천천히 발을 옮기면서 뒤를 의식하다가 휙 뒤돌아보니 아무도 없었다. 이렇게 몇 번 해보았으나 뒤따라오는 자가 없자 문수는 자신이 잘못 알았다고 안도의 한숨을 쉬었다.

자기 방으로 들어온 문수는 모모타로에게 침을 놓게 되면 무엇을 해야 할지 곰곰이 생각하다가 잠자리에 들었다. 가슴이 답답해서 잠을 깨보니 누군가 몸에 올라타서 단도를 겨누고 있었다. 힘이 엄청나게 센 남자였다.

"누, 누구요!"

문수가 놀라 말을 더듬자 남자 옆의 그림자가 나직하게 위협했다. 여자였다.

"하토야마, 너는 조선의 첩자지?"

"아, 아니요."

문수가 움직이려 했지만 힘센 남자가 두 다리로 몸을 꽉 누르고 있어 꼼짝달싹할 수 없었다. 시커먼 그림자가 냉소한다.

"흥! 아까 들어와서 짐을 뒤져보았더니 조선의 글씨로 쓴 쪽지를 보았다. 그래도 아니라고 우길 셈이냐?"

그림자의 말에 문수는 아무 대꾸도 못했다. 언문으로 몇 글자 끄적거린 것을 태워버리지 못한 것을 후회했다. 박문수는 입을 열지 않았다. 그러자 사나이가 문수의 목에 칼을 바짝 들이대어 당장에 목을 벨 시늉을 해 보였다. 여자가 나직하게 물었다.

"그대는 주인은 왕자 연잉군인가?"

"난 할 말이 없으니 여기서 죽이시오!"

문수가 죽음을 각오하며 대꾸하자 여자가 등잔불을 켰다. 얼굴이 시커멓고 건장한 남자 뒤로 여자가 앉아 있었는데 화장을 지웠지만 리에가 분명했다. 그녀는 남자에게 손짓해 밖으로 나가게 하고는 입을 열었다.

"미안해요. 포구에서 보았지만, 확신할 수 없어서 그동안 지켜보았지요. 이시하라가 지금 첩자를 색출하고 있는 것 알고 있어요?"

아, 이 여자가 접선할 첩자였구나. 안도와 함께 진작 접선해오지 않은 것에 화가 났다.

"당신이 말하지 않았소?"

문수의 퉁명스런 대답에 유리가 입을 가리고 웃었다. 호호

"그렇군요. 내가 시간을 끌어 놓았으니 크게 걱정하지 않아도 돼요. 하지만 서둘러야 해요."

"당신은 누구요? 기무라 말로는 요시무네공 밑에서 일하는 첩자라고 들었는데."

문수는 기무라가 의미심장한 웃음을 지으며 접선자가 여자임을 암시했던 것을 상기했다.

"그래요. 우리는 요시무네공을 위해 일하고 있지요. 다음 쇼군은 분명 그분이 될 테니까. 리에도 내 이름이 아니죠."

리에의 본명은 유리이고 오키섬 토호의 딸이라고 했다. 에도에 있는 요시무네의 밀명을 받고 신이 내린 것처럼 속여 키비츠 신사에 들어왔다고 했다.

청순한 얼굴의 신녀(神女)로 키비츠 신사에 있으면서 때로 짙은 화장의 게이샤 첩자로 변장하는 두 얼굴의 여자였다. 그녀는 어렵게 법황이 보낸 밀서를 숨긴 곳을 알아냈다고 말했다.

"모모타로가 곧 당신을 부를 거예요."

"신원이 불확실한 나를 찾겠소? 첩자를 잡으려고 눈에 불을 켰을 텐데."

"아뇨, 찾을 거예요. 첩자는 오늘 저녁에 붙잡혔으니까요. 내일 반슈

로 가보면 알 거예요."

유리는 해적의 앞잡이로 못된 짓을 하던 조선인 한 명을 첩자로 고발해 처형시켰다고 말했다. 그리고는 자리에서 일어나 남자와 함께 돌아갔다. 박문수는 설렘과 걱정으로 가슴이 두근거려 밤새 잠을 이루지 못하다가 새벽에 잠깐 자고 일어났다.

유리가 말한 대로 반슈 앞에는 조선인 첩자의 목이 대나무 끝에 매달려 있었다. 문수는 죄목이 적힌 고지문을 보았다. 이렇게 매국노를 첩자로 몰아 일단 수사망을 피했지만, 박문수의 불안은 가시지 않았다. 그러나 울릉도 탈환에 도움이 되는 해적들의 비밀이나 모모타로를 일격에 무너뜨리는 치명적인 정보를 입수하기 전에 도망칠 수는 없다.

"이보게, 하토야마. 소식 들었나? 건너편 마을의 의원 집에 어제 강도가 들었다네."

촌장이 수선을 떨며 말하는 걸 들어보니 신사에 드나드는 의원 집에 강도가 들었는데 격투가 벌어졌다고 했다.

"아, 글쎄. 강도가 철퇴를 휘둘러 무릎을 심하게 다쳤다네."

문수는 그 말을 듣는 순간 유리와 함께 있던 건장한 사내를 머리에 떠올렸다. 그자의 짓이 분명했다.

"흐흐, 이제 그 집에 몰려가던 환자들이 몽땅 이리 오셌구먼."

촌장은 문수가 지급하는 돈으로 호주머니가 두둑해지는 기쁨에 좋아했다. 그러나 문수는 매국노에게 누명을 씌워 처단하는 것과 달리

죄 없는 의원이 피해당하였다니 마음이 언짢았다. 남의 불행이 자신의 행운인지 회의를 느끼고 있는데 신관이 찾아왔다.

"유리에게서 뜸을 잘한다는 소문을 듣고 왔소. 대마도에서 오셨다고?"

신관은 조심스럽게 문수, 아니 하토야마 의원의 신상에 대해 캐물었다. 아무리 능력이 뛰어나도 타지에서 온 사람은 믿을 수 없기 때문이다. 그러나 어쩌겠는가. 궁사인 모모타로가 허리가 아파 꼼짝 못하고 있으니.

"지금 갈 수 있겠소?"

신관의 제안에 침을 맞으러 온 손님에게 양해를 구해 돌려보냈다. 그리고는 침과 뜸을 뜰 도구를 챙겨 신관을 따라 키비츠 신사로 갔다.

담장이 높은 신사의 입구에서부터 하토야마 의원은 짐보따리는 물론이고 몸수색까지 철저히 하고도 주의를 들어야 했다. 며칠 전에 조선의 첩자가 들어왔다 잡힌 적이 있다고 말했다. 그래서 아무 것도 보지 말고, 듣지 말 것이며 안의 사정을 남에게 옮기지 말라는 서약까지 시켰다. 문수는 신관을 따라가는 길을 머릿속에 저장하면서 혹시 유리를 볼까 해서 곁눈질로 살펴보았지만, 그녀는 보이지 않았다.

으르릉

송아지만한 도사견이 줄에 묶인 채 낯선 방문객을 위협했다. 신관이 말했다.

"모모타로님을 지키는 신견이라네."

길을 따라가니 규모가 큰 안채가 나오고 다다미가 깔린 방이 보였다. 두 명의 신관이 기다란 칼날이 붙은 나기나타(薙刀)를 들고 허리에 칼을 차고 있었다. 엄중했다.

"뜸을 시술하려는 하토야마 의원이다."

안으로 들어가며 문수는 곁눈질로 방안의 구조를 머리에 익혔다. 모모타로가 있는 방은 구불구불한 복도의 끝에 있었다. 문 앞에 두 명의 시녀가 앉아 있다가 방문을 열었다.

"궁사 어르신, 의원을 모시고 왔습니다."

신관은 저 멀리 방의 끝자락에 누워있는 모모타로에게 말했다. 등을 돌리고 간호를 하고 있던 신녀가 얼굴을 돌려 손짓을 했다. 유리였다.

문수는 그제서야 안도를 하고는 모모타로에게 다가갔다. 도요토미 히데요시에 이어 조선을 침공하려는 흉악한 자를 마주 대하니 죽이고 싶은 충동이 솟구쳤다. 하지만 이 상황에서는 병든 자를 치료하는 자애로운 의원이 되어야 했다. 맥을 짚어보니 걱정 때문에 생긴 허리병이었다. 침으로 급소를 콱 찔러 복수하고 싶었으나 유리의 눈짓 신호를 읽고는 마음을 진정하고 뜸을 뜨기 시작했다.

치지직

연기가 올라오면서 쑥 냄새가 방안을 진동했다. 두어 시간의 시술이 끝난 뒤에 박문수는 아까와 반대 순서로 나왔다. 집에 돌아온 그는 붓과 종이를 꺼내 내부도를 그리고는 머릿속에서 몇 번이고 떠올렸다. 모모타로는 뜸이 효험이 있었는지 다음 날 문수를 또 불렀다.

이시하라는 에도로 가는 배에 탔다가 출발 직전에 내렸다. 조선의 첩자를 잡아 처형했으니 문제를 해결했다고 생각했지만 미심쩍은 것이 남아 있었기 때문이다.

"아무래도 이상해. 내가 받은 정보로는 총대장 연잉군의 최측근인 박문수라는 자인데 죽은 놈은 몇 년 전부터 해적의 앞잡이였단 말이야. 그렇다면 혹시……"

이시하라는 진짜 첩자가 주위를 다른 데로 돌리기 위해 누명을 씌운 것이 아닌가 생각하며 혼잣말로 중얼거려 보았다.

'하지만 그놈 집에서 해적들 동향이 적힌 문서가 발견되었잖아.'

오키섬을 잠입한 조선의 첩자가 아무리 유능하더라도 짧은 기간 내에 그런 자에게 덤터기를 씌울 수는 없다. 오키섬에 내통하는 첩자가 있다면 모를까. 결론은 하나다.

"맞아, 분명 여기 조선과 내통하는 첩자가 있을 거야."

처형된 자의 말로는 어떤 게이샤의 유혹에 빠져 키비츠 신사로 들어갔다가 붙잡혔다고 했지 않은가. 위기에 몰린 첩자의 거짓말로 단정한 것이 실수다.

'요시무네의 첩보조직이 돕는 것인지 몰라.'

이시하라는 처형당한 자의 집에 숨겨둔 문서의 내용으로 보아 해적들 핵심에 침투한 자가 있는 것으로 판단했다.

'그렇다면 모모타로의 주변에도?'

마나베 아키후사에 충성하면서 새롭게 떠오르는 천황복권파 세력에 대해서도 양다리를 걸치고 있는 그로서는 요시무네라는 존재는 골치만 아플 뿐이다. 아니, 그동안 요시무네를 줄곧 감시해 왔기 때문에 병약한 어린 쇼군이 죽으면 그날로 자신은 끝장이 난다.

이시하라는 하치에몬이 울릉도와 독도를 잘 지키면 천황복권파가 승리할 것이라고 믿었다. 막부는 나이 어리고 병이 잦은 쇼군과 마나베 아키후사의 전횡으로 해서 응집력이 약해졌다. 이럴 때 천황을 앞세워 봉기한다면 세상이 바뀔 것이다. 모험이긴 하지만 실패하면 죽기밖에 더하겠나 하는 배짱이다.

'그래, 이기면 영웅이고 지면 역적이니까.'

조선의 섬을 점령해서 이것을 발판으로 대륙으로 진출한다는 환상을 천황을 지지하는 신도(神道)의 세력과 일본 백성에게 심어준다. 그 다음에는 천황복권파인 교토와 사쓰마, 조슈의 지사들이 무력을 동원해 일어서고 막부에 불만이 있는 다이묘들이 가세한다면 세상이 뒤집어질 수 있다. 오랫동안 정보계통에 있던 그는 조선의 섬을 점령한 덕분에 저울추가 모모타로에게 기울어졌다고 판단했다.

오키섬에 박아둔 첩자를 잡아 요시무네가 조선과 손잡은 사실을 밝혀내어 정치생명을 끝내야 한다고 마음먹었다.

"조를 짜서 다시 수색하도록 한다. 첫째는 여행증명서가 없는 자들이고 둘째는 최근 오키섬으로 들어온 자들을 대상으로 한다."

이시하라의 부하들은 요즘의 경찰격인 반슈(番所)에 소속된 병졸들을 이끌고 나섰다.

박문수가 촌장의 집으로 들어가는 길목으로 들어섰을 때 병졸들이 지나가는 것을 보았다. 불길한 예감이 스쳐 가는데 아니나 다를까 집에 들어서자 촌장이 묻는다.

"이보게, 반슈 사람들을 만나지 못했나?"

"아뇨."

문수는 태연한 척하려 했으나 가슴이 두근거렸다.

"신사에 치료하러 갔다고 했더니 내일 아침 일찍 반슈에 출두하라고 으름장을 놓더군."

"무, 무슨 일인가요?"

"대마도에서 온 사람들과 표류해 온 자들은 모두 조사한다네. 여행증명서가 없는 자들은 그냥 포승 지어 끌고 갔다네. 자네는 가지고 있지?"

"물론이지요."

기무라의 부하가 만들어준 여행증명서가 있지만 반슈에서 조사를 한다면 위조된 것이 금세 들통 날 것이다. 그는 왕진을 간다고 하고는 벙어리 사내의 기름가게로 달려갔다.

"크, 큰일이네. 유리를 만나야겠어."

문수가 잔뜩 긴장해서 벙어리에게 말했지만, 그는 무표정하게 듣고 있더니 손짓으로 기다리라고 하고는 기름통 하나를 들고 나서는 것이었다. 이슥해질 때까지 초조하게 기다리고 있는데 유리의 편지를 들고 벙어리가 도착했다. 문수가 서둘러 읽어보더니 비로소 긴장이 풀려 집으로 돌아갔다.

다음 날 아침.

촌장이 반슈에 얼굴을 들이밀었다. 그는 키비츠 신사의 모모타로님이 갑자기 복통을 일으켜 하토야마 의원이 급히 불려 갔으며 저녁에나 출두할 수 있다고 했다. 촌장은 반슈에서 익히 아는 토박이라 별다른 조치 없이 넘어갔다.

복통을 일으킨 것은 모모타로가 아니라 신관이었다. 문수가 도착하니 신사가 술렁거렸다. 새벽에 집을 지키는 도사견이 게거품을 흘리며 죽었다 한다. 신관을 만나보니 갑자기 설사가 나면서 복통이 심해졌다는 것이었다.

"한 조각만 베어 물었는데. 상한 떡을 먹은 것 같아."

신관은 낯을 잔뜩 찡그리며 말했다. 문수는 유리의 짓이라는 것을 짐작했지만, 그 말을 할 수는 없다. 침을 여러 군데 놓으니 한바탕 설사를 하고 상태가 호전되었다.

"하토야마 의원님, 기왕 온 김에 궁사님에게 뜸 좀 놓고 가시지요."

짐을 챙기는 문수에게 유리가 찾아와 안으로 데리고 들어갔다. 그녀는 아무 말 없이 가다가 선다. 그러면 문수는 그곳이 모모타로의 밀실로 가는 곳이라는 것을 알아차렸다. 또다시 걸어가다 서곤 해서 비밀통로가 많은 신사의 구조를 가르쳐주었다. 물론 유리가 그려 준 도면을 머릿속에 꼼꼼히 기억하지 있지만 한 발짝이라도 길을 잘못 들면 바로 죽음이기에 잔뜩 긴장했다. 그렇게 몇 번 하다가 두 사람은 모모타로 앞으로 갈 수 있었다.

"하토야마, 덕분에 아주 좋아졌다."

엎드려서 절을 하는 의원에게 처음으로 건넨 말이었다.

"신관이라는 자가 상한 떡을 먹다니. 쯧쯧. 자네도 그리 생각하나?"

모모타로는 탐색하는 눈빛으로 의원을 바라본다.

"아닙니다. 누군가 떡에 약을 넣은 것 같습니다."

"약을?"

"네. 분명 약에 중독된 것입니다."

문수의 단언에 모모타로의 눈이 빛나더니 다시 묻는다.

"그런가? 나를 지키는 신견도 갑자기 죽었는데 독을 먹은 것이 틀림없군."

그는 고개를 돌려 유리를 보았다.

"유리! 내가 죽지 않은 것은 순전히 네 덕분이다."

나중에 유리에게 들은 이야기지만 모모타로가 먹을 떡을 만드는 하녀가 약으로 쓰려고 말려두었던 독초를 잘못 넣어 벌어진 일이었다.

모모타로가 떡을 먹으려는데 유리가 냄새가 이상하다고 먹지 못하게 말리고는 그걸 신견(神犬)이라 부르는 도사견에서 몽땅 던져 주었다는 것이다. 신관이 탈이 난 것은 신관이 한 조각을 떼어먹고 탈이 난 것이었다.

문수는 뜻하지 않은 독살 미수가 하녀 몰래 독초를 넣은 유리의 짓으로 짐작했다. 그것을 알 리 없는 모모타로가 유리에게 명령했다.

"그 계집을 당장 가두어라!"

"네."

유리가 공손히 절을 올리고 자리에서 일어났다.

"뜸을 떠다오. 자네가 뜸을 뜬 뒤로 몸이 아주 좋아졌다. 그리고 유리, 이따 반슈에 가서 도신을 불러오너라. 의원 말처럼 떡에 독이 들었다면 범인을 어서 잡아야지."

박문수는 가슴이 조마조마 했지만, 꾹 참고 쑥을 꺼내기 시작했다.

"하토야마. 어서 뜸을 놔 주게."

유리가 밖으로 나가고 하토야마 의원은 두어 시간 뜸을 뜬 후에 집으로 돌아갔다.

반슈에서는 불온한 대상으로 지목된 자들이 출두해서 조사를 받았다. 오키섬에는 외지 사람들이 많이 몰려와 살기 때문에 그 숫자가 제법 많았다. 그러나 대마도 사람들로 한정할 경우는 대상이 많지 않았다.

수사책임자인 도신은 장부를 보며 출두하지 않은 자들을 점검했다. 여러 가지 사정으로 출두하지 못한 자들이 네 명이었다. 만약 저녁때까지 출두하지 않으면 체포하겠다고 벼르고 있는데 이시하라가 들어왔다.

"이 봐, 조사는 어디까지 되었나?"

도신의 직책을 가진 자신에게 명령조로 말하는 이시하라에 대해 화가 났으나 그가 막강한 권력을 가진 오니와반슈 소속이니 어쩔 수가 없다. 공손히 대할 수밖에.

"네, 이시하라님. 의심스러운 자 다섯 명은 가두고 행적을 조사하고 있습니다. 두 명은 저녁때까지 출두하겠다고 했습니다."

도신에게서 장부를 받아든 이시하라는 심문 중인 자들의 이름, 신분과 행적을 간략하게 적은 기록을 보고는 출두하지 않은 자들의 신원에 대해서 읽다가 고개를 갸우뚱했다.

"대마도 출신 의원, 하토야마? 이 자는 왜 출두하지 않고 있나?"

"키비츠 신사에 들어갔다고 합니다. 조금 있으면 올 것입니다."

촌장이 와서 말한 것을 전하자 이시하라는 등골이 오싹해지는 것을 느꼈다. 대마도 출신 의원이 키비츠 신사로 들어갔다는 것은 뭔가 있는 것이다.

"이 봐, 애들을 데리고 의원 집으로 가서 뒤져보고 촌장을 붙잡아 와. 그리고 몇 명은 나를 따라 신사로 가자고."

"네, 알겠습니다."

도신은 아니꼬웠지만 어쩌겠는가. 하급 병졸들을 불러 촌장의 집으로 몰려가고 몇 명은 이시하라를 따라 신사로 갔다.

촌장이 하토야마 의원에게서 받은 돈을 세어보며 주판을 놓고 있는데 병졸들이 들이닥쳤다. 그들은 하토야마 의원의 방으로 들어가서 샅샅이 뒤졌으나 이상한 것은 하나도 발견되지 않았다. 천장과 바닥까지 훑었지만, 아무것도 나오지 않자 촌장을 붙잡았다.

"아구구, 왜 이러시오? 도신, 나 모르오?"

"알고 있지만, 윗분의 명령이니 어쩔 수 없습니다. 가시지요."

도신은 영문을 몰라 하는 촌장을 끌다시피 해서 반쇼로 데리고 갔다.

같은 시각.

박문수는 비밀통로를 통해 모모타로의 비밀방으로 들어갔다. 여기까지는 유리가 제공해준 정보로 들어왔지만, 그다음에는 혼자 힘으로 교토의 법황이 보낸 밀서를 찾아야 한다. 방에 들어가 보니 다다미방에 책장만 하나 덜렁 있을 뿐 밀서를 숨길 만한 곳이 없어 당황했다. 그러나 방을 샅샅이 조사해보다 또 하나의 방이 있는 것을 발견했다.

'이런 앙큼한 늙은이 같으니.'

문수는 교묘한 이중장치에 놀랐다. 하지만 또 하나의 난관은 어떻게 안으로 들어가느냐 하는 것이었다. 이번에는 돋보기를 꺼내 이리저리 살펴보다가 비밀장치를 발견하고는 조심스럽게 잡아당겼다.

삐걱

문이 열리면서 좁은 방안을 들여다보니 책가 위에 문서들이 빽빽하게 들어 있었다.

신사의 의식문 따위였지만 이 안에 교토의 천황복권파와 왕래한 내용의 편지가 있을 것이라는 생각에 설레었다.

이 방으로 오기까지의 보안은 철통 같았지만, 막상 문서가 있는 곳은 허술해 보였다. 그래도 조심스럽게 밀서를 찾았다. 문서를 꺼낸 자리에 그대로 원위치시켜 흔적을 숨겨야 하기에 시간이 걸렸다. 한참만에 법황이 보낸 밀서를 찾아낼 수 있었다.

모모타로 조각상을 거꾸로 들어보니 조그만 구멍이 나 있고 비단보자기에 싸인 것이 보였다. 손을 넣어 꺼낸 후 펼쳐 문틈으로 들어온 가느다란 빛에 의지해서 문서를 읽었다.

"맞네. 이거야. 이것만 있으면 모모타로는 끝장이야."

문수의 목소리가 약간 떨리고 있었다. 교토에 있는 천황을 복권시키는 일은 막부에 대한 반역이다. 이것이 마나베 아키후사의 손에 들어가면 모모타로가 꾸미고 있는 것은 모두 허사가 된다. 그때 방으로 누가 들어오는 소리가 들렸다. 문수는 밀서를 꽉 움켜쥔 채 돌덩이처럼 굳었다. 모모타로의 목소리였다.

"이시하라. 어쩐 일이요? 돌아간 것이 아니었소?"

모모타로는 그제 배를 타고 돗토리로 간 줄 알았던 이시하라가 나타나자 놀라워했다.

"궁사, 아무래도 미심쩍어서 남아있었습니다."

이시하라는 너무 쉽게 적발한 조선의 첩자가 의심스러워 다시 조사한다는 말을 하고는 하토야마 의원을 찾았다.

"하토야마?"

"아침에 궁사께서 복통을 일으켜 이곳에 왔다고 하던데요."

그제서야 이시하라가 찾아온 이유를 알았다.

"내가 아니라 신관이요. 그자는 돌아갔소. 반슈에 빨리 가봐야 한다고 서두르던데……보지 못했소?"

"그래요?"

이시하라는 자신의 직감이 빗나갔다고 생각했다. 하토야마가 첩자라면 그런 소리를 못할 것이기 때문이다.

"궁사, 그자가 뭔가 수상한 짓을 하지 않던가요?"

"왜 그러시오? 그 의원을 첩자라고 의심하는 거요?"

"아닙니다. 대마도 출신이라고 해서 조사를 하려고 했던 것입니다."

"신관이 증명서를 확인했소. 대마도번에서 발행한 것이 틀림없다고 하더군. 그리고 줄곧 감시했다오."

모모타로의 말에 이시하라가 고개를 끄덕였다.

"그렇다면 됐습니다. 돌아가 보겠습니다."

"아, 여기까지 왔으니 차라도 한잔하고 갑시다."

모모타로는 이시하라를 자리에 앉히고 말을 나누기 시작했다. 주로 오키섬에서 훈련을 받고 있는 지원병의 전력에 대해 말하고 마지막으로는 목소리를 낮춰 속삭였다.

"이시하라, 소바요닌은 어찌 움직이고 있소?"

"섬을 차지한 것을 쇼군의 업적으로 하려고 기를 쓰고 있습니다. 하지만 요시무네의 저항이 있어 쉽지 않을 것 같습니다."

이시하라가 문득 고개를 들어 비밀방 쪽으로 고개를 돌렸다. 뭔가 소리가 난 것 같았기 때문이다. 모모타로가 다음 말을 재촉했다.

"쇼군의 건강은 어떻소?"

이시하라가 다시 고개를 돌려 모모타로를 똑바로 바라보고 말했다.

"건강이 다시 나빠지기 시작했습니다. 아무래도 올해를 넘기기 어려울 것 같습니다."

그 말에 모모타로의 입가에 웃음이 번졌다.

"음, 우리에게 점점 유리해지는군."

"교토에서는 어찌 움직이나요?"

"조선군의 탈환작전을 무위로 돌려 우리 땅으로 완전히 편입된다면 그때 일어설 거요. 거기에다 쇼군까지 죽어준다면 천하는 우리 차지가 되는 거요. 하하하."

이시하라도 따라 웃었다. 하하하

"궁사, 이제 가 봐야겠습니다."

자리에서 일어난 이시하라는 밖으로 나가다가 다시 한번 비밀방이 있는 곳을 돌아다보았다. 유리가 들어와 부하가 찾는다고 말하자 그냥 밖으로 나갔다. 비밀방 안에 이시하라가 찾는 하토야마 의원 즉 박문수가 있을 줄은 꿈에도 몰랐을 것이다.

이시하라가 반슈로 돌아와서 하토야마를 찾았지만 출두하지 않았다는 말만 들었다. 그래서 촌장을 끌어다 놓고 문초를 하니 대마도에서 오는 배에서 내린 것이 아니라는 것을 밝힐 수 있었다.

"여행증명서가 있었습니다. 나으리!"

얻어맞아 얼굴이 부은 촌장이 울음을 터뜨리며 변명을 했지만 오니와반슈에게 통할 말이 아니었다. 촌장에게서 인상착의를 들은 이시하라는 문득 얼마 전 배를 타고 가려다 포구에서 마주친 대마도 출신 침구사를 머리에 떠올렸다. 그놈이었구나. 코앞에서 박문수를 놓친 것이 분했다. 이시하라가 입술을 깨물고 나서 명령했다.

"하토야마의 인상서를 그려 여기저기에 붙여라. 상금은 황금 열 냥이다."

촌장의 구술에 의해 하토야마의 인상서가 만들어 졌다. 하토야마와 만난 인물들을 모두 불러 심문에 들어갔다. 문수에게 돈을 받고 침구사 일을 눈감아 준 사람 여럿이 붙잡혀와 혼이 났고 키비츠 신사에도 곧 소식이 전해졌다.

"뭐라구? 하토야마가 조선의 첩자였다고?"

모모타로가 놀라 눈을 휘둥그레 떴다. 아침까지만 해도 자신에게 정성을 다해 뜸을 놓았던 의원이 아니었던가. 대마도 의원들은 조선에서 침구를 배워 오키섬의 침구사보다 한 수 위라는 말을 듣고 데려온 것이었다. 급히 신녀 유리를 불렀다.

"네에? 하토야마 의원이 조선의 간첩이었다고요?"

유리가 놀란 시늉을 지어 보였다. 혹시나 해서 모모타로가 유리를 시켜 신원과 능력을 염탐시켰는데 영문을 모를 일이다.

"행방을 감췄으니 그런 게 아니냐? 너는 수상한 점을 느끼지 못했느냐?"

"아뇨. 그랬으면 제가 그자를 이리로 데려오겠습니까?"

그 말을 믿지 않을 수밖에 없다. 유리는 신사에서 가장 믿는 아이가 아닌가.

"혹시 우리에게서 무언가 훔치려고 한 것이 아닐까?"

"그럴 리 없습니다. 여기 처음 올 때부터 나갈 때까지 쭉 감시하지 않았습니까?"

"그렇지. 그럼, 그자가 돌아가는 것을 보았느냐?"

"네."

물론 거짓말이다. 박문수는 유리가 알려준 하수구로 빠져나간 지 한참 되었다.

모모타로는 자기 방에 돌아와서 근심에 쌓여 있다가 비밀방문을 열었다. 그러나 아무도 손을 댄 흔적이 없었다. 만약 이곳을 누군가 들어왔다면 흩어진 것이 있어야 한다.

"아닐 거야, 아닐 거야."

그는 몇 번을 중얼거리다가 모모타로상을 집어 들었다. 법황의 밀서가 있나 보는 것이다. 밀서는 그 자리에 들어있었다.

"그자가 설혹 조선의 첩자라 해도 아무 일도 하지 못했어. 그 전에 발각된 거야."

그는 모모타로 상을 내려놓고 중얼거렸다.

# 7

# 개와 고양이

 기무라가 비밀리에 하나코를 추적해서 그들의 소굴을 찾아냈다. 몇 명의 첩자를 죽이고 한 명은 체포했으나 두목 하나코는 용케 빠져나갔다. 기무라가 첩자를 심문했지만, 그는 벙어리가 된 양 입을 굳게 다물었다. 심문하는 것을 보고 있다가 거처로 돌아온 연잉군에게 메뚜기가 급히 뛰어가 전한다.

 "나으리, 아씨가 오셨습니다."

 "그게 무슨 소리인가? 아씨라니, 혹시."

 연잉군은 매화의 얼굴을 떠올리며 반문했으나 대답은 엉뚱했다.

 "맞습니다. 장미 아씨입니다."

 멀리 용화부인과 구당 선생이 올라오는 것이 보였다. 그 뒤로 서장미와 무당들이 뒤따라오는 것도 볼 수 있었다. 옆방에 있던 노론 공자들이 우르르 나가 일행을 보았다.

"나으리, 무슨 일일까요? 전투가 벌어질지도 모르는데."

김용택이 장옷을 벗는 서장미를 멀리서 보고 묻는 것이다.

"전투가 벌어질 것을 알기에 먼 이곳까지 찾아온 거요. 구당 선생은 침술로 화상도 치료할 수 있는 신의요."

전투가 벌어지면 화상을 입는 병사들이 많다. 그런데 화상을 치료할 수 있다니 대단하다고 감탄했다. 장미가 다가오자 그 자리에 있는 것이 불편한지 김용택을 비롯한 노론의 공자들은 자기들의 처소로 돌아갔다.

연잉군은 밑으로 내려가 용화부인과 구당 선생을 맞았다.

"어서 오시지요. 먼 길을 오느라 수고가 많으셨습니다."

연잉군이 먼저 고개 숙여 인사하자 세 사람도 허리 숙여 답했다. 연잉군이 서장미를 보자 입가에 환한 미소와 함께 농을 걸었다.

"어쩐 일이시오? 여기에 한과를 팔러왔소?"

"한과는 갖고 오다가 다 먹었고 나으리의 수발을 들어줄 사람이 필요할 것 같아 왔습니다."

장미도 지지 않고 말대답을 했다.

"맞소, 그동안 메뚜기가 내 수발을 들어주었는데 어찌나 사내 냄새가 진한지 견디기 어려웠는데 잘 와 주었소. 하하하."

급히 자리가 마련되어 일행은 안으로 들어와 먼거리 여행으로 지친 몸을 쉬었다.

용화부인이 연잉군에게 독대를 청해 두 사람은 으슥한 방에 마주앉았다. 그녀는 자신이 천신의 계시로 온 것임을 말했다.

"아씨는 먼 여행이 불길해서 말렸지만, 부득이 우겨서 할 수 없이 모시고 왔습니다."

용화부인이 조심스럽게 말한다.

"나으리에게 위험이 닥쳤습니다. 검은 마귀가 근처에 얼씬거리는군요."

연잉군이 하나코에 대해 말하자 용화부인이 고개를 끄덕였다. 그리고는 막을 방도를 찾겠다고 말하고 무당들이 기다리는 곳으로 나갔다. 메뚜기가 다가와 나직하게 말했다.

"나으리, 준비되었습니다."

그날 밤. 달빛이 무척 밝았다. 어둠 속에서 두 개의 그림자가 왜관 방향으로 빠져나갔다. 누군가 그들을 지켜보고 있었다.

다음 날 아침 기무라가 일찍 연잉군을 찾아왔다.

"왕자님, 어젯밤 밖에 나갔다 오셨습니까?"

"아니, 밤새 여기서 책을 읽고 있었소."

연잉군이 시치미를 떼자 기무라가 배시시 웃으며 농조로 말한다.

"제가 잘못 본 모양입니다. 어제 이곳에는 왕자님 그림자가 있었나 보지요?"

"뒷간에 간 사이에 온 모양이군. 저녁에 서낭자가 만든 해물죽을 과하게 먹어서 말이요."

연잉군은 밉상 맞은 이 첩자가 늘 주시하고 있다는 것을 진작부터 알고 있었지만, 끝까지 시치미를 뗐다.

"그래, 무슨 일이오? 일본 춘화도라도 건네주려고 왔소?"

"어젯밤에 왜관의 담장 밑에서 문서를 담당하는 서기가 죽었습니다."

기무라가 자기 손으로 목을 조이는 시늉을 하고 나서 말을 이었다.

"가는 철사로 목을 졸랐다고 합니다. 삼두매의 짓이 아닐까요?"

"삼두매?"

여전히 싱글거리며 말을 내뱉자 칼을 품고 서 있는 메뚜기의 눈썹이 위로 치켜졌다.

"기무라, 하고 싶은 말이 무엇인가?"

농조로 가볍게 받아들이던 연잉군의 목소리에 살기가 솟았다.

"왜관을 통해 알아보니 아메노모리 호오슈가 왜관 관수에게 보낸 밀지 중의 한 장을 그자가 훔쳐서 누군가에게 넘겨주고 살해된 것 같다고 하더군요."

연잉군의 눈썹이 일그러졌지만 아무 말도 하지 않았다. 그동안 메뚜기는 왜관의 서기와 통정하는 여자의 밀고로 서기를 감시하고 있었다.

하나코가 밀지를 넘겨받고 서기를 목 졸라 죽이는 현장을 목격한 연잉군이 얼른 달려들었다. 밀지는 빼앗았지만, 여간첩은 어둠 속으로 도망쳐 놓치고 말았다.

"밀지가 어디에 있을까요?"

"……"

"죽은 자가 누구에게 넘겨주고 살해되었을까요?"

연잉군은 기무라의 물음에 입을 다물고 바라볼 뿐이었다.

"왕자님께서 알고 계십니까?"

그러자 화가 나서 얼굴이 붉어졌던 메뚜기가 버럭 소리를 지른다.

"기무라, 나으리께서 용서하지 않았다면 너는 벌써 목이 떨어졌다. 어디다 대고……"

"이보시오! 나는 왕자님께 여쭙는 거요. 끼어들지 마시오."

기무라가 나무라자 성난 메뚜기가 칼을 뽑아들었다. 시퍼런 칼날이 햇빛에 반사되어 살기가 번뜩였다.

연잉군이 손을 들어 막았다. 메뚜기가 씩씩거리다가 칼을 꽂자 기무라가 무릎을 꿇고 사죄를 한다.

"왕자님, 용서하십시오. 대마도 쪽에서 어찌 대처하는가에 따라 제가 요시무네 영주님에게서 받은 명령을 수행할 수 있기 때문입니다."

"밀명?"

"대마도가 아직도 요시무네님의 편이라면 대마도에서 몰래 만나뵐 수 있습니다."

"요시무네 공이 대마도에?"

"네. 그러나 대마도나 왜관이 변심했다면 모든 것이 끝장입니다."

기무라는 메뚜기가 왜관을 감시하는 것을 눈치챘다. 그는 해적에 의해 두 개의 섬이 점령되자 양쪽에 낀 대마도가 변심하지 않았나 의심하고 있는 것이었다.

"요시무네공이 왜 나를 만난다는 건가. 기무라 당신이 중간에서 연락해도 충분하지 않은가?"

요시무네를 만나고 싶은 마음이 굴뚝 같았지만, 진의를 알아내기 위해 짐짓 뒤로 뺐다.

"승문원을 불태워서 교린문서를 태워버렸지만, 울릉도와 독도가 조선의 땅이라고 공식적으로 확약한 문서는 막부에 보관되어 있습니다."

"알고 있소. 그것을 빼내 내게 준다는 것이오?"

"그건 아닙니다만 당시 기이의 어부들이 죽도와 송도 그러니까 조선에서 울릉도와 독도로 부르는 섬에 조업을 가겠다고 청원하자 막부에서 보관 중인 문서를 인용하며 절대 들어갈 수 없다는 내용이 적힌 답장을 보냈습니다."

기무라의 설명에 의하면 기이의 영주 즉 요시무네의 아버지가 울릉도와 독도가 조선의 영토라는 것을 분명히 하는 문서를 막부에서 받았다는 것이다.

"그러면 그걸 우리에게 그냥 전해주면 될 것 아닌가?"

"아니지요. 그것을 조선에서 갖고 있다면 요시무네 영주님과 왕자님이 내통했다는 증거가 됩니다. 그러나 조선에서 첩자가 와서 훔쳐간 것으로 하면 되지요. 대신 마나베가 천황복권파 모모타로에게 이용당하고 있다는 증거를 들이밀 것입니다."

"이상하군. 그런 것은 당신네가 하면 쉽지 않겠는가? 우리가 훔쳐간 것으로 하고."

"물론 그럴 수 있지요. 그렇지만 왕자님을 뵙자는 또 다른 이유가 있습니다."

기무라가 연잉군의 눈치를 보며 말을 이었다.

"조선에 명나라 유민이 많이 들어온 것으로 알고 있습니다."

"그래서?"

"청에서는 조선이 명의 유민, 정성공의 후예들과 손을 잡고 북벌을 일으킬 것이라는 소문이 있습니다."

연잉군이 애써 감정을 숨기며 나직이 대답했다.

"말 그대로 소문일 뿐이오."

"아니지요, 왕자님의 궁방전이 있는 김포의 대명포구로 유민들이 드나들고 이들을 쫓아서 청국의 첩자들이 들어오고 있다는 것을 저희도 알고 있습니다."

연잉군의 얼굴빛이 확 변했다. 이 말은 막부와 청국이 정보를 교환하고 있다는 말이다.

"일본의 막부에 그런 보고까지 간다는 말이오?"

"네, 하지만 요시무네 영주님은 청국보다 조선과 손을 잡고자 합니다."

"그걸 어찌 믿는다는 말이오? 울릉도와 독도를 점령한 것은 말할 것도 없고 병자년에 호란이 났을 때 조총을 보내달라는 것도 들어주지 않았잖소? 믿을 수 없소."

"그건 대마도의 배신 때문입니다. 아시다시피 대마도는 일본에 속했다 하나 철저하게 자신들의 이익을 추구하는 무리이지요. 그 당시도 청국이 강하다고 판단했기에 그런 자세를 취한 것입니다. 이런 대마도의 눈을 피해 요시무네님과 왕자님이 만날 수 있을지 걱정이 듭니다. 그러니 밀지를 보여주십시오."

기무라의 재촉에도 연잉군은 망설였다. 일본인은 꾀가 많다고 하지 않던가. 아직도 비밀이 많아 보이는 기무라에게 휘둘리는 것이 아닌가 하는 생각이 들었다. 요시무네의 첩자로 오니와반슈에 침투해서 그들을 속이고, 연잉군에게는 술 한잔만 마셔도 얼굴이 벌게지는 신체특징을 이용해 술에 약한 것처럼 이쪽을 속였다.

"왕자님, 그게 있어야 대마도의 배신을 막을 수 있습니다. 그자들의 속셈을 알아야 우리가 대처할 수 있지 않습니까? 어서 보여 주십시오."

기무라의 재촉에 연잉군은 결국 아메노모리가 왜관 관수에게 보낸 밀서를 보여주었다. 기무라가 밀지를 읽어보더니 빙긋이 웃고 말했다.

"왕자님, 역시 제 추측대로 대마도는 중간에서 어떻게 처신해야 할지 고민 중이군요. 이제 되었습니다. 아직은 변절하지 않았으니까요. 이걸 보면 요시무네님이 대마도에 와도 막부에 알리지 않을 것 같습니다. 박비장이 빨리 돌아왔으면 좋겠습니다."

기무라가 밀지를 돌려준 다음 동쪽을 무심히 바라보았다.

연잉군이 건네준 아메노모리 호오슈의 밀서를 읽어본 기무라는 대마도가 막부 편이 아니라는 것을 확신했다. 비밀리에 왜관을 찾아 관수를 만나 기밀문서를 팔아먹으려다 죽은 서기와 하나코과의 관계를 추궁하자 관수가 부들부들 떨었다. 기무라는 자신이 쇼군이 될 요시무네의 직속 첩자로 지금은 연잉군 밑에 있다는 사실을 밝혔다.

"대마도가 예전에 약속한 대로 장소를 제공하고 안전을 보장한다면 요시무네님을 오시라고 할 거요. 거기서 조선과 일본이 예전처럼 돌아갈 수 있게 회담을 주선해 주시오."

그의 제안에 관수는 안도했다. 기무라는 관수와의 협상을 마치고 돌아온 뒤 붙잡힌 첩자를 심문하는 과정에서 뜻밖의 자백을 얻어냈다. 오키섬에 박문수가 침투한 사실을 이시하라에게 알렸으니 지금쯤 차디찬 시체가 되어 있으리라는 것이었다. 이에 놀란 기무라는 연잉군을 찾아갔지만, 첩자의 자백은 숨겼다. 박문수가 돌아오기를 기다리는 것보다 대마도로 건너가서 요시무네를 만나는 것이 좋지 않겠느냐고 슬쩍 권유했다. 그의 제안에 연잉군은 거부 반응을 보였다.

"대마도에 가야 한다, 아직 박비장이 돌아오지 않았는데 말이요? 빈손으로?"

연잉군은 기무라가 말한 대로 요시무네와 만남이 필요하다고 믿고 있었지만, 박문수의 생사도 모르는데 무작정 대마도에 가는 것에는 주저했다.

"박 비장이 오키섬에서 모모타로에지 치명상을 입힐 수 있는 정보를 가지고 대마도로 가져오기에는 시간이 아주 많이 걸립니다. 그러니 우선 대마도로 가서 박비장이 돌아오기를 기다리면서 요시무네님을 만나는 것을 추진하는 것이 좋지 않을까요?"

"그래도 나는 박문수가 대마도로 왔을 때 가고 싶소."

박문수가 죽었을 것으로 판단한 기무라가 연잉군에게 만남을 성사시키려 했지만, 연잉군은 시간을 달라고 미뤘다. 무리하게 서두는 태도가 수상쩍었다.

그가 실망해서 거처로 돌아간 뒤 연잉군은 중군 이봉상에게 의견을 구했다.

"안 됩니다. 거기에 무작정 갔다가는 포로가 될 수 있습니다. 기무라를 어찌 믿습니까?"

메뚜기도 강력하게 반대했다. 동래에서 아버지 김체건에게 왜검을 배우면서 일본인과 접촉해본 경험을 들려주었다. 일본인은 겉과 속이 다른 종자인지라 대마도에서 회담이 여의치 못하면 붙잡힐 수 있다는 것이다. 연잉군도 그런 생각 때문에 요시무네와의 만남에 조심스러웠던 것이다. 평범한 개인이 아니라 조선의 왕자이기 때문이다.

"기무라의 말대로 박 비장이 법황의 밀서를 훔쳐오면 그때 요시무네의 그 문서와 대마도에서 맞바꾸면 되는 겁니다. 나으리께서 몸소 가실 필요가 없습니다."

이봉상은 기무라가 세운 계획의 모순점을 하나하나 따지면서 대마도행을 만류했다.

기무라가 첩자를 심문하고 곧바로 연잉군을 찾아왔다는 말을 들은 메뚜기가 옥사로 갔다 돌아왔다. 방으로 돌아온 그는 분을 이기지 못해 씩씩거렸다.

"박비장이 오키섬에 들어간 것을 하나코가 알렸다고 합니다. 그런데도 대마도로 가라니……불순한 속셈이 있었습니다."

메뚜기가 주먹을 불끈 쥐고 격한 어조로 말했다. 이봉상도 그의 말에 동조했다.

"기무라라는 자가 이런 사실을 알고도 재촉하는 걸 보면 요시무네가 나으리를 붙잡아 마나베와 흥정을 하려는 꿍심이 있는 것 같습니다."

연잉군이 한참을 생각했지만 간다 안 간다 결론을 내리기 어려웠다.

"좋습니다, 대마도에 가게 되더라도 박 비장이 오면 그때 결정하도록 합시다."

메뚜기가 얼굴이 벌게져서 말한다.

"아닙니다. 기무라를 불러 박비장이 위험에 처한 것을 왜 숨겼나 따져야 합니다."

연잉군이 메뚜기가 흥분한 것을 보고 피식 웃더니 기무라를 불렀다. 득달같이 달려왔다.

메뚜기가 기무라를 보더니 다짜고짜 칼을 뽑아 목을 겨눴다. 기무라가 놀라서 말을 더듬었다.

"왜, 왜 그러시오?"

얼굴이 붉은 감처럼 변한 메뚜기를 만류하고 연잉군이 묻는다.

"기무라! 붙잡힌 첩자가 박문수가 시체가 되었을지 모른다고 했다면서?"

그 말에 기무라의 얼굴이 확 변했다. 일본말로 묻고 대답했으니 그 사실을 모를 줄 알았던 것이다.

"여기 동래부에 왜관이 있다는 것을 몰랐는가? 유원각이라는 일본말 학습소가 있고. 채소 장사꾼도, 옥을 지키는 자도 일본말을 안다네."

그 말에 기무라가 얼른 무릎을 꿇고 사죄했다.

"죄송합니다. 저의를 가지고 말한 것은 아닙니다. 혹시 박비장이 못 돌아오면 요시무네님과 만나지 않으려 하실 것 같아서 숨겼던 것입니다."

자신이 의심받고 있음을 깨닫고 이리저리 변명하다가 고개를 번쩍 추켜들고 물었다.

"왕자님, 조선은 개를 좋아하지요? 저희 일본은 고양이를 좋아합니다."

난데없는 말에 연잉군이 의아한 얼굴을 기무라를 바라본다.

"개하고 고양이는 예전부터 사이가 나쁘지요. 왜 그런지 아십니까?"

"그거야, 먹이를 두고 싸우는 것 때문 아니겠소?"

연잉군은 울릉도와 독도를 점령한 일본을 머릿속에 그리며 퉁명스럽게 대꾸했다.

"그렇지요. 이번 일을 두고 개와 고양이처럼 각자 마음이 다릅니다. 일본이나 대마도 그리고 조선이요. 고양이로 태어난 것도 조물주의 뜻이요 개로 태어난 것도 조물주의 뜻 아니겠습니까?"

"도대체 무슨 말을 하려고 하는 게요?"

"왕자님, 개와 고양이가 서로 다른 말을 하는 것을 아십니까? 개는 반갑다고 꼬리를 흔들지만, 고양이는 꼬리를 흔들면 기분이 나쁠 때입니다. 개가 앞발을 드는 것은 함께 놀자는 뜻이지만, 고양이가 앞발을 드는 것은 거절의 뜻입니다. 또 고양이가 귀를 젖히는 것은 싸우자는 뜻이고, 개가 귀를 젖히는 것은 복종의 뜻입니다. 요시무네님은 일본과 조선은 원래 뿌리가 같다고 했습니다. 하지만 개와 고양이처럼 오랜 세월 섬과 반도라는 다른 환경에서 살았기에 생각하는 것이나 살아가는 방법이 다르다고 하셨습니다. 피를 나눈 형제가 이웃의 남으로 멀어진 것이지요. 그걸 헤아려 주시기 바랍니다."

기무라가 폭포수처럼 말을 쏟아놓고 숨을 고른다. 연잉군이 고개를 끄덕였다.

"그 말뜻 알겠소. 그러면 개와 고양이가 함께 살 방법을 말해 줄 수 있겠소?"

"저 같은 자가 중간에서 심부름하는 것보다 새로운 세대를 이끌어 갈 두 분이 함께 머리를 맞대고 의논해 보시는 것이 좋을 듯싶습니다. 제 목숨이 왕자님의 안위와 같지 않지만, 대마도로 가시면 제 스스로 옥에 들어가겠습니다."

인질을 자청하는 기무라를 보고 연잉군의 목소리가 한결 부드러워졌다.

"기무라, 지금 내가 대마도로 가는 것을 반대하는 사람이 많소. 그러니 박비장이 돌아올 때까지 조금만 더 기다립시다."

"박비장이 돌아오지 않으면 어쩌시렵니까?"

"그럴 리 없소. 첩자는 그렇게 말했다지만 그 사람은 하늘에서 낸 사람이니 꼭 돌아올 것이오. 그동안 하나코를 잡는 것이나 수련해 주시오."

기무라는 어쩔 수 없다는 듯 뒤통수를 툭툭 치고 자리에서 물러났다. 애당초 적지인 일본에 조선의 왕자를 불러들이는 것이 무리였던 것이다.

다음 날 아침. 경상좌수영에 설치된 의병총괄부는 발칵 뒤집어졌다.

"아씨가 체해서 혼절하셨다고 합니다."

메뚜기의 말에 연잉군이 급히 가 보니 서장미가 눈을 감은 채 누워 있었고 구당 선생이 침을 꽂고 있었다. 용화부인은 곁에 무릎을 꿇고 두 손을 모아 간절히 기도하는 중이었다. 무당이 뜨거운 물에 수건을 적셔 구당 선생에게 계속 건네주었다.

"어떤 상태입니까? 체했는데 어찌 이렇게 깨어나지 못할 수가 있습니까. 도대체 무얼 드신 것입니까?"

연잉군의 연속적인 질문에 구당 선생은 잠시 주저하다가 말했다.

"나으리께 올리는 인삼탕의 기미를 보셨는데 그것이 그만……"

구당 선생은 눈을 감은 장미를 들여다보고는 더 말을 잇지 못했다.

"혹시 체한 것이 아니라 독을 먹은 게 아니오?"

그러자 여러 사람이 서로 눈치를 보며 구당 선생을 바라보자 그가 어두운 표정을 지으며 입을 열었다.

"네. 인삼탕에 독이 들어 있었습니다."

서장미가 연잉군의 건강을 위해 인삼을 밤새 달였다고 한다. 연일 울릉도와 독도를 탈환하기 위한 전략수립과 훈련으로 피곤이 쌓인 것을 풀기 위해서였다.

"밤새 다린 인삼탕을 나으리께 올리기 전에 기미 했는데 누군가 몰래 독을 넣었나 봅니다. 마침 용화부인이 보고 토해내게 했지만 썩은 피를 많이 쏟으셨고 아직 깨어나시지 못했습니다."

"깨어나기는 하겠지요?"

연잉군의 다급한 물음에 구당 선생이 머뭇거리고 대답하지 못했다. 이때 기도를 하던 용화부인이 눈을 번쩍 뜨고 분명한 어조로 말했다.

"나으리, 아씨께서는 깨어나십니다. 걱정하지 마십시오. 하느님이 말씀해 주셨습니다."

용화부인의 말대로 서장미는 한바탕 피를 쏟아내고 의식이 돌아왔다. 죽을 먹으면서 겨우 기력을 회복할 수 있었다. 그러나 구당 선생은 장미가 다시는 임신을 할 수 없는 불임녀가 되었다는 말은 하지 않았다.

연잉군은 인삼탕에 독이 들었고 이것을 맛본 정혼녀가 죽을 뻔했다는 것에 격분했다. 김용택이 인삼탕에 독을 넣은 범인을 잡았는데 부엌에서 일하는 과부였다.

"잘못했습니다. 잘못했습니다."

우는 그녀를 다독이며 물어보니 외동아들을 납치한 여자의 협박에 못 이겨 독을 넣었다는 것이었다. 아들을 가두어 놓았다는 사당에 가보니 아이는 차디찬 시체로 변해 있었다. 하나코의 짓이 틀림없었다. 옥에 갇힌 과부는 아들을 잃고 큰 죄를 저질렀다는 죄책감에 목을 매어 자살하고 말았다.

"괘씸한 첩자 년 같으니!"

연잉군의 입에서 욕설이 튀어나오면서 복수를 맹세했다. 잡기만 하면 하나코를 갈기갈기 찢어버리고 싶었다. 그러나 벌써 도망치고 없을 테니 방법이 없다.

"어쩌나? 어쩌나?"

오키섬으로 들어간 박문수가 탈출해서 대마도에 도착했다는 소식은 없다. 첩자 말대로 마나베 아키후사의 숨통을 조일 확실한 증거를 찾기 전에 이시하라에게 체포되었을 수도 있다.

연잉군이 마음이 어지러워 그냥 왔다갔다하는데 기무라가 찾아왔다는 말을 들었다. 여느 때와 마찬가지로 메뚜기는 기무라를 의심적은 눈으로 경계했다.

"나으리, 왜관에서 전갈을 보내왔습니다."

"왜관?"

연잉군이 흠칫 놀란 표정으로 반문했다.

"아메노모리 호오슈가 나으리께 올리는 편지입니다."

내미는 편지를 받아든 연잉군이 기무라를 흘끔 바라보았다. 또 무슨 수작인가 싶어서이다. 편지를 읽어보니 울릉도와 독도를 점령한 것은 대마도와 무관하며 연잉군이 대마도로 와서 그 문제를 긴급하게 의논하자는 것이었다.

"왜관 사람들이 생명에 위협을 느끼는가 봅니다."

연잉군에 대한 암살미수 사건은 금세 퍼졌다. 이에 격분한 동래 부민들의 시위가 더욱 거세져서 왜관에 있는 일본인들이 공포에 떨고 있는데 이 소식이 대마도에 전해진 것이다.

"무슨 내용입니까?"

편지 밑동에 뜯어본 흔적이 있음에도 내용을 모르는 척 묻는 기무라에게 연잉군이 능청을 떤다.

"와서 술이나 한잔하자고 하는군. 하하."

크게 웃고는 편지를 책상 서랍에 넣자 기무라가 뭔가 말하려다 그냥 밖으로 나갔다. 그의 뒷모습을 보며 연잉군이 심각한 표정으로 말했다.

"메뚝아! 기무라의 청을 미뤘더니 이젠 대마도에서 날 보자고 하는데 어쩌면 좋겠냐?"

"안 됩니다. 박비장이 왔다는 연락이 있습니까?"

메뚜기가 단호한 목소리로 말한다.

"요시무네는 물론이고 궁지에 몰린 대마도에서 나으리를 인질로 할 수도 있습니다. 절대 가시면 안 됩니다."

"인질이라……천하의 삼두매가 그런 것에 겁먹을 줄 아느냐? 내가 안 가서 조선의 왕자를 겁쟁이로 알면 어찌하느냐?"

연잉군의 안전을 걱정하는 메뚜기는 계속 반대했다.

"나으리, 전하께서 병환이 깊다고 하십시오. 그러면 어쩌지 못할 겁니다."

박문수의 소식이 없다는 이유로 메뚜기와 중군 이봉상이 반대했지만, 연잉군은 모든 것을 하늘에 맡기기로 했다. 차일피일 날짜를 미루기보다는 정면돌파를 택한 것이다.

오키섬. 그날 저녁에 하토야마 의원이 출두하지 않고 그 다음 날도 모습을 보이지 않자 이시하라는 하토야마가 조선에서 침투시킨 첩자로 단정하고 인상서를 여기저기에 붙였다. 촌장이 화공에게 자세히 설명해서 실물과 거의 흡사하게 그려졌다.

황금 열 냥의 현상금에 눈이 어두운 사람들이 하토야마 의원을 찾아 나섰지만, 종적을 찾을 수 없었다.

그러면 하토야마 아니 박문수는 어디에 있을까? 그는 유리의 부하인 벙어리가 운영하는 기름가게 골방에 숨어 있었다.

"지금 섬이 온통 난리입니다."

유리가 찾아와 박문수의 얼굴이 그려진 인상서를 꺼내 보이며 말했다.

"인상서를 복사할 화공이 부족해서 저도 불려 가서 수십 장을 그렸답니다. 이건 그 중의 한 장이지요."

키가 크고 바짝 여윈 몸매, 의원행세, 흉악한 살인범. 황금 서른 냥. 인상서는 이런 문구(文句)와 함께 문수의 얼굴이 흡사하게 그려져 있었다.

"오늘 모모타로가 황금 스무 냥을 더 내놓았습니다."

유리의 말에 의하면 비밀방을 들어갔다 나온 뒤에 얼굴빛이 창백해졌다고 한다. 횡하니 외출하고 돌아와서는 집안에 콕 틀어박혔다는 것이다.

"그제서야 법황의 밀서를 잃어버린 것을 알아차린 모양입니다."

문수는 모모타로상에서 밀서를 꺼내고는 비슷한 편지 한 장을 대신 집어넣었다. 그래서 처음에는 없어진 줄 몰랐다가 나중에 확인하고 밀서가 사라진 것을 알게 된 것이다.

"그러면 난 이 집 밖으로 한 발짝도 나가지 못하게 되었군."

문수가 낙담했다. 모모타로를 단박에 꺾을 밀서가 있으면 무얼 하는가. 대마도까지 탈출하는 것이 어렵지 않은가.

"방법이 있습니다."

"방법?"

"변장하면 되지 않습니까?"

그녀의 제안에 문수는 짜증이 났다. 이렇게 완벽한 인상서가 나붙었는데 변장을 하면 못 알아보겠는가. 가짜 수염 따위를 붙이면 더 표시가 날 것이다.

"무얼로 변장하란 말이오? 돼지나 소 같은 짐승으로 변신하면 모를까."

"돼지? 맞습니다. 돼지로 변장할 수 있습니다."

그 말에 문수가 화를 벌컥 냈다.

"날 놀리는 거요?"

유리가 생글거리며 말했다.

"여기 인상서에 마른 몸매가 특징으로 되어 있으니 살을 찌우면 되지 않겠습니까? 지금 길가에 키 크고 마른 사람은 그냥 지나지 못할 정도로 검문하지만 뚱뚱한 사람은 쳐다보지도 않습니다."

듣고보니 그녀의 말도 그럴듯하다. 하지만 원래 마른 몸인데 알아보지 못할 정도로 살을 찌우려면 얼마나 많은 시간이 필요한가. 한 일

년은 숨어 살아야 할 것이다.

"우리 일본인은 원래 육식을 잘 하지 않는데다 오키섬은 해산물이 풍부해서 육고기를 먹는 경우가 거의 없습니다. 그렇지만 보양식으로 고기를 먹기도 하지요. 그러니 매일 돼지고기를 먹으면 살이 찌지 않겠습니까?"

귀가 솔깃했다. 돼지고기는 기름기가 많아서 먹으면 금세 살이 찔 것이다. 문수가 허락하자 그날부터 그의 밥상에 돼지고기가 올라왔다. 잡곡밥은 큰 숟갈로 하나 정도 입가심으로 하고 반찬이 모두 돼지고기였다. 돼지고기구이, 돼지고기 볶음, 돼지고기 튀김 등등

"아니, 이걸 모두 먹어야 한다는 말이오?"

문수가 밥상을 보고 어이없었지만 어쩌겠는가. 오키섬을 탈출하려면 이 방법밖에 없다. 억지로 다 먹고는 배에 그득한 기름기를 가시기 위해 차를 한 대접이나 마셔야 했다.

그리고 그 다음 날 아침.

밥상을 대한 문수는 한숨이 저절로 나왔다. 엊저녁과 마찬가지로 잡곡밥 조금에 돼지고기 반찬들뿐이었기 때문이다. 김치 생각이 간절했지만 어디서 구할 수 있으랴. 그래도 살이 찐다면 먹어야 하기에 돼지고기를 짧은 젓가락으로 힘들게 집어 입안에 밀어 넣었다.

"어. 어. 어. 어."

밥상을 물렸을 때 돼지고기가 남은 것을 본 벙어리 사내가 눈을 부릅뜨고 손짓을 하며 나머지를 다 먹도록 강요했다. 고개를 흔들며 거부하자 차를 한 대접 가지고 왔다.

"싫어. 배가 이렇게 부른데 차까지 마시라고?"

문수가 불룩 솟은 배를 손바닥으로 툭툭 치며 거부의 뜻을 보이자 벙어리가 화를 내며 밖으로 나갔다. 밖으로 나간 그는 돌아올 줄 몰랐다. 몇 번이나 텅 빈 가게를 찾아온 손님이 돌아가는 것을 골방에서 지켜봐야 했다.

정오가 되어서 벙어리는 유리를 앞세우고 돌아왔다.

"아니, 왜 안 먹겠다는 거예요? 이걸 구하느라 얼마나 힘들었는지 알아요? 먹어요!"

유리의 앙칼진 목소리에 문수는 식은 돼지고기를 젓가락으로 집었다. 돼지고기를 집어 올린 자세로 그냥 있다가 결국 입에다 넣고 말았다. 유리가 도끼눈을 하고 그 모습을 지켜보고 마지막으로 고기를 씹을 때 말했다.

"하나 더 말씀드릴게요. 오늘부터 수염도 기르도록 하세요."

한 대접이나 되는 차를 마시고 나니 배가 꾸르륵 소리를 내며 생난리를 쳤다.

"배가 살살 아프군."

문수는 배를 움켜쥐고 뒷간으로 갔다.

쏴아, 힘들게 먹은 고기가 설사 똥이 되어 빠져나가는 것을 보고 눈물을 찔끔 흘렸다. 아까운 내 살덩이.

한편 이시하라는 인상서를 내걸었지만, 보름이 지나노록 하보야나가 잡히지 않자 내통자가 숨겨주고 있다고 판단했다. 물론 여기저기서 수상한 자를 목격했다고 신고는 많이 들어왔다. 검문에서도 키 크고 비쩍 마른 자들은 예외 없이 반슈에 끌려와 조사를 받았다. 그래도 하토야마가 잡히지 않자 촌장을 다시 끌어내 처음 만날 때부터의 행적을 더듬었다.

마침 문수를 구한 배가 고기잡이를 마치고 돌아오자 곧바로 선장을 잡아들였다.

"제가 본 것은 다 부서진 배뿐이었습니다. 대마도에서 오는 배가 고래에 부딪혔다고 하길래 그런 줄만 알았습니다."

이시하라는 선장의 자백에서 첩자가 박문수임을 확신했다. 첩자가 연잉군의 측근이라면 더 큰 문제가 아닌가. 모모타로가 말한 법황의 밀서가 요시무네에게 넘어간다면 모든 것이 끝장이다. 갑자기 등판에 찬바람이 불고 목이 간지러웠다.

"이 자는 위험한 첩자다. 꼭 잡아야 한다."

이시하라는 고민 끝에 집집마다 가택수색을 하기로 했다.

보름 동안 골방에 숨어서 돼지고기를 주로 한 식사를 하루에 다섯 끼씩 먹은 박문수는 정말 돼지처럼 변해갔다. 설사를 반복하다가 이제는 지쳤는지 먹는 돼지고기는 모두 살로 바뀌었다. 수염도 북슬북슬했다. 유리는 며칠에 한 번씩 도둑고양이처럼 왔다 가곤 했다.

"어머! 이제 얼굴을 알아볼 수 없을 정도네요."

해 저문 저녁에 찾아온 그녀가 손거울을 내주며 들여다보라고 했다. 거울 안에는 살이 뒤룩뒤룩 쪄서 눈이 가늘고 수염이 무성한 뚱보가 히죽 웃고 있었다.

"이 사람이 바로 나요? 완전 돼지구만."

"아직 준비가 덜 되었어요. 며칠 더 지나야 해요."

이때 벙어리 사내가 골방으로 뛰어들어와 손짓 발짓을 하자 유리의 얼굴색이 변했다.

"어서 옷을 벗어요, 어서!"

유리의 재촉에 문수는 옷을 홀딱 벗었다. 그녀의 지시대로 이불을 뒤집어썼는데 뒤이어 유리가 옷을 훌훌 벗고 알몸이 되어 안으로 들어왔다. 문수가 놀라서 말을 더듬었다.

"이, 이, 이게 무, 무슨 일……"

"쉿! 반슈에서 가택수색을 나왔어요. 옆집이 끝나면 곧 이리로 올 거예요."

그 말에 문수는 숨이 탁하고 막혔다. 가택수색보다도 유리의 몸에서 풍겨 나오는 달콤한 여자 냄새 때문이었다.

쾅쾅

닫힌 가게 문을 두드리는 소리가 요란했다. 벙어리가 나가서 문을 열자 도신이 병졸을 데리고 우르르 몰려 들어와 여기저기 뒤졌다. 손에 횃불을 든 병졸들이 방은 물론이고 천장까지 들쑤시자 벙어리 사내가 손짓 발짓으로 강하게 항의했지만, 이들의 수색은 멈출 줄 몰랐다.

마침내 골방까지 왔다. 유리가 이불을 젖혀 알몸을 반쯤 드러냈다. 문수의 등판도 보였다.

"무슨 일이에요?"

유리가 게슴츠레한 눈으로 묻자 횃불을 든 도신이 흘끗 바라보고는 방문을 얼른 닫았다. 남녀가 뒤엉켜, 방사하는 중인 줄 알았던 것이다. 그들의 발소리가 멀어지자 문수는 안도의 한숨을 쉬었으나 두 팔로 목을 감아오는 유리의 체취에 아찔했다.

그녀가 귀에 달콤하게 속삭인다.

"이 봐요, 당신 숫총각이지?"

유리의 손이 문수의 아랫도리를 더듬었다. 간지러움에 그는 몸을 비틀었고 숨이 콱 막혔다. 그녀의 거친 숨소리에 정신이 아득해졌다. 그리고……두 남녀는 하나가 되었다.

## 8

# 대마도 잠행

　연잉군은 대마도행을 서둘러야 했다. 청국을 다녀온 사신이 조정에 보고하기를 청국 황제의 호된 질책을 받았다고 했다. 일본 막부에서 밀서를 보내왔는데 조선이 명의 유민들과 합세해서 청국을 침범하려 한다는 것이었다.

　효종이 북벌을 준비한 후 손자인 숙종 때 이르러 오삼계의 난이 일어났다. 그때 명 유민과 조선이 손을 잡고 청국을 배후공격하자는 공론이 있었다. 남인인 윤휴가 북벌을 강력히 주장했으나 결국 아무 일도 벌어지지 않았다.

　북벌은 송시열을 비롯한 노론이 국내정치용으로 입으로만 주장했던 것으로 진짜 북벌을 계획했던 윤휴는 사약을 받고 죽임을 당했다. 그래도 청황실의 의심은 계속 남아 있었다.

　당면한 문제는 일본이 청국과 조선을 계속 이간질하는 것이었다. 연잉군은 울릉도 점령에 대해 청국이 수수방관케 하려는 것에 있다고 판단하고 대마도로 가기로 했다. 박문수를 마냥 기다릴 수 없는데다 요시무네가 비밀리에 대마도로 오기로 했다는 기무라의 말을 들었기 때문이다. 그러나 중군 이봉상은 끝까지 반대했다. 조선의 왕자가 적진에 홀로 들어간다는 것은 위험천만한 일이기 때문이다.

"나으리, 그것은 섶을 지고 불 속으로 뛰어들어가는 것입니다."

"아니요. 거기서 요시무네를 만나 막부를 움직이도록 하는 것만이 큰 희생 없이 울릉도와 독도를 찾는 길이오."

연잉군은 두 섬을 되찾을 수 있다면 불 속이 아니라 지옥이라도 뛰어들고 싶은 마음이었다. 일본의 불의에 지금 항거하지 않으면 만만히 보고 임진왜란 같은 침략전쟁을 다시 일으킬 것이기 때문이다.

"대마도로 가는 뱃길은 간단하지 않습니다. 해적이나 일본 수군이 지키고 있다가 습격이라도 하면 어쩌려고 합니까? 비밀리에 가시니 호위도 해 드릴 수 없고."

이봉상이 걱정스럽게 말하자 연잉군이 하늘을 손가락으로 가리키며 단호하게 말했다.

"나의 생사나 안위는 하늘에 맡겼습니다. 죽을 운이면 죽을 것이고 살 운이면 살겠지요."

"대마도의 아메노모리 호오슈라는 자가 유학자이고 신실한 자라는 것은 왜역관에게서 듣고 있습니다만……일본인들이 워낙 잔꾀가 많아서 걱정됩니다."

"염려 마시오. 중군의 선조이신 충무공도 열 세척의 배로 수백 척의 일본 수군을 이기지 않았소? 내 목숨은 메뚜기가 지켜줄 것이요. 그리고 기무라도 같이 갈 것이오."

이봉상이 펄쩍 뛴다.

"그자는 막부의 첩자 아니었습니까? 대마도로 가면 나으리를 배반할지도 모릅니다."

"난 그 사람을 믿습니다. 아니, 지금 우리는 그자를 믿을 수밖에 없습니다."

이봉상이 숨을 크게 한번 쉬고 나서 다시 말했다.

"나으리, 그자는 여기 남겨 인질로 하는 것이 좋을 듯합니다. 본인도 자청하지 않았습니까?"

"아니요. 중군. 기무라와 함께 갈 것이오. 그자가 안내하지 않으면 요시무네공을 만나기 어려울 것이오."

연잉군은 기무라를 불러 비밀리에 대마도로 갈 준비를 시켰다.

"정말이십니까?"

자신도 데려가겠다는 말에 기무라가 더 놀라워했다. 그리고 거짓투성이인 자신을 믿어주는 연잉군에 대해 진심으로 고마워했다. 대마도행을 만류하지 못한 중군 이봉상은 왜관의 관수를 만나 연잉군의 신변을 보장하는 각서를 받았다. 만약 연잉군을 대마도에서 붙잡으면 왜관의 일본인들을 모두 처형하겠다는 내용이었다.

이런 곡절을 겪고 대마도로 가는 배에는 사공들 외에 연잉군, 김광택, 기무라가 같이 가게 되었다. 연잉군은 이봉상을 비롯해 몇몇 고위 관료들에게만 대마도행을 알리고 주위 사람들에게는 도성에 다녀온다고 거짓말을 했다.

"내 서울에 다녀오리다."

대마도로 떠나기 전날 병석에 누운 서장미를 찾아가 손을 잡고 위로를 했다. 장미의 눈에 눈물이 글썽거리는 것을 보고 그도 남몰래 눈물을 훔쳤다.

대마도로 가는 뱃길은 물살이 험했다. 곳곳을 지키고 있는 일본 수군의 감시를 빠져나가는데 기무라의 공이 컸다. 현해탄의 해로에 밝았기 때문이다. 비밀리에 아메노모리가 지정한 해안에 도착한 연잉군 일행은 기다리고 있던 무사의 안내를 받아 말을 타고 안전가옥으로 향했다. 대마도주는 에도의 저택에 머물고 있어 아메노모리 호오슈가 그들을 맞았다. 병으로 수척해진 그는 아들뻘 나이의 연잉군에게 큰절을 올리고는 말했다.

"우리 대마도는 조선을 아버지로 생각하고 있습니다. 자식이 어찌 아버지를 상대로 싸울 수 있다는 말입니까? 조선을 치는데 대마도가 앞장선다는 유언비어는 사실이 아닙니다. 저희 대마도는 전쟁을 반대합니다."

"그건 나도 알고 있소. 일본 막부가 계획한 유언비어에 우리 조선의 당파가 놀아나고 있는 것이지요. 대마도를 쳐들어갈 계획은 전혀 없소이다."

"그렇게 밝은 눈으로 알아주시니 감읍할 뿐입니다."

아메노모리는 눈물을 글썽거리며 감사를 드렸다.

"기이의 영주 요시무네공은 언제 오십니까?"

"왕자님이 도착하셨다는 것을 알렸으니 빠르면 열흘, 늦어도 보름 정도 지나면 만나 뵐 수 있을 것입니다. 그동안 여기서 푹 쉬도록 하십시오. 쿨룩쿨룩"

아메노모리가 더 말을 잇지 못하고 기침을 하자 연잉군이 왜관의 관수에게 보낸 비밀편지를 꺼내 건네주었다.

"아, 이건."

아메노모리는 놀라움에 연잉군을 바라보았다.

"하나코에 건너갈 것을 빼앗은 것입니다."

자신의 속셈을 들킨 듯 약간 얼굴이 붉어진 아메노모리는 고개 숙여 절했다. 이것이 막부에 들어갔으면 자신의 목이 성하지 못했을 것이다. 연잉군이 가서 쉬도록 권하자 또 절을 하고 물러갔다. 메뚜기가 슬며시 다가와 속삭인다.

"나으리, 정말 요시무네가 올까요?"

"글쎄. 오기를 기다릴 수밖에."

대답하는 연잉군의 표정이 밝지 못했다. 마나베 아키후사가 눈을 부릅뜨고 감시하고 있는데 대마도까지 배 타고 온다는 것은 쉬운 것이 아니다. 그의 뒤에 선대 쇼군의 부인 텐에이인이 있다고 하지만 살아있는 권력을 이길 수는 없다.

"혹시 이러다 나으리를 잡아서 막부에 넘기지는 않을까요?"

이봉상에게 주의를 들은 메뚜기는 기무라가 아메노모리와 함께 짜고 배신하면 어쩌나 하고 계속 걱정하는 것이었다. 그러나 연잉군은 태연하게 말한다.

"요시무네공이 오는데 빨라도 열흘이라니 그동안 대마도의 경치나 구경하자꾸나."

연잉군이 기무라를 불러 대마도의 형세를 알아보겠다고 하니까 그가 펄쩍 뛰었다. 하나코가 연잉군의 잠입을 탐색하고 있다는 보고를 들었기 때문이다.

"왕자님, 이 복장으로 돌아다니다 오니와반슈의 눈에 띄면 어쩌려 하십니까? 여기에 하나코가 있다는 것을 명심하십시오."

"갓을 벗고 변장을 하면 되지 않겠소?"

"안 됩니다. 왕자님께서 어찌 상투 대신 촌마케를 하실 수 있습니까."

"일본 옷을 입고 밤에 나가면 안 될까?"

"그것도 안 됩니다. 지금 이곳을 벗어나면 왕자님뿐 아니라 아메노모리님, 대마도주가 곤란에 빠집니다."

"허, 그리하면 요시무네공이 올 때까지 여기 갇혀 있으란 말이오?"

"어쩔 수 없지요. 기다릴 수밖에."

"음, 새장 안에 갇힌 새 꼴이군."

마뜩잖은 표정을 짓자 기무라는 무안해서 뒤로 물러났다. 연잉군이 잠시 생각을 하다가 말했다.

"기무라. 대마도 안에도 막부 충성파가 있을 것이니 벌써 마나베 아키후사가 알았을 것이오. 그러면 요시무네공은 여기 오지 못할 것이오."

"그럼, 어찌하시렵니까?"

연잉군이 결의에 찬 눈으로 대답했다.

"요시무네공이 이리 올 수 없다면 내가 에도로 가서 만날 것이오."

그 말에 기무라와 김광택이 서로 얼굴을 마주 보고 놀란 표정을 지었다.

"호랑이를 잡으려면 호랑이굴로 들어가야지요. 요시무네공이 오지 못할 것을 가정하고 의논을 해봅시다. 당신이 준 그림으로 에도에 관해서는 열심히 익혀놓았잖소? 하하."

이들이 앞으로의 일을 의논하고 있는데 이경(9시)을 넘어 삼경이 머지않은 시간에 밖이 소란스러워지더니 외치는 소리가 들렸다. 메뚜기가 칼을 들고 밖으로 뛰쳐나오는데 일본식 상투인 촌마케를 한 뚱뚱한 사내가 불쑥 앞을 막았다.

"누, 누구냐?"

"메뚜기! 나야, 박문수."

뚱보의 말에 김광택이 가늘게 눈을 뜨고 보다가 놀라서 소리쳤다.

"아, 박 비장님!"

"자객이 들것이네. 어찌된 일인가 하면……"

박문수가 여기에 나타난 경위는 다음과 같다.

상인으로 변장하고 우여곡절 끝에 오키섬을 탈출해서 대마도에 도착한 박문수는 여관에 숙소를 정했다. 기무라의 부하와 접선을 했을 때 연잉군이 대마도로 온 것을 알게 되었다. 문수가 급히 그와 함께 객관으로 가다가 갑자기 발을 멈추고 부하에게 속삭였다.

"저, 여자를 보시오. 수상하지 않나요?"

객관에서 조금 떨어진 곳에서 곱게 차린 여자가 객관을 기웃기웃하다가 부하를 남기고 떠나는 것을 보았다. 문수가 불길한 예감이 들어 그녀를 뒤따르기로 했다.

미행하니 여자는 골목길을 돌아 어느 여관으로 들어갔다. 뒤따라간 문수는 안내하는 심부름꾼에게 금화 한 푼을 건네주고 옆방을 얻을 수 있었다. 방에는 두 명의 사내가 기다리고 있었다.

"하나코님!"

문수는 여자의 이름이 하나코이고 첩자 두목 이시하라의 처라는 것을 상기해냈다. 소곤거리는 말이라 둘의 담화내용은 알아들을 수 없었다. 그러나 사내의 마지막 말에서 연잉군이 위기에 처했다는 것을 알 수 있었다.

"그럼, 오늘 삼경에 조선의 왕자를 잡도록 하지요."

사내가 자리에서 나가고 뒤이어 하나코가 나간 뒤에 박문수는 꼼짝하지 않고 생각에 잠겼다. 기무라의 부하가 재촉했다.

"어서 가서 왕자님께 알려야지요."

"아니요. 그것보다 더 먼저 해야 할 일이 있소. 당신이 나를 도와주어야겠소."

문수는 여관을 나와 자기 숙소로 돌아온 다음에 전대를 열어 금화를 몽땅 꺼내서는 밖으로 나갔다. 그리고는 단숨에 달려온 것이다.

다시 이야기는 객관으로 돌아간다.

"박비장! 어디 있다가 나타난 거요?"

연잉군이 놀라 소리치자 박문수는 손가락을 입술에 대고 조용히 하라고 했다. 그리고는 하나코의 습격을 피해 도주할 채비를 차리게 했다. 급히 짐을 꾸리는데 삼경이 되자 예상했던 대로 자객들이 난입했다. 밖에서 칼과 칼이 마주치는 소리가 비명과 뒤섞여 요란했다.

"자객들이 들었습니다. 어서 피해야 합니다. 저를 따라오세요."

연잉군을 비롯한 세 사람은 박문수를 따라 어둠 속으로 사라졌다. 객관을 지키고 있던 병졸들을 해치운 하나코와 열 명의 첩자들은 방을 샅샅이 뒤졌다. 그러나 연잉군 일행은 이미 빠져나가고 없었다.

"이쪽으로, 이쪽으로."

박문수는 컴컴해서 앞이 보이지 않은 길을 용케 안내했다. 도주로 곳곳에 등을 밝혀 놓았기 때문이다. 박문수가 안내한 해안에서 기무라의 부하들이 떠날 준비를 마치고 있었다.

"어서 배에 오르십시오."

"어디로 가려는가?"

"조선으로 돌아가야지요."

문수의 말에 메뚜기도 동조했다. 연잉군이 기무라에게 묻는다.

"기무라, 자객을 들인 것은 아메노모리 짓인 거요?"

"아닐 겁니다. 그러면 병졸들을 죽이겠습니까? 오니와반슈에서 눈치를 챈 것입니다. 이제 아메노모리님과 협상을 할 수도, 요시무네공을 만날 수도 없게 되었습니다."

기무라가 침통한 어조로 말하자 연잉군은 고개를 가로저었다.

"아니오. 에도로 갈 거요. 박 비장이 모모타로의 목줄을 쥘 증거를 가져왔으니 요시무네공을 만나 마나베 아키후사의 음모를 밝혀야지. 기무라, 당신이 주선을 해주시오."

"안 됩니다. 거기가 어디라고 혼자 가시려 합니까?"

메뚜기가 만류하자 연잉군이 박문수를 바라보고 빙긋 웃음을 지어 보였다.

"누가 혼자 간다고 했나? 박 비장이 일본인 차림을 했으니 변장할 필요도 없겠군."

메뚜기가 또 가로막고 나선다.

"나으리, 저도 따라가겠습니다."

"아니야. 이번 일은 박 비장과 나만이 할 수 있는 일이야."

기무라가 박문수를 흘끔 보고 말한다.

"박 비장님의 솜씨로는 나으리를 지켜 드릴 수 없습니다."

"그러니까 박 비장이 가야지. 이번 일은 무력이 아니라 머리를 써야 하거든. 이제 곧 놈들이 쫓아 올 거야. 그러니……"

연잉군이 앞으로 할 일에 대해 지시했다. 오키섬의 동태가 적힌 문서는 이봉상에게 전하기로 했고, 기무라는 부하들과 함께 안전가옥으로 사라졌다.

잠시 후 냄새 맡는 개를 데리고 추적해온 하나코 일당이 모습을 드러냈다.

"저기다! 저기에 놈들이 있다!"

칼과 조총을 든 첩자들이 일제히 배를 향해 달려갔다. 관솔불이 환하게 켜진 뱃전에 연잉군이 서 있는 것을 본 하나코가 조총을 빼앗아 들고 겨냥을 했다.

탕

요란한 굉음과 함께 뱃전에 서 있던 연잉군이 바닷물로 풍덩 떨어지고 여러 사람이 놀라서 소리치는 것이 보였다. 조총 소리에 놀란 선원들이 얼른 돛을 올리고 배는 포구를 떠났다. 그 뒤에 대고 조총을 연사했지만 이미 사정거리를 벗어나고 있었다.

쪽배에 타고 기다리고 있던 박문수가 노를 저어가서 물에 빠진 연잉군을 끌어올렸다.

"나으리, 다치지 않으셨습니까?"

"다치긴, 빗나갈 줄 알았으면 공연히 솜옷을 끼어 입었네."

하나코가 총을 겨눈 것을 본 연잉군이 총소리가 나자 곧바로 바다로 뛰어들었던 것이다.

"무모하십니다. 정말 무모하십니다."

"하늘이 정말 나를 지켜주는가, 시험해 보았네. 어서 육지로 갑시다. 박 비장."

으슥한 바위섬 뒤에 쪽배를 댄 박문수가 주위를 살피고는 연잉군을 내리게 했다. 준비한 일본 옷으로 바꿔 입고는 어두운 밤길을 걸어 박문수가 묵고 있는 여관으로 향했다.

대마도에서의 일이 막부에 보고되었다. 연잉군과 요시무네가 대마도에서 만난다는 것을 자백했던 아메노모리의 심복이 에도로 끌려오다가 혀를 깨물고 자살했다는 언짢은 소식이었다.

"낭패로다, 낭패야."

마나베 아키후사가 한탄을 했다. 기이로 간다고 속이고 대마도로 가려고 했던 요시무네도 아메노모리의 긴급연락을 받아보고 대마도 행을 포기하고 말았다.

연잉군은 아메노모리와 접촉할 기회를 노렸지만, 연금되었다는 소식만 전해 들었다. 박문수는 돼지처럼 찐 살을 빼려고 거의 굶다시피 했다. 그러면서 가끔 여관 밖으로 나가 동정을 살피다가 황급히 뛰어들어와 소리쳤다.

"나으리, 어서 짐을 꾸려야겠습니다!"

집집마다 수색하는 것에 놀랐던 것이다. 오키섬에서 한 차례 당하지 않았던가. 여관 주인에게 많은 돈을 주어 매수했기에 몇 번 탐문을 나왔지만 무사할 수 있었다. 그러나 길가에 도리테들이 쫙 깔리고 여관주인의 태도가 수상하자 도망치려는 것이었다. 기무라가 있는 안전가옥으로 가려고 짐을 대충 꾸린 박문수가 삭도를 꺼내 들었다.

"나으리, 어서 머리를 내미세요. 변장해야 합니다."

연잉군이 눈이 동그래져서 소리친다.

"박 비장, 날 더러 앞머리를 깎으라는 말이요?"

"붙잡혀 목이 잘리는 것보다는 머리카락을 자르는 것이 낫지 않겠습니까?"

"안 되오. 신체발부는 수지부모인데다 조선의 왕자인 내가 머리를 깎을 수는 없소."

연잉군은 머리는 절대로 깎을 수 없다고 버텼다. 박문수도 강경했다. 그는 이 층 창문을 열고 밖을 내다보며 말했다.

"나으리, 저기 보이지요? 집집마다 들어가 수색을 하고 있습니다. 빨리 결단을 내리십시오."

문수가 재촉하자 연잉군이 할 수 없다는 듯이 삭도를 잡아서는 상투를 잡아맨 망건을 찢고 동곳을 풀어헤쳤다.

"일본에는 머리를 기르는 유발승이 있다고 하더군."

"그럼, 스님으로 행세하자는 것입니까?"

"암. 그렇지. 그러니 박 비장이 빨리 스님의 옷을 구해 오시오."

문수는 어이가 없었다.

"지금 어디서 승복을 구할 수 있습니까?"

"요 앞에 절이 있으니 승복을 슬쩍하면 되지 않겠소?"

연잉군이 창문 밖으로 보이는 작은 건물을 가리키며 말했다.

"저건 절이 아니라 신사입니다."

"신사? 그러면 신관으로 변장하면 되겠네. 안 그렇소?"

박문수는 위기가 코앞에 닥쳤는데도 싱글싱글 웃으며 농을 지껄이는 연잉군이 못마땅했다. 집집마다 수색하던 첩자들과 도신의 부하들인 도리테(捕手)들이 여관으로 우르르 몰려 들어왔다.

"나으리, 어서 피해야겠습니다."

"늦었소. 여관 하인 녀석이 앞장선 것이 보이지 않소?"

박문수의 얼굴이 새파랗게 질리는 것을 보자 연잉군은 복도로 나가 장식용으로 걸어놓은 커다란 부채를 떼어냈다. 그것을 문수에게 건네주고 옷 안에서 까만 돌 하나를 꺼냈다.

"고추탄이요. 놈들이 계단 위로 올라오면 힘껏 부채질하시오."

쿵쿵쿵

도리테들이 계단을 올라오려고 하자 연잉군이 벽에다 고추탄을 던졌다. 쾅하는 소리와 함께 고춧가루가 퍼지면서 문수가 부채질로 쏘아 보내자 도리테들이 요란하게 재채기를 했다.

"자, 밖으로 뛰쳐나갑시다."

문수가 놀라서 소리쳤다.

"나으리, 여기서 뛰어내리면 다칩니다."

"그럼 내가 먼저 뛰어내릴 테니 나중에……"

연잉군은 이렇게 말하고 문을 열고 훌쩍 뛰어 밑으로 떨어졌다. 문수가 놀라 창문 밖을 내다보니 연잉군이 우뚝 서 있는 것이 아닌가. 여유만만한 표정으로 웃으며 박문수에게 뛰어내리라고 손짓까지 했다.

"나으리!"

겁에 질린 박문수가 외쳤지만, 고추탄을 뚫고 올라오는 도리테들의 발소리에 지체할 수가 없었다. 창문에 한 발을 걸치고 있다가 칼을 든 도리테가 달려들자 휙 하고 떨어졌다.

비호같이 달려든 연잉군이 떨어지는 박문수를 안고는 주저앉았다. 창문 밖으로 고개를 내민 도리테들이 소리치는 가운데 재빨리 몸을 일으킨 연잉군과 박문수는 꽁무니가 빠져라 도망쳤다.

"우선 안전한 곳으로 도망치자고."

초행인데도 연잉군은 자기 동네처럼 추적자들을 따돌렸다. 한참 만에 외진 곳에 있는 절을 찾아 들어갔다.

기무라는 절로 위장한 안전가옥에서 머리를 깎고 스님으로 변장해 있었다. 법명을 그림자가 없다는 뜻인 무영(無影)이라고 했으니 첩자다운 이름이었다.

"왕자님, 진작 이리 오셨으면 위험한 일은 당하지 않았을 겁니다. 내일 아침 에도로 가는 방법을 찾아보겠으니 옷을 바꿔 입으십시오."

기무라가 승복을 꺼내 주었다. 풀어헤친 머리도 다듬어서 유발승처럼 만들었다. 그러자 연잉군이 불경을 꺼내 독송하는데 너무나 능숙해 박문수도 기무라도 놀라워했다.

"어떻소? 이만하면 중 행색을 해도 되지 않겠소. 이번 기회에 아예 출가해 버릴까? 일본은 중도 장가를 들 수 있다니 말이오."

연잉군의 익살에 세 사람은 모두 웃고 말았다. 하하하

절 밑에 바다가 보이고 빨간 깃발을 단 배 한 척이 눈에 보였다. 두 사람이 걸어 내려가 배에 올라타니 사공이 말없이 노를 저었다. 연잉군은 뱃전에 걸터앉아 석양을 바라보며 깊은 생각에 잠겼고 문수는 주위를 살피며 경계를 게을리하지 않았다. 도착한 곳은 한적한 어촌이 아닌 대마도번이 가까운 곳이었다. 이들을 내려놓고 배는 곧 사라졌다.

"나으리! 여긴 위험합니다."

문수가 놀라 소리치자 연잉군이 태연히 웃고 나서 대꾸했다.

"박 비장, 아니. 하토야마 의원. 걱정 마오. 원래 등잔 밑이 어두운 법이라오."

연잉군은 기무라가 알려준 선주의 집을 찾았다. 선주는 무뚝뚝한 사내로 몇 마디 묻고는 곧장 구석방으로 데리고 갔다. 연잉군이 문수에게 말했다.

"이제 안심이오. 이 집주인이 배편을 마련해 줄 것이요."

젊은 하녀가 흰 쌀밥이 든 공기와 구운 생선을 가져왔다. 두 사람은 저녁밥을 먹고는 비로소 두 다리를 뻗을 수 있었다.

"나으리, 이제 편히 자도 되겠습니까?"

"하하, 박 비장은 잠을 좀 적게 자야겠소. 하긴 나도 도망치느라 피곤하니 잠이 쏟아지오. 우리 그냥 잡시다."

연잉군은 이렇게 말하고는 다다미에 누워 잠이 들었다. 박문수도 그의 옆에 누웠다. 둘이 깨어난 시각은 해가 창문을 뚫고 들어왔을 때였다. 아침 식사를 끝내니 선주가 와서는 포구는 철저하게 봉쇄되어 당분간 머물러야 한다고 하고는 휭하니 가버렸다.

"나으리, 여기서 이렇게 시간을 죽이고 있다가는 울릉도와 독도를 영영 일본에 점령당하는 게 아닙니까?"

박문수의 푸념에 연잉군은 하늘을 손가락으로 가리키며 말했다.

"용화부인이 말했소. 하늘은 두 개의 섬을 반드시 되찾게 해준다고 했소."

"하지만 지금 해적들이 점령하고 있지 않습니까?"

"그 섬이 일본의 것이라면 당연하지만, 그건 천명을 어긴 짓이니 되찾게 될 것이오. 박어사, 이렇게 숨어 있기에는 너무 심심하지 않소?"

"또 무슨 일을 저지르시려고요?"

"오랫동안 도둑질을 못하니 손이 근질근질하오. 여기 대마도에도 가난한 어부들의 등을 치는 사악한 자들이 있을 것이요. 그러니 시간도 보내고 돈도 좀 마련해야 하지 않겠소?"

연잉군의 말에 박문수는 어이가 없었다. 왕자의 신분으로 어려서부터 도벽이 있었다고 자랑 아닌 자랑을 하는 걸 들었지만, 쫓기는 형편에 도둑질까지 하겠다니 말이다.

"나는 이 차림으론 밖에 나돌아다닐 수 없으니 박 비장이 수고 좀 해 주시오."

"나으리, 하지만……"

"박 비장의 주특기는 바람처럼 나타났다가 사라지는 게 아니오? 충분히 할 수 있소."

"그건 나으리가 잘하는 것 아닙니까?"

문수는 남의 나라까지 와서 도둑질하는 것이 못마땅했다. 어떡하든 피해 보려고 하나 연잉군은 억지로 강요한다.

"많이는 필요 없소. 꼭 세 집만 털 것이니 악질적인 부호들이 누구이고 어디 사는가만 알아 오시오. 그리고 가난한 사람들이 어디에 많이 사는가도 알아오시오."

할 수 없이 문수는 거울을 들여다보며 변장을 하기 시작했다. 변장에서 일차적으로 고려할 것은 눈썹이다. 눈썹의 모양만 바꾸면 얼굴이 확 변하기 때문이다. 눈썹을 팔자형으로 바꿔 약간 멍청하게 보이게 하자 연잉군이 손바닥을 치며 웃었다.

"하하, 영락없이 유부녀와 몰래 바람피우다 남편에게 들켜 도망치는 형상이구려."

"오입은 나으리가 더 잘하시지 않던가요?"

박문수는 연잉군의 놀림을 한 귀로 흘리고는 밖으로 나가려 하자 선주가 나와서 말렸다.

"위험합니다. 길가에 첩자들이 깔렸습니다."

"등잔 밑이 어둡다고 하지 않습니까? 괜찮습니다."

연잉군이 의원 차림을 한 박문수의 등을 떠밀어 집 밖으로 내보냈다. 대마번부와 가까운 곳이라 번부를 지키는 병졸들은 많았지만, 첩자들로 의심되는 자들은 보이지 않았다. 역시 등잔 밑이 어두운 모양이다.

박문수는 팥죽을 파는 집에 들어가서 죽을 먹은 척하며 손님들의 말을 엿듣고 나왔다. 그리고는 저택이 많은 골목에 들어가 이리저리 살펴보았다. 집 앞을 쓸고 있던 하인이 의심적은 표정으로 뚫어지게 바라보자 다가가서 물었다.

"이 근처에 부교의 아우님 댁이 있다던데, 어딘가요?"

"그건 왜 물으슈?"

"침을 놓는 의원인데 그 집에 환자가 있다는 소문을 들어서요."

박문수는 허리에 찬 침통을 두들겨 보였다. 팥죽 집에서 대마도 부교(奉行)의 동생이 허리를 심하게 다쳐 의원을 찾는다는 말을 들었기에 이렇게 둘러댄 것이었다.

"늦었수. 그 댁은 용한 의원이 들어가서 치료를 하고 있다오. 웬만하면 내 병도 봐줄 수 없겠소? 나도 허리가 좋지 않아서 말이요."

하인의 말에 문수는 승낙하고 집으로 들어가 허리에 침을 놓게 되었다. 하인은 입이 가벼운 사내였다.

"우리 집주인은 봉행소의 요리끼라오."

"요리끼?"

"도적들을 잡으러 다니는 우두머리 말이요. 어제도 흉악한 강도범을 잡으러 나가 들어오지 않았다오."

박문수는 그 말에 소름이 오싹 끼쳤다. 요리끼(與力)는 도신과 도리테들을 이끌고 도적을 잡는 직책으로 현장에서 주로 활동하는, 지금으로 치면 경찰서 형사반장이다.

"조선에서 온 첩자들을 놓쳤다고 부교에게 몹시 야단맞았다고 하더이다."

문수는 숨도 제대로 쉬지 못할 정도로 두려웠지만, 태연한 표정을 가장하고 정보를 캐냈다. 하인은 침 몇 방에 허리 상태가 낫자 문수가 말했다.

"실은 내가 오키섬에서 의원을 했는데 이곳 대마도가 수입이 좋다고 해서 얼마 전에 왔습니다. 이곳 사정이 어두우니 치료비 대신 동네 인심이나 말해 주시오."

문수의 말에 하인은 신이 나서 대마도의 정황을 상세하게 말해 주었다. 더불어서 대마도의 유력자와 부호들에 대해서도 자세한 정보를 얻을 수 있었다.

박문수가 요리끼의 집에서 나와 스무 걸음 정도 가고 있는데 요리끼가 도리테들을 데리고 집안으로 들어갔다. 그것을 보고 가슴을 쓸어내리며 빠른 걸음으로 돌아왔다. 문수에게서 자초지종을 듣자 연잉군이 하늘을 향해 손가락질하며 말했다.

"박 비장, 내 말이 맞지 않소? 하늘이 우리를 보살펴주니 그런 자를 만나는 거요. 하하하."

"나으리, 웃을 일이 아닙니다. 저는 간을 조렸습니다."

문수가 성이 나서 말을 내뱉었다.

"간을 조렸건, 창자를 조렸건 원하는 정보는 다 얻었으니 우선 고리대금업을 하는 하네다의 집을 털어보기로 합시다."

"합시다라니요? 저도 가는 겁니까?"

"물론이요. 도둑질을 하려면 망을 보는 이가 있어야 하지 않겠소?"

연잉군은 하녀를 불러 지도를 펴놓고 악질 부호의 집이 어딘가를 일일이 표시했다.

그날 밤. 고리대금업을 하는 하네다(羽田)의 집 돈궤에 숨겨 두었던 금화와 은화가 털리는 사건이 벌어졌다. 그리고 한 시각 뒤에는 빈민들이 몰려 사는 판잣집 마당에 금화 한 닢에 은화 세 닢이 떨어지기 시작했다. 거동이 불편한 노인에게는 연잉군이 손바닥에 쥐여주기도 했다.

"박 어사, 좋은 일을 하니 기분이 아주 상쾌하오."

"어사는 빼십시오. 법을 지키는 관리가 도둑질을 용인해야 합니까?"

"하하. 때로는 정의를 위해서 법도 어길 수 있는 것 아니겠소?"

연잉군은 밤길을 돌아오며 기분 좋게 떠들었으나 박문수는 마음이 편치 못했다. 이번 일로 경계가 더욱 심해질 것이기 때문이다.

사흘 동안 일찍이 들어보지 못한 솜씨의 도적이 대마도를 휘젓자 책임자인 부교(奉行)는 화가 났다. 요리끼와 도신을 야단치자 그들은 포졸인 도리테와 오캇피키(岡っ引)와 메아카시(目明し)를 총동원해서 도둑을 체포하려고 불을 켰다.

"나으리, 포졸이 쫙 깔렸습니다. 에도는 안 가실 생각이십니까?"

"가야지. 왜 안가나?"

연잉군은 싱글거리며 툴툴거리는 박문수를 약올렸다. 그리고는 금화를 스무 개 정도 꺼내 세어보고 있었다.

"이 돈이면 유흥가에서 두어 달은 흥청망청 지낼 수 있는데 여기서 붙잡힌다면 정말 안타까운 일이요."

박문수는 위기가 코앞에 닥쳤는데 엉뚱한 소리를 하는 연잉군이 못마땅해서 소리쳤다.

"나으리! 덕분에 꼼짝 못하게 되지 않았습니까? 차라리 새가 되는 것이 편하겠습니다. 날아갈 수 있으니."

"박어사, 걱정하지 마오. 오늘 기무라가 선주를 통해 도항증을 보내 왔소. 내일 에도로 가는 배니 오늘은 푹 쉬도록 하시오."

연잉군이 건네준 도항증을 보니 위조한 것이 아니라 정식으로 발행한 것이었다. 문수는 연잉군의 배짱과 함께 요시무네의 첩보조직에 놀라고 말았다.

다음 날. 아침밥을 먹은 연잉군과 박문수는 선주와 작별인사를 했다. 연잉군은 은화가 가득 들어있는 보따리를 건네주어 고마움을 표시했다. 은화는 물론 대마도의 악질 부호들에게서 훔친 것이었다.

한편 박문수를 쫓아 대마도로 건너온 이시하라는 하나코와 합류했다.

"그자가 연잉군일까요? 연잉군은 하나코님이 쏜 총에 부상을 당하고 조선으로 돌아가 치료 중이라는 첩보가 있지 않습니까?"

부하의 말에 이시하라가 고개를 가로젓는다.

"거짓말일 거야. 지금 우리를 피해 도주하는 자가 분명 연잉군이야."

이시하라는 대마도에서 접선이 실패했으니 에도로 들어갈 것으로 믿었다. 연잉군이 동래에서 치료를 받고 있다는 소문은 추적을 피하기 위한 속임수로 확신했다.

그는 도망자들이 어선을 타고 몰래 빠져나갈 것으로 추정하고 대마도의 해변을 샅샅이 조사했다. 가능성은 희박하지만, 의표를 찔러 정기 여객선을 탈 수도 있다고 판단하고 부하들로 하여금 굳건히 지키게 했다.

에도로 가는 배에는 모두 삼십 명이 타기로 되어있다. 그중에서 두 명은 대마도의 관리이고 열 명은 에도로 물건을 사러 가는 상인들이었다. 배에 올라타기 전에 승객들이 도착하는 순서대로 오니와반슈 첩자들에게 도항증을 검사받고 에도로 가는 이유를 설명해야 했다. 수상한 점이 발견되지 않아야 배에 태웠다. 몇 명을 이렇게 검사하고 있는데 어디선가 누추한 옷차림의 사람들이 꾸역꾸역 몰려들기 시작했다.

"뭐야? 저것들은."

몰려드는 사람들의 숫자가 점점 늘어나자 첩자는 어리둥절했다. 얼마뒤 포구 안에 초라한 옷차림의 빈민들로 가득 찼다.

"무슨 일이야? 저리 물러가지 못해?"

첩자가 소리쳤지만, 빈민들은 끄떡도 하지 않고 누군가가 노래를 부르기 시작하자 따라서 불렀다. 듣기 거북할 정도로 음탕한 가사가 포구 안에 울려 퍼지자 흥이 난 무리들이 춤을 추기 시작하고 금세 포구 안이 어지러워졌다. 선장은 곧 배를 띄워야 하니 어서 승선시키라고 재촉하고 춤추고 노래하는 무리 사이에 갇혀 검사를 받지 못하는 승객들은 아우성을 쳤다.

"비켜! 어서 비키지 못해?"

첩자들이 막대기를 휘두르며 내쫓으려 했지만, 오히려 팔과 다리를 붙잡고 늘어져 검사를 중단할 수밖에 없었다. 건성으로 도항증의 진위만 살펴보고는 배에 올라타는 것을 허락할 수밖에 없었다. 이렇게 해서 유발승으로 가장한 연잉군과 상인으로 가장한 박문수는 배에 올라탈 수 있었다. 춤추고 노래하는 빈민들을 배에서 내려다보며 문수가 내뱉듯 물었다.

"이건 또 어떤 사정입니까? 나으리가 꾸민 일이지요?"

"맞소. 내가 돈을 뿌릴 때 몇 명에게 부탁했소. 오늘 이 시각에 포구로 와서 시끄럽게 해달라고 했지. 저 사람들은 내게 돈을 얻고, 보은도 했으니 좋은 일 아니오?"

연잉군이 히죽거리자 문수는 그의 고단수에 혀를 내둘렀다.

돛이 올려지고 배가 에도로 떠난 뒤에 이시하라가 허겁지겁 포구에 도착했다. 이들이 뒷북을 친 것은 온통 피투성이의 스님이 낡은 폐가로 들어가는 것을 보았다는 신고가 들어왔기 때문이다. 폐가를 포위하고 들어가는 순간 장착해 놓은 폭탄이 터져 몇 사람이 죽고 다쳤는데 산산조각이 난 집에서 승복을 입은 채 갈가리 찢긴 승려의 시체 한 구만 볼 수 있었다.

"두목님! 수상한 자는 발견하지 못했습니다."

첩자는 썰물이 밀려가듯 배가 떠난 포구를 흘끔 바라보며 보고를 했다. 그의 머쓱한 표정에 의구심을 가진 이시하라가 캐물으니 어쩔 수 없이 모든 사실을 털어놓았다.

"음, 또 당했구나."

이시하라는 입술을 꽉 깨물었다. 포구에서 난리를 피운 빈민을 잡아 족치니 돈과 함께 소란을 피우라는 부탁을 받았다는 자백을 받았다. 폐가에서 발견된 승려의 시체도 수상한 자가 아니라 길에서 죽은 거지임이 밝혀졌다.

이시하라가 에도로 전서구를 날린 후에 다음 배에 올라타 연잉군을 뒤쫓았다. 승려로 위장한 채 기다렸던 기무라가 그다음 배에 올라탔다.

## 9

## 에도를 뒤엎다

　에도로 가는 뱃길은 너무나 순조로웠다. 배 안에서 박문수는 정체가 탄로날까 조마조마했는데 유발승으로 변장한 연잉군은 넉살 좋게 상인들과 환담하며 에도의 정보를 얻었다. 에도말을 쓰기는 했지만 스무 해 전에 떠나 그곳 사정을 잘 모른다고 거짓말까지 하고 말이다.

　"와타나베상! 대마도에서 건너간 조선 인삼값이 에도에서 열 배의 가격에 팔린다는 것이 사실이오?"

　"하이."

　"가격이 너무 비싼 것 아니요?"

　"조선에서 건너올 때 상하기도 하고, 대마도 번부의 재정을 위해서도 그렇게 받을 수밖에 없습니다. 에도의 부자들이 많이 찾는 귀한 물건이라 열 배, 스무 배라도 물건이 없어 팔지 못하고 있는 형편이기도

하구요."

서른 중반의 상인은 연잉군에게 꼬박꼬박 존대했다. 그도 그럴 것이 연잉군은 사십 대 나이로 변장했는데 나이가 어려 보인다고 하자 타고날 때부터 동안이라고 태연히 거짓말을 했기 때문이다. 간간이 주사위 도박도 했는데 그때마다 연잉군은 땄지만, 돈을 돌려주고 자기 돈으로 술을 사서 나눠 먹었다. 박문수에게도 술을 권했지만, 살을 빼기 위한 단식 중이라 사양했다. 이들과의 이런저런 이야기 중에 대마도에서 악질 고리대금업자와 포악한 상인의 집을 턴 신출귀몰한 도둑 이야기도 화제에 올랐다. 강도당한 자들이 소상인들을 괴롭히던 악질이라 모두 통쾌해했다. 그들은 바로 앞의 유발승이 바로 그 도둑이라는 것을 끝내 모를 것이다.

에도의 분위기도 알 수 있었는데 후지산의 용암이 끓고 있는데 그 소문이 유포되지 않도록 단속하고 있다고 했다.

"후지산이? 몇 년 전에 크게 폭발하지 않았소? 그런데 또 분화하려고 하다니 심상치 않구려. 요즘 곳곳에서 이상한 연이 본토에 떨어진다는 소문이 있다는데 들은 사람 있소? 에도에도 많이 떨어졌다고 하던데."

그 말에 상인들은 서로 얼굴을 마주 보며 슬금슬금 눈치만 보고 입을 떼지 않았다. 박문수가 보기에 뭔가 알고 있는데 같이 탄 대마도 관리를 의식해서 말하지 못하는 것 같았다. 연잉군이 천진한 웃음을 흘리며 나직하게 말했다.

"눈치 보지 마시오. 여기서 말하는 것이 저기까지 들리겠소? 우리

절 마당에 떨어진 연을 봤는데 소바요닌 마나베 아키후사가 울릉도와 독도의 점령을 배후 조종했고 조청 연합군이 일본을 응징할 것이라고 쓰여 있더군."

이 선전문을 쓴 사람이 바로 연잉군이다. 와타나베가 흘끔흘끔 옆을 보며 나직하게 말했다.

"저도 에도에서 봤습니다."

바로 앞의 유발승이 글을 쓴 것이라고는 상상치 못할 것이다. 옆의 상인이 거든다.

"저는 보지 못했지만 그걸 본 사람의 말에 의하면 스님의 말씀과 같습니다."

그러자 여기저기서 상인들이 자신도 그런 말을 들었다고 털어놓았다. 그렇지만 날아온 연은 오니와반슈에 의해 철저하게 수거되고 소문을 퍼뜨리면 즉시 체포해 간다고 했다. 박문수는 상인 자신의 안위가 위태로운 말을 교묘히 이끌어내는 연잉군의 말솜씨에 놀랐다.

"쉿! 이제부터는 그 말은 하지 맙시다. 내 목이 떨어지는 것은 부처님도 원하시지 않을 테니까. 아니지, 당장 우리 동네 술집 영감이 싫어할 거야. 나 때문에 수입이 짭짤했거든."

연잉군의 농담에 모두 하하하 웃었다.

술판이 끝나고 모두 잠자러 갔을 때 연잉군이 박문수에게 속삭였다.

"들었지요? 일본으로 연을 날린 것은 성공이었소."

"하지만 아까 보니 상인들은 별로 동요되지 않은 것 같은데요."

"상인들이란 세상 물정을 잘 아니까 그런 선전에 넘어가지 않지. 하지만 보통 일본인들은 그렇지 않을 거요. 아마 속으로 부글부글 끓고 있을걸. 후지산의 용암처럼. 그러다가 펑!"

이들의 대화는 관리가 다가오자 곧 끊겼다.

대마도에서 배가 떠나면 보통 보름 정도 걸리는데 바람이 잘 불어 주어 열흘 만에 도착하게 된 것은 하늘의 도움이었다고밖에 설명할 수 없었다. 오는 동안 배 안에서 연잉군은 상인들과 어울리며 즐겁게 지내고 다음에 에도에서 만날 기약까지 했다. 반면 박문수는 에도에 들어갔을 때를 걱정하며 배에 탄 사람들의 말을 잘 듣고 입속에서 되새기며 말투를 익혔다. 그러면서도 물만 먹어 뚱보는 면할 수 있었다.

배가 에도에 도착하자 연잉군은 상인 복장으로 갈아입고 요시무네의 명령을 받고 대기하고 있던 배로 건너뛰었다. 이러니 이시하라의 전령을 받은 오니와반슈의 요시무라가 포구를 아무리 지키고 있어도 두 사람을 잡을 수 없었던 것이다.

에도 시내에 들어온 두 사람은 번창한 도시의 모습에 매우 놀랐다. 종로의 육주비전이 크다고 하지만 에도의 시장은 그것보다 몇 배 큰 규모뿐만 아니라 물산도 풍부해서 놀라워했다.

"대단하군. 인구가 오십만 명이 넘는다니 서울의 몇 배가 되는 셈이네."

연잉군이 이렇게 중얼거리면서 갓 상경한 촌뜨기처럼 이리저리 둘러보았다.

"교토하고는 어떻게 다를까요?"

"그곳은 점차 인구수가 줄어든다고 들었소. 일본을 통치하는 건 천황이 아니라 막부의 쇼군이니까."

"이런 경제력이면 해적들을 뒷받침할 여력이 충분하겠지요?"

"아마 그럴 것이오."

두 사람은 입을 다물었다. 이렇게 부유해진 일본이 조선의 작은 섬 두 개를 점령한 것이 쉽게 이해되지 않았다. 그렇다면 임진년처럼 조선을 침략하려는 절차를 밟고 있는 것일까.

에도 시내에 들어온 박문수는 신변에 불안을 느끼는데 연잉군은 길가에 있는 큰 여관으로 들어가려고 했다. 박문수는 눈에 띄는 화려한 여관 대신 뒷골목 으슥한 곳에 방을 얻자고 했으나 막무가내로 고집했다.

"나는 조선의 왕자요. 추적자들의 눈이 무서워 뒷골목 허름한 여관에 두더지처럼 꼭꼭 숨었다면 사람들이 날 뭐라고 비웃겠소?"

연잉군이 호기를 부리며 얻은 이층 특실은 다다미가 열 장이나 깔린 큰 방이었다. 마루로 된 대마도의 여관과는 분위기가 달랐다. 이불은 주지 않고 요만 주어 잠자기에 불편했는데 이곳은 비단 이불까지 갖춰져 있었다.

여종업원이 세숫물을 떠다 주고, 그 물에 손과 발을 씻은 후 아래층에 마련된 목욕탕에 들어가서 목욕을 했다.

"박 비장! 우리가 이렇게 목욕을 해본 지가 보름도 더 되는 것 같소. 어떻소? 돈 몇 푼 아껴 허름한 여관에 들었다가는 이런 호사를 누리지 못했을 거요. 어이, 시원해!"

연잉군은 조선말과 일본어를 섞어가며 몸을 씻었다. 그럴 때마다 박문수는 가슴 졸이며 누가 듣지나 않을까 바짝 긴장했다. 다행히도 근처에 사람이 없는 듯했다. 목욕을 끝내고 방으로 들어오자 문수가 한마디 한다.

"나으리, 이제 조선말은 하지 마십시오. 여기는 호랑이굴입니다."

"미안하오. 궁에서 목욕하던 것이 생각나서 그랬소. 허허."

방으로 들어와서 얼마 안 되어 여종업원이 저녁 식사를 차려 들어오고 여관 주인이 들어와 인사를 했다. 자그마한 키의 주인은 연신 눈알을 뒹굴며 이저저거 캐물었다. 에도에서 제일 크고 화려한 여관이라 부유한 상인이나 지방관리들이 묵는 곳이다. 수수한 복장의 상인이 들자 수상하게 여긴 모양이다. 숙박비를 떼먹고 도망치려는 사기꾼으로 보는 듯했다.

"주인장. 우리는 원래 대마도 사람인데 도주님의 특별배려로 나가사키에 터전을 잡은 화장품 장사꾼이라오. 좋은 물건을 파는 곳이 있으면 소개해 주시오."

연잉군은 며칠 묵을 숙박비를 미리 내어 주인의 의심을 풀었다. 그리고는 배를 타고 오느라 몸을 가꾸지 못했다고 하며 은화 한 개를 주며 편의를 부탁했다. 주인은 촌동네인 대마도에서 온 장사꾼을 대한 적이 없어서인지 사투리를 알아듣지 못하고 몇 번 되물었다.

반나절도 안 되어 연잉군은 앞머리를 깎지 않은 모양새로 머리를 바꾸고 화려한 새 옷도 마련했다. 덕분에 박문수도 새 옷으로 갈아입어 때깔이 났으나 금화 세 푼이 나가는 것을 보고 걱정을 했다. 이렇게 썼다가는 며칠 못 가서 돈이 떨어질 것이기 때문이다.

"염려 마시오. 여기서는 도둑질을 하지 않을 테니까 시간나면시내 구경이나 합시다."

두 사람이 이렇게 여유를 부리고 있을 때 요시무라는 부하들과 함께 뒷골목의 작은 여관들을 샅샅이 뒤지고 있었다.

"불편하신 점은 없으신지요?"

막 잠자리에 들려고 하는데 얼굴이 곱상한 여종업원이 찾아와 무릎을 꿇고 상냥한 미소를 지으며 물었다. 연잉군이 대답한다.

"아, 좋소이다. 책을 좀 보았으면 하는데 빌려줄 수 있겠소?"

연잉군이 언제 준비했는지 책 목록이 적힌 종이를 건네주었다. 여종업원이 받아들고 읽어보더니 내일 중에 구해 주겠다고 하고는 총총걸음으로 사라졌다.

딱딱딱

에도의 밤거리를 야경꾼이 딱딱이를 치며 걸어가며 소리쳤다.

"불조심, 도둑 조심, 여편네 조심."

딱딱딱

이렇게 딱딱이를 치며 가던 야경꾼은 흰 종이가 벽에 붙은 것을 보고 걸음을 멈추었다. 그리고는 허리에 찬 등을 꺼내 들어 내용을 읽어보다가 얼른 뜯어냈다. 벽보는 다음 날 아침 마나베 아키후사의 충복 요시무라가 갖고 찾아왔다.

"모모타로가 마나베 아키후사를 충동질해 죽도와 송도를 점령했다. 조청 연합군이 곧 쳐들어온다. 그래서 후지산이 폭발하려고 한다. 조선에서 날아온 연과 비슷한 내용이군. 이 벽보도 역시 기이의 특산품 종이고."

마나베는 벽보를 요시무라가 가져온 종이와 나란히 놓고 비교해 보고는 입을 열었다. 후지산이 폭발하려 용암이 끓고 있다는 것만 연에는 없는 새로운 내용이다.

"뒤에 요시무네가 있는 게 아닌가? 이 종이는 막부에 바친 기이의 종이와 같구먼."

요시무라가 머뭇거리다가 입을 열었다.

"기이의 종이는 시장에서 쉽게 구할 수 있습니다."

"그렇다면 우리 쪽에서 도발해 오기를 기다린다는 말인가?"

자신이 다음 쇼군 자리를 노리는 요시무네와 앙숙인 것은 세상이 다 안다. 키비츠의 궁사 모모타로와 자신의 유착관계를 위험을 무릅쓰고 선전하는 이유가 무엇일까. 또 막부에서 후지산 정상에 가까이 하지 못하도록 보초까지 세우고 소문이 도는 것을 막았다. 그런데 왜 후지산이 폭발하려 한다고 떠드는 것일까.

"후지산이 정말 폭발할 기세이던가?"

"아직 그 상태로 있습니다만. 그것이……"

요시무라는 후지산이 꿈틀거리는 것은 사실이고 조선의 섬을 빼앗은 신벌로 후지산이 폭발한다는 소문이 급속히 퍼지고 있다고 말했다. 마나베가 낯을 찡그렸다.

"요시무네의 짓이 분명하군."

"하지만 아닐지도 모릅니다. 기이의 종이를 쓰는 것도 그렇고……"

요시무라는 누군가 두 권력자 사이에 있다고 생각하고 있었다. 용과 범이 싸우면 누가 이익을 볼까. 그것이 누군지 머릿속에 들어오지 않았다. 혹시 그 사람일까?

"이시하라가 지금 에도에 돌아와 이곳에 잠입한 조선의 왕자를 찾고 있습니다."

그 말에 마나베가 눈이 둥그레졌다.

"왕자? 대마도에 숨어 있다는, 그자 말인가?"

"네."

"이시하라가 놓쳤단 말인가?"

"돕는 자가 있었습니다. 야나기사와 요시야스님의 잔당으로 보입니다. 이 벽보도 그쪽에서 붙인 것이 아닐까 합니다. 소바요닌님을 힘들게 하려고……"

야나기사와라는 이름을 듣자 마나베는 입술을 깨물었다. 소바요닌 자리를 두고 다투면서 자기를 노(能)배우 출신의 아첨꾼이라고 막부의 로쥬들 앞에서 모욕을 주지 않았던가. 밀려난 뒤 에도의 저택에서 화려한 정원을 꾸미며 죽을 날만 기다리고 있는 것이 아니었단 말인가.

"퇴물 야나기사와라…… 야심꾼 요시무네와 한패라도 된 건가?"

"조선의 왕자가 야나기사와님의 부하였던 자들의 도움으로 대마도를 탈출해 에도로 왔습니다. 요시무네님을 만나기 위해서겠지요."

"으흠, 적의 적은 벗이 될 수 있다는 말이구먼. 그래서 감히 쇼군이 계신 이곳에 조선의 쥐새끼들이 염탐하러 들어왔다, 이거지."

마나베는 철저하게 폐쇄된 일본, 그것도 에도에서 오니와반슈의 눈을 피해 조선의 첩자가 들어왔다는 사실을 믿을 수 없었다.

"그렇지만 걱정하지 마십시오. 방금 전에 그자들이 숨은 곳을 알아냈다는 보고를 받았습니다. 뛰어야 벼룩이지요."

요시무라는 자신만만하게 자신의 계획을 설명하자 마나베의 얼굴이 갑자기 환해졌다.


연잉군은 나흘 동안 여관을 한 발자국도 나가지 않고 방안에 틀어박혔다. 때는 경치좋은 가을이라 연잉군의 성격상 나들이하겠다고 설칠 만도 한데 여관 하인이 구해 온 책을 읽는 데만 몰두했다.

그 책이라는 게 도요토미 히데요시를 미화하고 임진왜란을 정당화한 오제 호안의 '다이코기(太閤記)' 하야시 라잔의 '도요토미 히데요시보(豊臣秀吉譜)' 호리 교안의 '조선정벌기(朝鮮征伐記)' 같은 책들이었다.

"나으리, 왜 꼼짝도 하지 않습니까?"

"요즘 이 책들이 에도에서 많이 팔린다오. 그러니 안 읽을 수 있나."

하고는 다시 책에 얼굴을 파묻고 읽었다.

박문수도 그 책을 한번 훑어보았지만, 이웃 나라를 침략하고도 전혀 반성하는 기미가 없는 내용이었다. 일본인들은 임진왜란을 조선정벌이나 분로쿠게이초노에키(文祿慶長の役)이라고 부르며 침략전쟁이라는 말은 쏙 빼고 있었다.

"이런 망할 놈들!"

연잉군의 말에 의하면 임진왜란 당시 일본의 진짜 목표는 대륙의 명나라였고 조선은 징검다리쯤으로 여겼다는 것이다.

"그럼, 울릉도와 독도를 점령한 것은 조선을 침략하기 위한 전조란 말입니까?"

문수가 입이 한발이나 나와 물으니 연잉군이 고개를 끄덕인다.

"아마, 일본인에게는 그런 모양이요. 그때도 명을 치러 갈 테니 길을 비켜달라고 하더니만."

"젠장!"

문수는 보고 있던 책을 바닥에 내동댕이쳤다.

"박 비장, 책을 그리 취급하면 되겠소? 쯧쯧."

연잉군이 혀를 차며 책을 집어 제자리로 돌려놓고 다시 읽기 시작했다.

이렇게 또 하루가 지나갔는데 다음 날 또 한 권의 책을 여관 하인이 들이밀었다. 박문수는 초조했다. 빨리 요시무네와 만나 두 개의 섬을 되찾는 공작을 펼쳐야 하는데 연잉군은 태평스럽게 꼼짝하고 있지 않으니 말이다.

"나으리!"

문수가 큰 소리로 부르자 벌렁 누워 책을 읽던 연잉군이 고개를 돌리며 말했다.

"왜 부르는가? 박 비장."

"방구들 아니 다다미 등지고 있을 시간이 없습니다. 어서 움직이셔야지요."

"접선날짜가 확정되었소. 내일이요."

연잉군이 아무렇지도 않게 말하자 문수는 농담으로 알아들었다.

"나으리! 지금 농담을 하실 때입니까?"

"아니요, 하도 박 비장이 보채니 말해 주는 것이오."

"어떻게 그걸 아셨습니까? 누구와 접선했습니까?"

여관에 들어온 뒤로 아무도 찾아온 적이 없었다. 의아해서 묻는 박문수에게 연잉군이 보고 있던 책을 펼쳐 보였다. 귀퉁이에 숫자가 쓰여있고 그 옆에 작게 매 한 마리가 그려져 있었다.

"책에 접선 장소와 날짜가 있었소. 기무라가 오늘 에도로 들어왔다 하오."

발소리가 들리는 것 같자 연잉군은 재빨리 일본어로 날씨 이야기를 하며 화제를 바꿨다. 문을 열고 들어온 사람은 여관 주인이었다.

"저, 나으리들. 떠돌이 예인들이 여관에 들었는데 놀아 보시겠습니까?"

"됐소."

문수가 손을 들어 거절했지만, 연잉군이 막았다.

"그렇지 않아도 방안에 혼자 있기가 심심했는데 들어오라고 하시오."

그의 말에 여관 주인이 두 명의 여자를 방안으로 들여보냈다. 곱게 차린 예인들은 사미센(三味線)을 들고 공손하게 인사하고는 연주를 시작했다. 예인들의 얼굴을 뚫어지게 바라보던 연잉군은 흥에 겨운지 연신 가락에 맞춰 손을 놀렸다. 그러다가 부채를 집어 들고 일어나 춤을 추면서 노래를 부르기 시작했다.

우리네 인생은 겨우 오십

풀잎의 이슬처럼 허무하여라.

작은 몸 하나가 세상을 떠돌기에는

너무 큰 이 세상

장사꾼의 발길은

무겁기만 하구나.

박문수는 나중에 알았지만, 나가사키 상인들이 먼 길을 떠나면서 부르는 노래라고 했다.

"하토야마, 자네도 같이 추게나."

연잉군이 팔을 잡아끌었지만 일본 춤은커녕 조선 춤도 모르는 문수가 같이할 수는 없었다.

"허, 의원출신이라 영 풍류를 모르는군. 그만두게!"

이렇게 말하고는 두 손을 요리조리 흔들며 흥겹게 춤을 추었다. 한 시각 정도 시간이 지나서야 예인들이 연주를 끝냈다. 그러자 주인이 들어오고 연잉군이 만족한 표정을 지으며 금화 한 개를 꺼내 주었다. 주인이 받아들고 놀란다.

"나으리, 너무 지나친 것이 아닙니까? 은화 하나면 됩니다."

"아니요. 아주 즐거운 시간이었소. 화장품을 만드는 장인 놈이 아직도 도착을 안 해 울화가 치솟고 있는데 예인들이 다 풀어주었으니 이 돈을 받을만하오."

금화를 받아든 주인이 예인들에게 꾸벅 절을 시키고는 밖으로 나갔다.

"나으리, 은화 하나면 되는 걸 가지고 금화라니요. 이러다가 여관비도 내지 못하겠습니다."

문수가 툴툴거리자 연잉군이 조용히 하라고 신호를 보내고는 방문 밖에 귀를 바짝 들이대었다. 그러다가 발소리가 멀어지자 나직하게 말했다.

"박 비장, 아무래도 여관주인이 눈치를 챈 것 같소."

"네에?"

"아까 보지 않았소? 금화 일료를 받고도 별로 기뻐하는 기색이 아니었소. 그건 우리를 떠보기 위해 예인들을 들여보낸 것이오."

"너무 큰 액수라 놀란 것이 아닐까요?"

"나가면서 낭패해 하는 표정은 보지 못했소? 우리의 빈틈을 찾지 못해 낙담한 거요."

문수는 등골이 오싹했다. 연잉군이 조선말로 마구 떠들 때마다 가슴 졸이며 밖의 동정을 살폈던 그는 당장 오니와반슈의 첩자들이 들이닥칠 것 같았기 때문이다.

"하하, 박 비장. 겁먹지 말구려. 그들이 내놓은 시험에 무사히 통과하지 않았소이까. 마음 놓고 술이나 한잔합시다."

연잉군은 밖으로 나가 주인을 찾았다. 예인들과 뭐라고 쑥덕거리던 주인이 황급히 그들을 내 보내고는 얼굴 가득히 아첨을 떠우며 두 손을 비비고 분부를 기다리고 있었다.

"주인장. 이곳에서 제일 좋은 사케를 몇 병만 사다 주시오."

연잉군이 건네주는 돈을 받은 주인이 부리나케 밖으로 나가는 것을 보고 문수의 귀에다 속삭였다.

"아마 밖에서 그자들을 만날 거요."

"그 자들이라니요?"

"대마도에서 나가사키를 거쳐 온 장사꾼들에 대해 알고 싶어하는 오니와반슈의 첩자 말이요. 술맛 나는 밤이요. 안 그렇소. 하하."

연잉군은 이렇게 태연히 말했지만, 박문수에게는 가슴 철렁한 밤이었다. 방으로 들어오는데 여관이 갑자기 크게 흔들렸다. 그 바람에 문수는 다다미 위로 나동그라졌다.

여관이 몸서리를 치듯이 진동을 하고 밖에서는 갑작스러운 지진에 놀란 종업원들과 손님들이 외치는 소리가 들려왔다. 바짝 엎드린 연잉군이 문수에게 속삭인다.

"박 비장, 마음 편히 술 먹긴 어려운 밤인 것 같소."

책상이 엎어지고 책이 다다미 위를 구르고 나서야 지진은 끝났다.

여관의 건너편에 찻집이 있었다. 다실 옆에 작은 창고가 있는데 틈새로 이시하라가 여관방을 지켜보고 있었다. 그 옆에 서 있던 요시무라가 목을 삐죽 내밀며 졸랐다.

"나도 좀 보자."

요시무라는 두 사람이 뒷골목 여관에 숨어 있을 줄 알고 샅샅이 뒤졌는데 최고급 여관에 머물 줄 미처 몰랐다. 다행히도 여관주인이 방안에만 죽치고 있는 상인들을 수상히 여긴데다 연잉군이 조선말을 하는 것을 엿듣고 신고를 해왔다. 이시하라가 눈을 떼며 툴툴거렸다.

"볼 것도 없네. 저놈들은 조선의 첩자야."

"저자들의 정체도 알 수 있나?"

"알다마다. 변장했지만 한 명은 연잉군이고 또 다른 자는 오키섬에 놓친 비장 놈이 틀림없네. 그 곳에서는 하토야마 의원이라고 불렀지."

"용하게 빠져나왔군. 그럼 여기서 잡을까?"

요시무라는 속셈이 따로 있지만 이시하라를 떠보려고 짐짓 빼본다.

"아니지. 저 두 놈을 잡는 것도 중요하지만 자네 말대로 요시무네공과 만나고 있을 때 잡아야 진짜 공을 세우는 것이 되네. 우리는 여기서 요시무네공이 오기만 기다리자구."

이시하라의 말에 요시무라도 고개를 끄덕였다. 조선의 왕자가 한 뼘짜리 붕어면 요시무네는 석 자짜리 잉어다. 이때 여관 주인이 황급히 들어와서 소리쳤다.

"나으리, 저 두 놈이 여관을 떠나겠다고 짐을 꾸리고 있습니다."

"뭐야?"

주인의 말에 두 사람은 놀랐다. 이렇게 서두를 줄은 몰랐기 때문이다. 이시하라는 자신의 예상이 빗나가자 당황했다. 그동안의 도망치는 솜씨로 보아 미행을 해서 요시무네와 만나는 것을 잡는다는 것은 다 틀린 일이다.

"도주하기 전에 체포하는 것이 어떨까?"

"그럴 수는 없네. 미카와 행렬이 곧 지나가지 않는가. 행렬을 시끄럽게 할 수는 없네. 행렬이 지난 뒤에 잡도록 하세."

두 사람이 낭패해 하자 여관 주인이 영문을 모르겠다는 표정을 지으며 묻는다.

"미카와 다이묘가 산킨코다이를 하러 옵니까?"

"그렇다네. 자넨 가서 놈들이 더 머물러 있도록 시간을 끌어 보게."

이시하라는 찻집에 모여서 대기하고 있는 부하들로 하여금 여관을 완전포위하도록 명령했다. 짐을 다 꾸린 연잉군과 박문수 앞에 여관 주인이 눈을 굴리면서 나타났다.

"나으리들, 떠나시는 겁니까?"

"그렇소. 그동안 신세를 많이 졌소. 그럼."

연잉군이 짐을 들려고 하자 여관주인이 간사한 웃음을 흘리면서 말했다.

"나으리들, 조금 있으면 점심시간입니다. 갓 잡은 도미를 들여왔는데 구워 올리겠습니다."

"아니요. 점심은 구운 주먹밥으로 대신하겠소."

"아닙니다. 그동안 여관비도 선불해 주시고 예인들에게 후하게 금화까지 주셨지 않았습니까. 제 성의이니 드시고 가십시오."

연잉군이 박문수를 흘끗 바라보며 결정하라는 듯 신호를 보냈다.

"아닙니다. 주인의 성의는 고맙지만, 바빠 갈 곳이 있어서 그럽니다."

그러자 여관 주인이 밖을 내다보며 말했다.

"곧 미카와 다이묘 행렬이 지나간다고 했습니다. 지금 나가면 검문에 걸려서 곤란하실 테니 행렬이 지날 때까지 계시는 것이 좋을 것입니다."

연잉군이 밖을 내다보니 요리끼와 도신들이 부하들과 함께 행인들을 통제하는 것이 보였다.

"할 수 없군. 주인장의 성의를 받아들이는 수밖에."

연잉군이 자리에 앉자 여관 주인은 아래층으로 내려갔다.

"나으리, 저자의 행동이 수상하지 않습니까?"

"음. 그리고 건너편의 찻집도 수상하네. 아무래도 놈들이 눈치를 챈 것 같아."

그 말에 박문수의 얼굴이 사색이 되었다.

"나으리, 그러면 어서 줄행랑을 놔야 하는 게 아닙니까?"

"아니지. 우선 도미 맛이나 보도록 합시다."

그물에 걸린 도미 꼴이 되었는데도 연잉군은 태연하기만 했다. 아래층에서 올라오는 도미 굽는 냄새를 맡으며 두 사람은 탈출 계획을 짜기 시작했다.


잠시 후 요란한 북소리와 함께 멀리서 미카와 다이묘 행렬이 오는 것이 보였다. 행인들은 다이묘의 행렬을 대한다는 것이 껄끄러운 일이었지만 어쩔 수 없었다. 그냥 제자리에서 납작 엎드려 행차가 지나가기만 기다렸다. 맨 앞에 말을 탄 관리가 잔뜩 뽐내며 지날 때였다.

펑

바닥에 떨어진 폭탄 소리에 놀란 말이 앞다리를 번쩍 드는 바람에 관리가 말에서 굴러떨어졌다. 뒤이어 두 개의 연막탄이 연달아 터지자 뿌연 연기로 해서 앞이 보이지 않게 되었다.

책 속에 감춰두었던 연막탄을 이 층 창문을 통해 던졌던 연잉군과 박문수는 늘어뜨린 밧줄을 통해 밑으로 내려갔다. 여관을 포위했던 이시하라의 부하들이 일제히 칼을 뽑아들고 달려들었지만 자욱한 연기 때문에 앞을 분간할 수 없었다.

"어이쿠! 어이쿠! 이놈들아, 이게 무슨 짓이냐? 영주님의 행차이시……"

조금 전까지 잔뜩 위엄을 부리다가 말에 떨어져 체면을 구긴 관리가 고래고래 소리를 질렀다. 그 바람에 오니와반슈의 첩자들은 주춤할 수밖에 없었다.

이시하라는 첩자들에게 뒤로 물러나서 포위하라고 지시했지만, 다이묘 행렬과 행인들이 뒤엉켜 누가 누군지 알아볼 수 없었다.

"박 비장! 이리로 오시오."

연잉군이 먼저 연막을 헤치고 밖으로 나가는데 이시하라의 부하가 뒤따르는 문수의 목을 재빨리 우치코미로 걸어 잡아당겼다. 우치코미

는 길이가 4미터 정도 되는 떡갈나무로 만든 봉에 둥근 철제 고리가 부착된 것인데 목에 씌운 뒤 넘어뜨리는 포획도구였다. 불의의 기습을 당했지만, 문수는 뒤로 넘어지지 않기 위해 고리를 꽉 잡고 버티고 있었다.

"잡았다! 어서……"

이시하라가 그 모습을 보고 외치는데 우치코미를 잡아당긴 첩자가 픽하고 쓰러졌다. 뒤이어 복면을 한 두 명의 사내가 칼을 휘둘러 오니와반슈의 첩자들을 쓰러뜨렸다. 여기저기서 비명이 터져 나왔다.

"어서, 어서 피하시오. 왕자님!"

연잉군과 박문수는 이들이 가로막은 덕분에 꽁무니가 빠져라, 도망칠 수 있었다. 두 사람은 골목으로 들어가 나무를 쌓아놓은 곳의 뒤에 숨어 가쁜 숨을 고르고 있었다.

"나으리, 저자들은 누구입니까? 요시무네공의 부하들입니까?"

"그렇소. 내가 그 여관에 든 것은 기무라가 정해준 것이오. 여관을 샅샅이 뒤질 것이고 민가도 안심할 수 없다고 했소. 하지만 최고급 여관은 누구도 의심하지 않는다 했소."

"그런데 어떻게 알고 놈들이 습격했습니까? 나으리께서 조선말을 했기 때문 아닙니까."

문수는 벌겋게 부은 목을 어루만지면 투덜거렸다. 연잉군이 계면쩍게 대꾸했다.

"아마 그런가 보오. 그 여관의 하인이 요시무네공의 부하인 것을 믿고 약간 방심했던 것이오. 복면 쓴 사내 말이오."

문수는 자신에게 비밀을 말해주지 않은 연잉군이 미워서 투덜거렸다.

"저만 바보가 되었군요. 지금 기무라는 어디에 있습니까?"

"정토사라는 절에 있다고 하오."

"그럼 거기서 요시무네공을 만나는 겁니까?"

"아니지. 그분을 만날 곳은 따로 있다고 했소."

속이 부글부글 끓던 문수가 성난 목소리로 소리쳤다.

"제게 또 숨길 생각이십니까?"

"아, 아니요. 그건 말해 주지 않았소. 정말이요."

문수가 또 소리를 지르려고 하는데 골목으로 남자가 들어오는 것을 보고는 입을 다물었다.

그가 자기 집으로 들어가는 것을 보고는 두 사람이 골목길에서 빠져나왔다.

"박 비장, 정토사로 가기 전에 찾아갈 곳이 있소."

"어디요?"

화가 아직 안 풀린 문수에게 연잉군이 속삭였다.

"마나베 아키후사의 집. 우리의 땅을 빼앗은 막부의 원흉이 사는 곳이요."

문수는 그의 말이 처음에는 농담인 줄 알았는데 팔을 붙잡고는 품속에서 지도를 꺼냈다. 거기에 몇 군데 빨간 표시가 되어 있었다.

"이 근처에 그자의 집이 있소."

"나으리, 설마 호랑이굴로 들어가시려는 것은 아니겠지요?"

"맞소. 호랑이를 잡으려면 굴로 들어가야 하지 않겠소?"

"안 됩니다. 위험합니다."

문수가 앞을 가로막자 그가 피식 웃으며 말했다.

"박 비장, 오키섬에 들어갈 때 어떤 마음이었소?"

"저와 경우가 다르지 않습니까? 나으리는 왕자님이십니다."

"나라를 위하는 마음은 다 같은 것이요."

연잉군은 문수를 밀치고 성큼성큼 앞서 나갔다. 그 뒤를 난감한 표정으로 바라보던 문수도 급히 뒤를 따랐다. 연잉군이 시치미를 뗀 것에 화가 났지만 어쩔 수 없지 않은가.

연잉군과 박문수가 추적자들을 피해 골목길을 돌아가니 마나베 아키후사의 웅장한 저택이 보였다.

"나으리, 마나베를 만나서 무엇을 말씀하려고 합니까?"

"울릉도와 독도를 점령한 것을 따지고 즉시 철수하라고 해야지."

"그자가 말을 듣겠습니까?"

"듣도록 해야지."

마나베 아키후사의 집 대문이 보이는 곳에서 멈춘 연잉군은 고개를 빼죽 내밀고 이리저리 살폈다. 막부의 실세답게 대문에는 두 명의 사무라이가 엄중히 지키고 있었다. 순찰하는 사무라이도 보였다.

"나으리, 집안으로 들어가기가 쉽지 않겠습니다."

"아니요. 내가 길을 알고 있소."

연잉군은 마나베의 저택 뒤 골목길로 들어갔다. 박문수를 엎드리게 하고는 높은 담장 위로 올라갔다. 그리고는 손을 내밀어 문수를 잡아당기고 담장 위로 올리는데 발소리가 들렸다.

"나으리, 순찰입니다!"

두 사람은 재빨리 집안 바닥으로 뛰어내렸다. 그곳은 풀밭이라 떨어지는 소리가 들리지 않았다. 연잉군은 마치 이 집에 살았던 사람처럼 쉽게 정원을 지나 어떤 건물로 쑥 들어갔다.

"박 비장, 이제 소바요닌이 퇴근할 때까지 여기서 기다리도록 합시다."

밤이 되기를 기다리는 두 사람은 간간이 판자의 틈 사이로 밖의 동정을 살폈다. 사람이 오가는 기척이 없자 박문수는 안도하며 말했다.

"나으리, 이곳이 무엇하는 곳입니까?"

"야시키가미를 모신 사당이오."

야시키가미(屋敷神)은 우리나라로 치면 집안을 지키는 수호신이다. 일반인들은 방안에 장소를 마련해 신불을 모시지만 마나베 아키후사 같은 세력가는 마당에 사당을 지었다. 숨기에 적합한 곳이긴 하지만 박문수는 걱정되었다.

"정말 마나베를 만날 수 있을까요? 경비가 엄할 텐데."

"대마도에서 허탕을 친 후에 요시무네공을 만나는 것은 쉬운 일이 아닐 것으로 생각했소. 엄중하게 감시하고 있을 테니…… 그 사람을 만나지 못할 것이라면 침공의 원흉인 소바요닌과 담판을 지려고 진작 마음먹었던 것이오."

저벅저벅

발소리가 나자 두 사람은 대화를 중단했다. 발소리를 들어보니 서

너 명쯤 되는 남자들이 가까이 다가오는 것이었다. 숨을 죽이며 있는데 남자들은 사당을 지나 밑으로 내려가는 듯했다. 잠시 후 문틈으로 밖을 내다보니 다정(茶亭)앞에 세 명의 인부들이 동백 꽃나무를 심고 있었고 칼을 찬 사무라이가 감독하고 있는 것이 보였다. 동백꽃을 심은 뒤 돌아가면서 이들이 주고받는 말을 들으니 내일 오전 정원에서 마나베 아키후사가 가까운 사람들과 함께 다회를 연다는 것을 알게 되었다. 그들의 발길이 멀어지자 비로소 연잉군이 입을 떼었다.

"박 비장, 하늘이 우리를 돕는 것 같소. 위험을 감수하며 마나베의 침소로 가지 않아도 되겠소."

"다행이긴 합니다만 그때까지 여기 있어야 한다는 말입니까?"

"물론이요."

연잉군의 말이 끝나기도 전에 박문수의 배에서 꼬르륵하는 소리가 울렸다.

"하하. 배가 고팠던 모양이구려."

연잉군은 허리춤에서 작은 보따리를 꺼내더니 주먹밥 두 개를 꺼냈다. 그것을 보자 문수는 빼앗다시피해서 입에 넣고 우물거렸다.

"내일 아침까지는 먹을 주먹밥이 있소. 그러니 느긋하게 먹고 기다립시다."

두 사람은 주먹밥을 먹어 치우고는 자리를 잡고 누웠다. 자칫하면 죽을지 모르는 위험한 곳으로 들어왔다는 것을 잠시 잊은 듯 이 얘기 저 얘기 나누다가 일찍 잠이 들었다.

쏴

비가 쏟아지는 소리에 두 사람은 잠을 깼는데 연잉군이 투덜거린다.

"이런, 이런. 다 틀렸소."

"틀리다니요? 무엇 말입니까?"

"이렇게 비가 오는데 어떻게 정원에서 다회를 열 수 있다는 말이요?"

연잉군은 어둠 속에서 신경질적으로 몇 번 중얼거리다가 자리에서 벌떡 일어났다.

"박 비장, 소바요닌을 만나러 갑시다."

"이 밤중에요?"

"내일 다회가 열리지 못할 것이라면 이 비가 우리에게는 오히려 행운일 수 있소. 갑시다."

연잉군은 망설이는 박문수를 재촉하며 몸에 숨겨둔 단도를 빼어 들고 사당 밖으로 나갔다.

우르르 쾅

요란한 천둥소리와 함께 비가 폭포수처럼 쏟아져 앞이 잘 보이지 않을 정도였다. 연잉군은 불이 켜진 방 여러 곳을 둘러보다가 한 지점을 향해 달려갔다. 물론 박문수도 그 뒤를 따랐다.

번쩍

번갯불이 어둠 속을 달려가는 두 사람을 잠깐 비추고는 사라졌다.

**10**

# 일본의 두 거물

마나베 아키후사는 번갯불로 방안이 환해지면서 뒤이어 울리는 천둥소리에 창문을 바라보았다. 내일 아침에 있을 다회는 다 틀렸다고 생각하고 차라도 한 잔 마시려고 설렁줄을 잡아당겼다. 그리고는 낮에 있었던 일을 곰곰 생각해 본다.

'교토의 움직임이 수상하다?'

몰래 교토로 보낸 최측근의 보고에 의하면 천황과 주위 사람들의 동태가 수상하다는 것이다. 현 천황의 할아버지인 레이겐 법황도 황궁에 자주 출입한다고 했다. 그러나 교토의 교토쇼시다이는 물론이고 이들을 감시하라고 보낸 이시하라의 사촌도 그런 보고는 하지 않았다. 도자마(外様) 다이묘들이 모여 있는 사이코쿠(西國)에 대해서는 시시콜콜한 것까지 보고했으면서도 교토의 황실에 대해서는 특별한 말이 없다.

'뭔가 있어.'

세키가하라 전투 후에 도쿠가와 가문에 복종하게 된 도자마 다이묘들은 세세히 감시하면서 황실 움직임에 대한 부실한 보고는 방심인가 음모인가. 막부에 불온한 도자마 다이묘들의 동태보고도 자세히 보면 알맹이가 없는 껍질뿐이다. 사쓰마 번주가 유부녀를 건드리고 그 남편을 처형했다는 것이 보고문 석 장을 차지할 정도로 호들갑 떨 일인가.

'내일 요시무라를 불러야겠군.'

그는 이시하라에 대한 믿음을 잃었다. 번번이 작전이 실패하고 에도로 연잉군이 잠입하게 한 무능도 그렇지만 모모타로를 싸고도는 것에 대해 강한 의문을 품었다. 형제같이 친했던 요시무라와도 사이가 벌어진 것 같았다.

'이 녀석은 왜 안 오는 건가?'

다시 한번 설렁줄을 잡아당기려는데 방문이 열렸다. 고개를 들어보니 시퍼런 단도가 그의 목을 겨누고 한 사내가 마나베 아키후사의 머리에 놓인 칼을 얼른 낚아챘다.

"마나베님. 시동은 오지 않을 겁니다."

단도를 거둔 연잉군이 나직하게 말했다. 마나베는 애써 체통을 지키며 물었다.

"누가 보낸 것이냐? 요시무네냐, 야나기사와인가?"

그는 비를 흠뻑 맞은 두 명의 사내가 요시무네 쪽에서 보낸 자객이라고 어림짐작했다.

"나는 조선에서 온 왕자요."

연잉군의 말에 마나베는 혼란스러웠다. 어떻게 막부의 실세인 자기 집에 조선 첩자가 들어올 수 있다는 말인가. 집 주위는 물론이고 집안 곳곳에 사무라이들이 지키고 있지 않은가. 또 이들이 머문 여관을 요시무라가 감시하고 있다 하지 않았던가.

우르르 쾅

천둥소리가 요란했다.

"마나베님, 그렇게 귀신 보듯 하지 마시오. 엄중한 경계를 뚫고 들어온 것은 하늘이 그리 시킨 것이오."

"나를 죽이러 온 것인가?"

마나베의 목소리가 약간 떨렸다. 두려움과 체념이 섞였지만 애써 의연해 보이려고 하는 것이다.

"죽이려 했으면 벌써 당신 목은 바닥에 굴렀을 거요. 내가 마나베 님을 만나러 온 것은 노론의 연판장 때문이오."

그 말에 마나베는 움찔했다. 그걸 아는 것을 보니 두 사람은 분명 조선인이다.

"연판장? 그건 금고 안에 있소. 하찮은 것으로 목숨을 버리긴 싫으니 찾아가시오."

박문수가 조심스럽게 마나베의 머리맡에 있는 금고를 열어 연판장을 찾기 시작했다. 연잉군이 다시 칼을 겨누며 말했다.

"또 하나. 해적들을 시켜 점령한 우리 땅과 바다를 돌려달라는 것이오."

"죽도와 송도 말인가?"

"아니. 그건 당신들이 멋대로 붙인 이름이고 본래 이름은 울릉도와 독도요."

자기 먹을 따러 온 것이 아니라는 것을 알게 되자 마나베는 배짱이 생겼다.

"그 섬은 본래 우리 일본의 것이오."

"일본의 것이라고?"

"그렇소. 이십 년 전 안용복이라는 자의 농간에 넘어가 빼앗긴 섬을 이제 원래대로 회복시킨 것이오. 그리고 죽도와 송도를 점령한 것은 해적이지 우리 수군들이 아니오. 우린 아무 관계 없소."

마나베는 시치미를 뗐다. 뒤에서 조종한 것은 자신이지만 지금 섬을 점령하고 있는 것은 해적들이 분명하기 때문이다. 연잉군이 어이가 없어 헛웃음을 쳤다.

"마나베 아키후사! 일본인들이 겉과 속이 다르다는 것은 잘 알고 있지만 이렇게 시치미를 뗄 수 있다는 말이요? 하늘이 노하겠소."

"죽도와 송도는 우리 섬이 분명하오. 죽도, 조선에서는 울릉도라고 부르는 섬이 예전에 조선 땅이었다 해도 지금은 사람들을 살지 못하게 하니 버린 섬이 아니오? 우리 어부가 들어가 살든, 수군에 쫓기는 해적이 살든 간에 섬을 버린 조선이 무슨 권리가 있다는 말이요?"

연잉군이 어이가 없어 마나베 아키후사를 우두커니 바라보는데 창문에 번쩍하고 번갯불이 비치더니 천둥이 요란하게 소리를 쳤다.

우르르 쾅

"마나베님은 하늘이 두렵지 않소?"

"하늘?"

"그렇소이다. 우리 조선은 무도한 짓을 하면 하늘이 노한다고 말하오. 우리 조상은 중국에서 받아들인 문물을 잘 삭혀서 일본에 전해주었소. 그런데 수백 년이 지난 오늘에는 은혜를 원수로 갚는 일이 빈번하니 부끄러움을 모른다는 말이오?"

연잉군의 질타에 마나베는 잠시 할 말을 잃었지만, 곧 반격에 나섰다. 그때 문수가 문서를 뒤적이다가 연판장을 발견했다. 마나베가 곁눈질로 훔쳐보고 입을 연다.

"왕자께서는 고려와 원나라가 연합해서 우리 땅을 침범했던 역사를 아시오?"

"알고 있소."

"그때 고려는 원의 앞잡이가 되어 우리 땅을 침범했지만, 하늘이 가미카제를 보내 격퇴할 수 있었소."

"그건 원나라에게 복속되었기에 어쩔 수 없이 한 일이오. 우리는 몇천 년을 이어왔지만 한 번도 남의 나라를 침범한 적이 없는, 평화를 사랑하는 민족이오."

마나베가 비웃는 표정으로 대꾸했다.

"힘이 없어서 침범하지 못한 것이 아닐까요? 약자와 패자는 늘 그렇게 말하지요. 싸움을 싫어한다고, 평화를 사랑한다고."

마나베의 뻔뻔스런 말에 두 사람은 어이가 없었다. 박문수가 왈칵 분노가 치밀어 칼을 치켜들자 연잉군이 눈짓으로 말렸다.

"마나베님은 조선과 일본이 무엇이 다른지 아오?"

"……"

"조선은 옳고 그름, 시시비비를 가려 힘든 길이라 해도 옳은 길을 가고자 하오. 반면에 일본은 이해득실을 따져 이익되는 길을 가오. 울릉도와 독도는 일본 해적들의 침범으로 백성이 죽거나 끌려가기에 잠시 비워둔 것이오. 당신네 일본인 강도가 침입해 잠시 이웃집으로 피신했다고 해서 그 집이 강도의 집이 될 수 있다는 말이오? 당신도 일본을 움직이는 지위에 있으니 잘 알 거요. 옳은 길은 영원한 길이요, 이익을 따지는 길은 잠시 좋을지 모르나 그 앞길은 낭떠러지일 수 있소. 그러니 평화롭게 같이 사는 길을 택하도록 하시오."

연잉군의 말에 마나베는 속으로는 옳은 말이라고 동의했으나 겉으로는 오기를 부린다.

"조선은 시시비비를 따지다가 손해 보는 일이 많지 않았소? 망해 가는 명나라를 도와 청국의 말발굽 아래에 항복한 일은 어찌 된 것이요? 우리 일본은 그렇게 어리석은 짓은 하지 않소. 그건 바보나 하는 짓이지."

이렇게 억지를 쓰자 연판장을 찾아낸 박문수가 한 걸음 앞으로 나서며 버럭 소리를 질렀다.

"죽음이 두렵지 않소? 지금 당신은 우리 칼 아래에 있소!"

목숨이 경각에 달린 마나베의 표정은 바뀌지 않았다. 다만 손이 보이지 않게 떨렸을 뿐이다.

"죽음이 두려운데도 태연함을 가장하는 걸 보면 마나베님은 타고 난 배우임이 분명하오."

연잉군의 말에 마나베가 움칫하다가 억지웃음을 지어 보였다.

"물론이지요. 삼두매님!"

문수는 마나베의 입에서 삼두매라는 말이 나오자 놀라서 입을 딱 벌렸다.

"삼두매라는 새는 부패한 관리를 보면 사정없이 쪼고 하늘에 보고한다고 하지요? 조선에 잠입한 첩자들의 보고에 의하면 왕자 연잉군은 삼두매 도둑이 틀림없다고 하오."

그 말에 연잉군이 소리 죽여 웃었다. 흐흐흐

"그런가요? 그러면 마나베님이 삼두매를 함정에 빠뜨리려는 걸 눈치채고 있다는 것도 아시나요?"

그 말에 마나베의 눈꼬리가 위로 올라가고 박문수의 얼굴이 하얗게 질렸다.

"박 비장, 지금 그 자리에서 한 발만 뒤로 하시오."

그의 말에 문수는 얼른 뒷걸음질을 쳤다. 연잉군이 벼루를 집어 마나베가 앉아있는 쪽의 벽에 붙은 장식에다 냅다 던졌다. 장식을 벼루가 치자 크르릉 소리와 함께 문수가 서 있던 다다미가 털썩 밑으로 떨어졌다. 그곳은 함정이었다. 연잉군을 자극해 가까이 다가오면 함정에 빠뜨리려고 했던 것이다.

"마나베님, 내가 당신을 죽일 수 있음에도 그냥 돌아가는 것은 첫째는 가치 없는 살생은 하지 않으려는 것이고 둘째는 전쟁 없이 두 개의 섬을 돌려주기를 부탁하는 마음에서 그런 것이오. 가겠소."

연잉군이 문수의 손에 들려있는 마나베의 칼을 넘겨받고는 방문 쪽을 노려보았다.

"박 비장, 지금 밖에 세 명이 있소. 마당에 몇 명이 더 있을지 모르지. 바짝 뒤를 따르시오."

이렇게 말하고는 훌쩍 뛰어 칼로 촛대를 쓰러뜨려 방을 어둡게 하고는 창문을 향해 돌진했다. 동시에 방안으로 뛰어들어온 마나베의 경호무사들은 함정 속으로 빠지고 말았다. 창문을 부수고 밖으로 나간 연잉군은 등불을 켜고 몰려드는 무사들에게 칼을 휘둘렀다.

비는 멈췄지만, 천둥 번개는 계속되는 가운데 연잉군은 칼을 교묘하게 놀려 기름종이로 만든 등을 쳐서 불을 껐다. 컴컴해서 앞이 보이지 않게 되자 연잉군은 문수가 떨어지지 않도록 하고 대문 쪽으로 도주했다.

대문 쪽에는 십여 개의 등을 든 하인들과 경비 무사들이 기다리고 있었다. 그 수가 서른 명이 넘어 보였는데 군데군데 총을 겨누고 있는 자들도 보였다. 박문수가 절망적으로 외쳤다.

"나으리! 어쩌지요?"

"모든 건 하늘에 맡겨야지."

연잉군은 혼자라면 거뜬히 빠져나갈 수 있지만, 박문수가 곁에 있으니 신경이 쓰였다. 잠시 망설이고 있는데 탕하는 총소리와 함께 총알이 연잉군을 스쳐 지나갔다.

연잉군이 얼른 박문수를 넘어뜨리는 순간 요란한 총소리가 연속으로 들려왔다. 탕탕 그 소리와 함께 칼과 창을 든 무사들이 뛰어오는 것이 보였다. 연잉군이 벌떡 일어나면서 연막탄을 던졌다. 쾅하는 소리와 함께 앞이 보이지 않자 박문수의 손을 잡아끌고 적들 사이로 뛰어들었다. 칼과 칼이 부딪치는 소리, 같은 편의 칼을 맞고 비명을 지르는 소리를 들으며 이들은 마나베 아키후사의 집 밖으로 뛰쳐나왔다.

골목길을 달리다가 박문수는 앞을 가로막는 무사 때문에 연잉군을 놓치고 말았다. 박문수가 칼을 들고 달려드는 무사를 피해 냅다 뛰었다. 쿵쿵쿵

한참을 뛰다 보니 뒤쫓는 사람들은 없었지만, 연잉군이 보이지 않자 박문수는 당황했다. 등을 들고 밤길을 가는 무리를 보자 그도 행렬에 슬쩍 끼었다. 소바요넌의 집에 괴한이 든 것이 아직 알려지지 않은 모양이었다. 앞에 가는 남녀가 서로 이야기를 나누고 있었다.

"다행이에요. 비가 쏟아져서 걱정했는데."

"그러게 말이야. 오랜만에 큰스님 법회를 들으려는데 비가 쏟아졌으니 말이야."

그가 이들 남녀의 말을 엿들어보니 이들은 본원사라는 절의 신도들로 법력이 높은 스님을 청해다가 새벽 법문과 불공을 들으러 가는 길이었다. 이들은 서로 이야기를 나누다가 박문수를 보고는 묻는다.

"처음 보는 얼굴인데, 누구신지?"

남자의 물음에 문수가 태연하게 답한다.

"이번에 새로 신도가 된 하토야마라고 합니다. 직업은 의원입니다."

"아, 그렇습니까? 큰스님은 생불이라 법문을 듣고 깨우치면 극락왕

생한다고 하니 복이 많으신 의원님이시군요."

두 남녀는 새로 신도가 된 문수에게 친절을 보이며 주위 사람에게도 소개했다.

본원사로 가는 길은 폭우로 해서 길이 엉망이었다. 손에 등불을 들고 앞장선 길잡이 몇 사람이 멈추는 바람에 행렬은 더 가지 못했다.

"무슨 일이야?"

신도들이 웅성거리고 있는데 앞에서 달려온 길잡이 말에 의하면 불온한 자를 색출하려는 것이라고 했다. 신도의 대표가 말하기를 검문하고 있는 도신(同心)과 안면이 있는 사이였지만 철저하게 조사를 해야 한다면서 신도들 한 명씩 붙잡고 캐물었다. 이러다가 큰스님의 법문 시간에 늦을 것이라고 항의했다. 그러자 도신은 요리끼가 복통으로 드러누워서도 검문을 지시하니 어쩔 수 없다고 했다. 포졸들이 한 사람씩 붙잡고 진짜 신도인가 확인하자 박문수는 가슴을 졸였다.

"요리끼인가 뭔가는 배가 아프면 의원을 찾아가지 뭐하고 드러누워서 까탈을 부린담."

불평하는 신도의 말에 귀가 번쩍한 박문수는 요리끼의 복통을 치료하겠다고 나섰다. 그러자 도신은 그를 데리고 가서 침을 놓게 하는 동안 신도들의 신분은 모두 확인되었고 드디어 문수의 차례가 되었다. 막 침을 놓으려는데 말단 포졸이 다가와서 물었다.

"이름이 무엇이지요?"

"하토야마 의원입니다."

"본원사의 신도가 맞습니까?"

문수가 그렇다고 하자 다른 신도들에게 확인하려는 순간 요리끼가 갑자기 죽는소리를 지르는 바람에 주위가 시끄러워졌다.

문수가 급히 침을 들고 몇 군데 혈을 놓자 요리끼는 겨우 안정을 취했다. 이런 사태가 발생하니 포졸의 확인절차도 어정쩡하게 끝이 났다. 신분을 확인하려 했을 때 재빨리 너부러진 요리끼의 허벅지에 침을 꽂아 비명을 지르게 했을 줄 미처 몰랐을 것이다.

이렇게 해서 일행은 검문을 마치고 본원사로 향했다. 박문수는 의원이 올 때까지 요리끼에게 구급침을 몇 군데 놔주고 일행의 뒤를 따르다가 본원사 입구까지 오자 그곳 스님에게서 정토사의 위치를 알아낸 다음 슬며시 빠져나왔다.

그 시간에 연잉군은 도박장으로 피신해 있었다. 뒤따라올 줄 알았던 박문수가 보이지 않자 되돌아갔다. 십여 명이 넘는 하급 사무라이인 아시가루(足輕)들과 마주치자 얼른 도박장 안으로 들어갔다. 도박장은 도박꾼들로 만원이었는데 아시가루들은 도박장을 지나 급히 달려갔다.

도박은 사발 안에 주사위를 넣고 홀짝을 맞추는 간단한 것으로 판에 끼어든 연잉군은 처음에는 판돈을 잃었다. 하지만 시간이 갈수록 끗발이 붙어서 이경이 되었을 때는 판돈보다 몇 배의 돈을 거머질 수 있었다. 돈을 갖고 나온 연잉군은 잠을 잘 곳을 찾았으나 여관은 망설였다. 오니와반슈의 첩자들이 샅샅이 뒤질 것을 알기 때문이다. 다시 들어가 주사위 도박을 계속하기로 했다. 피신도 피신이지만 끗발이 오르지 않았던가. 왕창 돈을 딸 기회를 놓칠 수는 없었던 것이다.

박문수는 밤새 순찰하는 관리들의 눈을 피해 정토사를 찾아 들어갔다. 아침이 되었는데 마당에 기무라가 서성거리는 것이 보였다.

"무영선사님!"

박문수가 부르는 소리에 고개를 번쩍 든 무영선사(無影禪師) 그러니까 스님으로 변장한 기무라가 박문수를 보고 기절할 듯이 놀랐다.

"박 비장님, 어떻게 거기에 있소?"

"지금 쫓기고 있소. 나를 도와주시오."

밖에서 발소리가 나자 문수는 얼른 기둥 뒤로 몸을 숨겼다. 주지가 어리둥절한 표정을 지으며 묻는다.

"스님, 누구와 말씀 중이셨습니까?"

"아뇨."

"그래요? 이제 나이가 먹으니까 귀가 어두워지나 봅니다. 나가시죠."

귀를 어루만져보던 주지가 앞서는 틈을 타서 무영선사는 손으로 신호해서 따르게 했다.

주지의 방을 나선 무영선사는 법단에 앉아 많은 신도 앞에서 설법을 시작했고 신도들 틈에 낀 박문수는 맨 뒤에 앉아 귀를 기울여 들었다. 내용은 맑고 고요한 마음을 가지기 위해서는 정욕을 경계하라는 것이었다. 그래서 수행승들은 여색을 멀리한다는 것이었다.

그날 밤. 법회가 끝나고 방으로 들어온 무명선사는 박문수와 마주하고 있었다.

"선사님, 진짜 감동했습니다. 수행이 깊으셨군요."

"하하, 박 비장님, 나를 놀리는 거요? 이게 다 부처님 말씀을 도적질하는 똘중 흉내지. 그간의 사정 좀 말해 보시오."

박문수는 여관에서 있었던 일과 마나베 아키후사의 집에 들어갔다 도주하고 있다는 사실을 모두 말했다. 무영선사가 고개를 끄덕인다.

"왕자님은 역시 배짱이 두둑한 분이요. 무사하실 겁니다. 우선은 내가 예전부터 알고 있던 의원으로 말해 놓을 테니 에도로 들어갈 계획을 세웁시다."

그날 밤. 박문수는 속옷을 벗어 법황의 편지에다 마나베에게서 빼앗은 연판장을 올려놓고 단단히 꿰맸다.

곧바로 잠이 든 문수가 아침에 일어나보니 무영선사가 보이지 않았다. 동자승이 세숫물이 든 대야를 들여보내고 아침 조반으로 죽을 가져왔다. 그로부터 한 시각 뒤에 무영선사가 들어왔는데 표정이 심각했다.

"소바요닌의 집에 자객이 들었다는 소문이 퍼졌고 곳곳에 검문소가 설치되어 검문한다 하오."

"신도 행렬에 끼어가면 되지 않겠소?"

"안 되오. 박 비장님이 같은 신도가 아니라는 것을 말하면 당장 체포될 거요. 나와 함께 하는 수밖에 없소. 여자에 대한 검문이 심하지 않다고 하니 여자로 변장해 봅시다. 오키섬에서 유리에게 배운 것을 써보시오. 내가 유카타와 변장 도구를 가져왔으니."

"여, 여자?"

박문수가 놀라 입을 딱 벌렸다. 하지만 어쩌겠는가. 지금 상황에서는 여자가 아니라 문둥이 행세라도 해야 할 판이다. 무영선사는 문수의 눈썹을 깎고 이빨에 검은 칠을 한 다음 가발을 씌우고 유카타를 입혔다.

"허, 가장 큰 옷을 가져왔는데도 맞지가 않네."

무영선사는 난감했지만 어쩔 수 없었다. 옷에다 몸을 맞춰야 한다. 문수가 키를 낮추는 동작을 여러 번 반복했는데 뚱보 여자가 입던 옷인지 헐렁했다.

"선사님, 제가 임산부처럼 하면 어떨까요?"

문수는 무영선사가 구해온 짚으로 배를 부풀렸다. 그 모습에 가짜 스님이 히죽 웃었다.

"진짜 임산부 같구려. 박비장. 갑시다."

무영선사가 임산부로 분장한 박문수와 함께 방에서 나오자 주지가 놀라 눈을 동그랗게 떴다.

"작년에 에도에서 만나 살림을 차려준 다이코쿠요. 이번 달에 애를 낳지요."

무영선사가 태연하게 대답하자 주지가 어리둥절한 표정을 지었다. 다이코쿠(大黑)는 승려의 신분으로 몰래 숨겨둔 아내를 뜻한다.

"아, 네. 그렇습니까? 그런데 같은 방에 있던 의원은 어디로?"

"그 사람은 아침에 식사하고 먼저 떠났소. 실은 그 의원이 내 처남이라오."

"아, 그렇습니까?"

주지는 연신 고개를 끄덕이며 배웅을 했다. 일반 신도나 보통 수행승은 철저하게 금욕적인 생활을 해야 하지만 나이 젊은 고승은 그것을 초월해야 하는가 보다라고 생각하며.

연잉군이 마나베 아키후사의 저택에 들어갔다 도주한 것은 요시무네의 첩보망에 곧 알려졌다.

사방으로 찾아다니다가 결국 도박장에서 연잉군을 발견해 안전가옥으로 데려올 수 있었다. 그런데 뒤이어 박문수가 온다는 연락을 받았다.

"어떻게 박문수 그 사람이 기무라와 함께 올 수 있지요? 하여튼 대단한 사람이요."

연잉군은 박문수가 외양만 보면 고지식하고 융통성 없이 보이지만 실제로는 임기응변으로 난관을 척척 뚫는 재주에 감탄했다. 심부름꾼이 큭큭 웃으며 말했다.

"그 사람을 보면 기절초풍할 거에요."

연잉군은 도대체 어떻게 변장을 했나 궁금했다. 잠시 후에 평상복으로 갈아입은 기무라가 먼저 들어왔다.

"왕자님, 기무라가 인사 올립니다."

연잉군이 기무라의 손을 붙잡고 반가워했다. 그를 만났으니 이제 반은 성공한 셈이다.

"기무라, 박 비장과 함께 왔다고?"

"네. 밖에 있습니다."

기무라가 부하와 서로 마주 보며 빙긋 웃었다. 연잉군이 밖으로 나갔더니 마당에 임산부가 우두커니 서 있었다. 유카타를 입고 임산부로 변장했지만, 박문수가 분명했다. 연잉군은 웃음을 참지 못했다.

"하하, 박 비장! 배가 불룩하구려. 해산달이 언제요?"

이렇게 놀리자 박문수가 시무룩해서 대꾸한다.

"나으리, 놀리지 마십시오. 중간에 변장을 풀려고 해도 검문이 하도 심해서…… 창피합니다."

기무라가 마당을 향해 큰 소리로 말했다.

"창피하긴, 나으리, 박비장 덕분에 저도 무사할 수 있었습니다."

기무라의 말에 의하면 에도 시내 곳곳에 마치부교 밑의 관리인 요리끼, 도신은 물론이고 민간인 신분으로 이들을 보조하는 오캇피키, 메아카시와 화부도적개(火付盜賊改)까지 총동원되어 검문하고 있었고 막부의 하급 사무라이들인 아시가루도 사방에 깔렸다고 했다.

조금이라도 수상하면 일단 끌고 가는 바람에 시내에 사람들 왕래가 끊어졌다고 했다.

"중들도 붙잡고 조사하길래 산파를 찾아간다고 연극을 했습니다. 박비장님이 괴로워하는 산모 흉내를 잘 내어 무사히 통과했습니다."

"허, 박 비장 덕분에 기무라도 무사할 수 있었구려. 고생했소."

연잉군이 그리 말하자 박문수의 눈가에 이슬이 맺히면서 털썩 주저앉았다. 긴장이 풀리자 다리 힘이 쭉 빠졌기 때문이다.

단둘이 남게 되자 박문수가 임산부의 변장을 풀고는 기무라에게 들은 말을 연잉군의 귀에 속삭였다.

"이 집은 요시무네님의 은혜를 입은 상인의 것이니 안심할 수 있답니다. 요시무네공을 곧 만나뵐 수 있는데 그분의 안위는 후다이 다이 묘들의 지지에 달려있다고 합니다."

요시무네가 전대 쇼군의 정실부인인 텐에이인의 절대적인 지지와 쇼군가의 친척들인 신판(親藩)다이묘의 호응을 받고 있긴 하다. 그러나 실질적으로 일본을 이끄는 후다이(譜代)다이묘들은 현재 마나베 아키후사에 기울어져 있다.

연잉군이 박문수에게 묻는다.

"에지마 사건으로 마나베 아키후사가 실각할 정도였다고 하지 않았나?"

"그랬지요. 하지만 울릉도와 독도를 빼앗은 뒤부터 그쪽으로 점점 기울여지더니 쇼군이 건강을 되찾자 마음이 변한 것이랍니다."

"권력의 향방이 그렇다면 요시무네공의 입장이 어렵겠군."

"그렇지요. 쇼군직을 계승하기는커녕 목숨 부지하는 것에 급급하다고 합니다. 얼마 전에는 독살 기도가 있어 하마터면 죽을 뻔했다네요."

국 한 그릇에 반찬 세 가지만 고집하는 검소한 요시무네는 검식하는 시동도 없다고 한다.

골뱅이를 먹으려다 맛이 이상해 뱉었는데 그것을 먹은 개가 죽은 것으로 보아 누군가 독을 넣었다던가 아니면 독성을 품은 골뱅이를 상에 올린 것이라고 말했다.

"지금 요시무네의 저택은 초비상입니다. 안에서는 독살 기도가 계속되고 밖에서도 자객들이 암살을 기도하고 있습니다. 그래도 후다이

다이묘들이 침묵을 지키고 있다는 것은 요시무네를 보호하지 않겠다는 것 아니겠습니까?"

"이제 요시무네공은 우리에게 매달릴 수밖에 없겠군."

"지금 돌아가는 분위기로는 쇼군이 얼른 죽거나 우리와 손을 잡아 마나베 아키후사를 무너뜨리는 수밖에 없을 겁니다."

연잉군은 고생해서 에도에 온 보람을 만끽했다. 마나베 아키후사로부터는 노론의 숨통을 쥐고 있는 연판장을 되찾았고 요시무네가 궁지에 몰려 있으니 협상이 수월할 것이기 때문이다.

"도박장에서 돈을 좀 따셨나요?"

새벽까지 도박해서 돈을 땄다가 다시 들어가서 빈털터리가 되었다는 말을 듣고 놀리려고 물어본 것이다.

연잉군이 싱긋 웃더니 버선 속에 숨겨둔 은화를 꺼냈다.

"박비장, 마지막 판돈은 여기 숨겨놓았소이다."

두 사람은 마주 보며 크게 웃었다. 술상이 방안으로 들어오자 이들은 술을 마시며 앞날에 대해 의논했다.


요시무네는 매사냥을 위해 밖으로 나왔다. 이 소식은 금세 이시하라를 통해 마나베 아키후사에게 전해졌다. 쇼군과 공놀이를 하고 있던 마나베가 이시하라에게 속삭였다.

"누구를 만나는가 감시하다가 조선의 왕자면 꼭 붙잡게."

그는 은거하다시피 하던 요시무네가 사냥 채비를 차리고 나선 것은 연잉군과의 접선 때문이라고 판단했다. 요시무네가 조선의 왕자와 내통한 것이 드러나면 끝장이다. 누구 하나 그를 편들고 나설 로쥬나 다이묘는 없을 것이라고 확신하고 있었다.

"만약 잡지 못하게 되면 죽여도 되네."

마나베는 연잉군을 죽여 문제가 된다면 신뢰를 잃은 이시하라에게 뒤집어씌울 생각이었다.

이런 꼼수를 모르는 이시하라가 부하들과 함께 나섰다. 요시무네가 팔뚝에 매를 얹고 말을 끌고 에도 시내를 활보하고 있다는 척후의 보고가 들어왔다.

"음흉한 놈 같으니. 그렇게 하면서 감시가 늦춰지면 슬쩍 빠질 작정인 거야."

이시하라는 이렇게 중얼거리고 사냥 행렬의 동선을 파악해 첩자들을 배치했다.

다른 때와 달리 요시무네를 둘러싼 경호가 엄중했다. 두건으로 얼굴을 가린 것도 예전과 같았고 드러난 어깨의 문신을 봐도 요시무네임이 틀림없었다.

요란한 사냥길 행차가 행인들의 눈길을 끌고 있을 때 요시무네의 저택 뒤의 비밀 문이 살짝 열렸다. 평민 복장의 두 남자가 밖으로 나와 대기시켜 둔 말에 올라탔다. 그리고는 쏜살같이 골목을 달려나가자 감시하던 첩자가 뒤를 쫓았지만 벌써 사라지고 보이지 않았다.

첩자가 급히 이시하라에게 보고했다.

"무슨 소리야? 요시무네는 저기 가고 있잖아."

이시하라가 턱으로 가리키는 곳에 위풍당당한 요시무네가 말에 앉아 있는 모습이 보였다. 첩자를 나무랐지만 얼마 뒤에 자신들이 감쪽같이 속았음을 알게 된다.

박문수가 초조한 마음에 손톱을 물어뜯다가 연잉군을 바라보았다. 그 역시 언덕 아래의 포구를 바라봤다, 하늘을 올려다봤다 하고 있었다.

"나으리, 걱정되시지요?"

"안 그렇다고 말할 수는 없소. 여기에 조선의 운명이 달려 있으니."

포구 아래에는 변발한 청국 선원들이 웃통을 벗어젖힌 채 짐을 내리고 있었다. 외국과의 접촉을 엄격히 막고 있는 일본 막부가 아닌가. 에도까지 이런 배들이 들어올 수 있다는 것은 비밀리에 마나베 아키후사와 청의 실력자가 손잡고 조선을 압박하고 있다는 증거이다.

"기무라의 말대로 청국이 조선을 침략할까요?"

요시무네가 조선이 얼마나 위험에 처해 있는가를 보여주겠다며 이곳으로 오게 한 것이다.

"일본의 첩자들이 우리 조선에서 정탐한 정보를 청국에 넘긴다는 것이 사실이군요."

연잉군의 증조인 효종 때부터 조선 사대부들은 겉으로나마 북벌의 의지를 꺾지 않은 데다 창덕궁에 대보단이 설치되어 매년 명의 구원군을 보낸 신종(神宗)에게 제사를 지내지 않던가. 궁 안에서는 명나라에서 내려 준 인장으로 작성된 문서에 도장을 찍는다고 들었다.

"요즘 청국에서 오는 사신들의 횟수가 잦아지는 것이 다 이유가 있였구면."

연잉군은 마나베 아키후사가 청국과 조선 사이를 이간질하는 것이 사실임을 확인했다. 조선이 청을 적대시하지 않음을 증명 못하면 강희제는 다시 조선을 침공할 것이다.

방어할 방법이 있기는 하다. 청국이 조선을 침략하면 쇼군이 된 도쿠가와 요시무네가 조선을 도와 배후를 칠 것이라고 믿게 하는 것이다. 그러나 그것이 가능할지는 미지수이다.

가까이에서 말발굽 소리가 들리자 연잉군과 박문수는 잔뜩 경계했다. 말에서 뛰어내린 기무라가 그들에게 달려왔다.

"나으리, 요시무네님이 도착하셨습니다."

평민 복장의 요시무네는 말에서 금세 내리지 않고 두 사람을 찬찬히 훑어보았다. 연잉군도 눈을 똑바로 뜨고 요시무네를 바라보았다. 두 사람의 눈에서 불똥이 튀었다. 아주 짧은 시간이었지만 박문수는 아주 긴 시간으로 느껴졌다. 이윽고 요시무네가 말에서 내렸을 때는 표정이 한결 부드러워졌다.

"도쿠가와 요시무네요."

"연잉군입니다."

두 사람은 가볍게 인사를 나누고는 서로 준비한 문서를 교환했다. 연잉군은 박문수가 빼온 법황의 편지를 내밀었고, 요시무네가 연잉군에게 건네준 것은 이십 년 전 막부에서 각 번에 배부한 문서였다. 울릉도와 독도가 조선의 것이니 침범하지 말라는 내용이었다. 안용복이 거둔 성과를 직접 눈으로 확인하는 순간이었다.

"마나베 아키후사가 보낸 첩자에 의해 문서를 보관했던 승문원이 불타 버렸지요."

기무라를 흘끗 바라보며 말하는 연잉군에게 요시무네가 빙긋이 웃어 보였다.

"동시에 막부에다 불을 지른 것이지요."

요시무네가 법황의 편지를 가슴 안에다 넣으면서 울릉도의 현황에 대해 물었다. 연잉군의 대답에 요시무네가 고개를 끄덕였다. 연잉군이 묻는다.

"모모타로라는 자의 속셈이 죽도, 조선에서는 울릉도라는 섬에 있는 게 아니라 자그마한 독도에 있다는 것이 쉽게 이해가 안 가네요. 왜 그러지요?"

연잉군의 뒤에 앉아있던 기무라가 불빛으로 얼굴을 드러내며 말했다.

"불타는 얼음 때문이라고도 하는데 먼 훗날이라면 모를까 지금은 필요하지 않습니다. 그것보다 모모타로가 말하기를 독도는 천황을 지지하는 세력을 한데 모으는 상징으로 필요했다고 하는군요."

뒤이어 요시무네가 말한다.

"하찮은 섬 하나 정도는 두 나라의 평화를 위해서라도 내 줄 수 있는 게 아닙니까? 사람도 살 수 없는 바위섬인데."

연잉군은 고개를 가로젓고 대답했다.

"그렇지 않지요. 독도는 오랫동안 조선의 땅이었습니다. 대마도가 조선과 가까운 곳에 있고 예전에는 조선 소유의 땅이라고 해서 지금 내달라고 하면 내주시겠습니까?"

"그건 어렵지요."

"일본은 욕심이 지나치게 많아요. 지진이나 태풍이 많은 땅이란 것은 알고 있지만 그렇다고 이웃 나라를 침략하려 한다면 어떻게 믿을 수 있는 이웃으로 인정할 수 있겠습니까?"

연잉군의 말에 요시무네는 고개를 끄덕이고는 비밀스러운 말을 더 나누었다.

요시무네는 연잉군에게 청국의 강희제가 황태자를 폐했다가 복권시키는 등 일관되지 못한 행동을 한다고 했다. 그런 까닭에 황자끼리 치열한 황제승계 전쟁을 벌이고 있다고 전했다.

"조만간에 조선에 그 불똥이 튈 것이오. 조선은 위험한 지경에 빠져 있소."

마나베 아키후사가 명나라 유민들이 청국에 있는 반청복명 비밀결사와 연계해서 조선의 북벌을 도울 것이라 강희제에게 전했다고 했다.

"북벌계획은 우리 할아버지 대에서 있었던 일이지요. 지금 그럴 마음도 없고 힘도 없습니다."

"진실이야 어떻든 중요한 건 청의 황제가 어찌 생각하는가 이거지요."

연잉군은 아무 대꾸도 못했다. 일본이야 섬나라로 멀리 떨어져 있으니 청국의 간섭을 받지 않아도 된다. 하지만 조선은 대륙에 붙어 있어 정묘, 병자호란으로 호되게 당하지 않았던가.

"대륙과 조선 반도 그리고 우리 일본은 몇천 년 동안 왕래하며 서로 배우고, 나눠왔는데……물론 좋지 않은 일도 몇 번 있었다는 걸 역사책을 통해 알고 있소."

요시무네가 나직이 말했다.

"그렇지만 세 나라가 과거사를 털어버리고 뜻을 합치면 다툼없이 평화롭게 발전하는 세상을 만들 수 있을 것이요."

연잉군이 고개를 끄덕였다.

"전적으로 옳은 말입니다. 요시무네공."

연잉군은 자신이 무수리의 아들인 것과 마찬가지로 때밀이 하녀에게서 태어난 요시무네가 마치 친형제처럼 느껴졌다. 하긴 나이도 열 살 위이니까 그런 생각이 들만도 했다.

"나는 마나베 아키후사와 다른 인간이요. 내가 굳이 연잉군을 대마도로 오라 한 것은 왕자가 용기가 있고 믿을 수 있는 분일까 시험한 것이었소. 이제 여기 에도까지 오셨으니 왕자의 진면목을 보았소. 우선 우리 둘이 한마음이 되고 마음이 맞는 청국의 황자를 찾아서 삼국이 평화롭게 살아갈 방도를 찾아봅시다. 우리가 다시 만날 수는 없겠지만, 기무라를 통해서나 편지를 통해서라도 정을 나눕시다."

요시무네가 연잉군의 손을 꽉 잡더니 미소를 지었다. 연잉군이 묻는다.

"한 가지 물어볼 것이 있습니다. 기무라가 개와 고양이를 말하면서 설득을 했는데 혹시 요시무네공의 생각이 아니신가요?"

요시무네의 얼굴이 갑자기 환해졌다.

"아, 그렇소. 내가 고양이와 개를 함께 기르면서 관찰한 것이요. 우리 일본과 조선은 원래 한 조상의 자손이나 섬과 반도로 따로 살다 보니 개와 고양이처럼 앙숙이 되었소. 둘을 함께 기르면서 두 나라가 사이좋게 사는 방법을 꾸준히 생각해 보았소. 물론 큰 나라인 청국과도 사이좋게 살아야지요."

잠시 말을 멈추고 자신의 뺨을 툭툭 치고는 웃으면서 말했다.

"내가 인상이 좀 험해서 싸움을 좋아하는 것처럼 보이겠지만 실은 평화주의자라오. 우리 할아버지 도쿠가와 이에야스님의 바람이기도 하고."

연잉군이 고개를 끄덕였다. 이 사람이 쇼군이 된다면 일본이 크게 발전할 것이라는 생각이 들었다. 연잉군은 멀리 보이는 후지산을 바라보며 물었다.

"궁금한 것이 있습니다. 후지산이 폭발할 것이라는 소문이 있다던데 사실입니까?"

"후지산 말이요? 그 산은 우리 일본을 상징하지요. 언제나 폭발할 준비를 마치고 있는, 언제 터질지 모르는, 그런 화산이지요. 폭발하지 않으면 좋겠지만 폭발하더라도 피해를 줄일 수 있게 대비할 수는 있지 않겠소?"

의미심장한 말을 하며 요시무네가 웃었다.

그는 연잉군의 손을 꽉 붙잡고 마지막 인사를 하고는 기무라와 함께 밖으로 나갔다.

요시무네는 얼굴이 얽고 못생겼지만, 크고 당당한 체구는 영웅다운 기상을 하고 있었다. 그리고 그 마음은 바다처럼 넓었다. 말을 타고 달려가는 그의 뒷모습을 보며 말했다.

"박 어사, 요시무네공은 대단한 분이오. 이제 일본은 크게 부흥할 거요. 혹시 청국의 윤진이라는 이름을 들어보았소?"

"청국의 네 번째 황자 말인가요?"

"오호, 알고 있구려. 그 사람도 대단한 사람이라 들었소. 세간에서는 냉혹하고 음흉하다고 한다지만 실은 청렴 강직하고 백성을 몹시 사랑한다고 하오."

연잉군은 나이가 마흔에 가깝다는 청의 사황자 윤진을 머리에 떠올렸다. 실제로 본 적은 없지만 만나면 요시무네처럼 형제애를 느낄 것 같았다.

"나으리, 어서 가셔야 합니다."

박문수의 재촉에 정신이 번쩍 난 연잉군이 급히 발걸음을 움직였다.

## 11

# 필사의 탈출

훠어이, 훠어이.

몰이꾼에 의해 꿩이 날자 매가 하늘로 치솟았다.

"잡았다!"

말을 탄 요시무네가 손바닥을 마주치며 즐거워했다. 이때 한쪽이 시끄럽더니 마나베 아키후사가 모습을 보였다. 흰말을 타고 있었다.

"요시무네공. 많이 잡으셨나요?"

마나베가 말을 걸어오자 요시무네가 어리둥절한 표정을 지으며 그를 바라보았다. 마나베가 움칫했다. 어딘가 이상했다.

"마나베님! 저를 찾으시나요?"

몰이꾼 사이에서 불쑥 한 사내가 튀어나왔다. 손에 꿩 한 마리를 들고 있었다. 마나베는 놀라서 두 사람을 번갈아 보았다. 많이 닮았지만, 말에 탄 요시무네는 진짜가 아니었다.

"하하, 놀라시는군요. 오늘은 제가 몰이꾼이 되고 싶어서 바꿔 보았소이다."

그의 말에 마나베는 끙하고 앓는 소리를 냈다. 속은 것이다. 그래도 허세를 부려보았다.

"하하, 내가 여기 온 것은 요시무네공이 사냥을 빌미로 외국인을 만난다는 소문을 들었기 때문입니다."

"외국인? 내가 묻고 싶은 말이요. 에도의 외진 곳에 청국의 첩자들이 드나든다는 말은 들었소만."

휘어이

저쪽에서 한 마리의 매가 공중으로 치솟더니 꿩에 달려들어 순식간에 낚아챘다. 마나베가 눈앞에서 하강하는 매를 보며 속으로 한숨을 지었다. 완전히 당했다.

"보다시피 난 여기서 몰이꾼 노릇을 했소이다. 그리고 이 자는 나와 외모가 비슷해서 일꾼으로 삼았는데 오늘은 영주 노릇을 한번 해보고 싶다고 떼를 써서 바꿔본 거요."

가짜 요시무네가 말에서 내려 진짜 요시무네 앞에 무릎을 꿇었다. 마나베가 크게 웃었다.

"하하, 천하의 요시무네공께서 가게무샤를 다 두다니. 뜻밖입니다."

"아니지요. 요즘 내 목을 노리는 자들이 너무 많아서요."

요시무네 옆에 서 있던 기무라가 손가락을 입에 대고 휘파람을 불자 나무 뒤, 바위 뒤에서 요시무네와 똑같은 복장의 사내 셋이 모습을 드러냈다. 한결같이 비슷한 키에 용모도 닮았다.

"내 대역이 모두 네 명이니 이젠 발 뻗고 잘 수 있소이다. 하하"

요시무네가 호탕하게 웃자 얼굴이 벌게진 마나베 아키후사가 급히 자리를 떴다. 근처에서 이 모습을 보고 있던 이시하라는 애가 탔다. 급히 부하들을 풀어 연잉군을 찾았지만 발견하지 못했다고 하자 이시하라가 소리쳤다.

"놈들이 조선으로 돌아가게 내버려 둘 수 없다. 뒤쫓아라!"

다음날. 마나베 아키후사가 출근했을 때 전대 쇼군의 부인인 텐에이인을 앞세운 요시무네가 그를 기다리고 있었다. 그의 얼굴을 보는 순간 마나베 아키후사는 불길한 생각이 들었다.

"마나베님, 어제 매사냥 나간 틈을 타서 저희 집에 도둑이 들었습니다."

"도둑이요? 그래, 무엇을 가져갔습니까. 잡았습니까?"

"아쉽게도 도둑을 놓쳤는데 그자가 예전에 막부에서 배포한 귀중한 문서를 훔쳐갔습니다. 죽도와 송도는 조선 땅이니 절대 침범하지 말라는 내용이지요."

마나베의 얼굴이 일그러졌다. 요시무네가 말을 잇는다.

"대신 편지 한 장을 놔두고 갔더군요. 읽어보시겠습니까?"

요시무네가 내민 편지를 마나베가 읽어 내려가면서 얼굴이 흙빛이 되었다. 팔이 부들부들 떨리고 있었다.

"모모타로가 레이겐 법황과 내통하고 막부를 폐지하려고 했더군요. 마나베님은 그자와 매우 가까운 사이라지요?"

그의 말이 비수같이 마나베의 가슴에 꽂혔다. 마나베는 두 손을 내저으며 부인한다.

"아니요, 아니요. 모모타로하고는 딱 한 번 만나보았을 뿐이오. 내가 어찌 역적질한다는 말이오?"

요시무네의 뒤에 멀찌감치 앉았던 텐에이인이 날카로운 목소리로 야단을 친다.

"레이겐 법황은 오십 년 전 즉위 때부터 우리 도쿠가와 가문을 적대시해왔소. 다행히 자리를 물려받은 히가시야마 천황이 친정하면서 우리에게 협조해서 견제를 해왔지만, 손자가 대를 잇자 다시 날뛰기 시작한 거요."

"그럴 리가요. 레이겐 법황의 따님이신 요시코 내친왕이 쇼군의 약혼녀가 아닙니까?"

마나베는 늪에 발이 빠진 것과 같은 이 상황에서 필사적으로 빠져나가려 했다. 그러나 움직이면 움직일수록 발은 더 깊이 빠진다. 침착해야 한다, 침착.

"막부와 친밀한 모습으로 보이려는 것은 눈속임이오. 재작년 머리를 깎고 중이 된 것도 막부를 속이기 위한 것이 분명하오."

그렇다. 요시무네가 건네준 편지를 보면 레이겐 법황은 승려가 되면서 막부의 감시를 피해 천황복권을 지지하는 무리를 모았다. 극단적 민족주의자인 모모타로와도 연락을 취하며 정국을 자기 뜻대로 꾀한 것이었다.

즉 정치적으로 수세에 몰려있는 겟코인과 마나베 아키후사를 움직여 해적으로 하여금 조선의 울릉도와 독도를 점령해 정국을 전쟁국면으로 바꿔 세를 만회하게 한다. 그런 다음 조선의 반격을 틈타 레이겐 법황을 중심으로 한 교토의 지사들과 막부에 원한이 있는 도자마 다이묘들이 힘을 합쳐 막부를 붕괴시킬 음모를 꾸민 것이다.

이 과정에서 천황의 조상인 아마데라스 오미카미를 모시는 이세 신궁이 그들의 편을 들어 일본 백성을 선동할 계획이었다.

"여기 모모타로와 교토 사이에 오고 간 내용을 적은 글이 있소. 받으시오!"

텐에이인이 두 명의 시녀를 시켜 크고 묵직한 상자를 들어 마나베 앞에 놓게 했다. 요시무네의 부하가 교토에서 염탐한 정보였다. 그것을 바라보는 마나베의 얼굴은 사색이 되었다. 시뻘건 목갑은 그를 파멸시키는 폭탄과도 같았다.

"텐에이님, 요시무네님. 제가 어찌하면 되겠습니까? 사직하라면 하겠습니다."

마나베의 말에 텐에이인이 코웃음을 치며 비아냥거렸다.

"흥! 누구 맘대로 사직을 해. 당신이 할 일은 역적들을 처단해서 막부에 충성심을 보이는 것뿐이야."

요시무네가 부드러운 목소리로 말했다.

"텐에이님의 말씀대로 소바요닌의 명예를 지키는 방법은 이 일을 은밀하게 마무리하는 것이오. 늦어지면 막부의 권위가 훼손됩니다."

"아, 알았습니다."

혼쭐이 나간 마나베 아키후사는 그 자리에서 코가 바닥에 닿을 정도로 두 사람에게 절을 했다.

목적을 이룬 연잉군 일행에게 이제 남은 것은 무사히 에도를 탈출하는 것이다. 그들의 행선지는 오사카였다. 그곳에 가야 안전하게 대마도로 가는 배를 탈 수 있다.

기무라와 부하 두 명이 포함된 다섯 명이 길 떠날 준비를 마쳤다. 조선의 첩자들이 가는 길은 위험했다. 완벽하게 상인으로 변장하는 것과 각 번에 통용되는 위조 여행서로 어려움을 돌파해야 한다.

번과 번으로 넘어가는 길목에는 세키쇼(關所:검문소)가 있었지만, 그때마다 변장을 다시 하고 소속된 번을 바꾸었다.

"아직 인상서는 도착하지 않은 모양이군."

기무라는 자신의 얼굴과 연잉군의 얼굴이 그려진 인상서가 걸리지 않은 것을 다행으로 여기고 걸음을 재촉했다. 처음에는 순조롭게 갔지만, 곧 인상서가 내걸리면서 검문소 통과가 힘들어졌다. 여러 장의 인상서 중에서도 오니와반슈의 첩자였던 기무라의 얼굴이 가장 비슷하게 그려져 여간 난감한 것이 아니었다. 죄목은 반역죄로 공시되었다.

"할 수 없네요. 나는 특별한 방법을 써야겠어요."

특별한 방법이란 기무라 자신이 체포되어 압송되는 방식으로 오사카까지 가는 것이었다. 붙잡혀 오사카성으로 호송되는 것처럼 해서 중간에서 빠진다는 계획이었다.

"죄목이 반역죄이니 오사카성까지 가는 데 무리 없을 겁니다. 다만 실패할 것을 대비해서 나으리께서는 문서와 함께 다른 길로 가십시오."

위험부담을 둘로 나누자는 것이었다. 기무라는 체포된 범인으로 꾸미고 두 명의 부하들은 압송하는 관리처럼 변장했다. 그는 한 지점을 가리키며 말했다.

"이 길만 무사히 통과하면 오사카로 가는데 큰 어려움이 없습니다. 하지만 이 지점은 협소해서 외길밖에 없는데다 세키쇼에서 엄중하게 지키고 있고 다른 길로 돌아가면 사흘이 더 소요됩니다. 이곳을 무사히 통과하려면 특별하게 변장하셔야 할 것입니다."

기무라는 여러 가지의 변장도구를 내주었다. 그리고 서로의 무사함을 빌며 헤어졌다. 먼저 도착하는 사람은 약속 장소 근처에서 기다리기로 했다.

그즈음 세키쇼에는 기무라와 연잉군, 박문수의 인상서와 함께 검문을 더 철저히 하라는 명령이 도착해 있었다. 그 바람에 가뜩이나 엄중했던 검문이 더욱 심해졌다. 검문을 기다리는 사람들이 우글거리는데 여기저기서 여자들의 비명이 들렸다.

"문둥이닷!"

그 소리와 함께 얼굴이 온통 찌그러진 문둥이가 나무 막대기를 지팡이처럼 해서 휘적휘적 걸어오고 있는 것이 보였다.

퉤! 퉤!

검문을 기다리는 사람들은 문둥이의 누더기에 침을 뱉었다. 그러나 문둥이는 아랑곳하지 않고 문쪽을 향해 걸어가고 있었다.

"이런, 이런. 저놈을 막아라."

그러나 누가 문둥이를 막을 것인가. 세키쇼 졸자들이 칼을 빼어 위협을 했지만, 그는 끄떡도 하지 않았다.

"그냥 놔둬라. 문둥이 잘못 건드리면 떼로 달려든다."

세키쇼 우두머리의 말에 졸자들은 칼을 거두었다.

문둥이가 한참을 걸어가다 숲으로 들어가 나무 밑에 앉았다. 반 시각 정도 지나자 게이샤 차림의 한 여자가 고개를 좌우로 돌리며 무언가를 찾고 있었다.

"여보시게, 여기 있네."

문둥이가 자리에서 벌떡 일어나 게이샤를 불렀다. 물론 문둥이는 연잉군이고 게이샤는 박문수다.

"하하, 박 비장. 게이샤 차림을 하니 아주 요염하구려."

"나으리, 그만 놀리십시오."

박문수가 눈을 흘겼지만, 연잉군은 싱글싱글 웃고만 있었다. 문둥이냐, 게이샤냐를 두고 입씨름을 한끝에 이런 변장이 나온 것이다.

"문둥이차림이 얼마나 힘든 줄 아시오?"

연잉군은 문둥이로 변장하기 위해 길가에 너부러진 술주정뱅이와 자기 옷을 바꾸고 애기똥풀을 얼굴에 짓이겨 부르트게 했다. 누더기 옷에다 문둥이의 고름처럼 보이게 코를 풀기도 하고 음식을 짓이겨 붙이기도 했다.

"게이샤 옷차림을 하느라 얼마나 힘든지 아십니까? 키를 줄이느라 죽을 맛이었습니다."

문수는 탈출을 위해 준비한 도구 중에서 게이샤를 택했지만, 변장은 쉽지 않았다. 오키섬에서 유리와 함께 지낼 때 그녀에게 배운 게이샤 변장법의 기억을 쥐어짰기에 가능했다.

"나으리는 어떻게 문둥이와 똑같이 변장할 수 있었습니까? 그자들과 함께 어울려보신 적이라도 있었던가요?"

"맞았소. 인왕산 줄기에 문둥이들이 살고 있는데 같이 밥을 나눠 먹고 해서 문둥이들이 어찌 사는지 잘 알고 있었소."

연잉군의 말에 문수는 고개를 숙였다. 생모가 무수리 출신이라고 하지만 왕손임이 분명한데 전염이 될지도 모르는 그들과 격의 없이 대한 것에 경외심이 솟아나는 것이었다.

"박 비장, 혹시 알고 있소? 왕실에 피부병이 유전되고 있다는 것. 세조대왕이 특히 심했지. 내가 문둥이가 된다 해도 그것은 우리 가문의 병이니 누구도 탓하지 않을 것이요."

이때 저쪽에서 거대한 체격의 스모꾼들이 술에 취해 비틀거리는 것이 보였다.

"야, 여기 이쁜 게이샤가 있다. 저렇게 큰 키를 가진 계집은 처음이야. 너, 이리 와 봐라."

뜻하지 않은 봉변을 당하게 된 박문수는 당황해서 슬금슬금 뒤로 물러가고 문둥이 연잉군이 앞으로 나섰다. 수작을 부리던 스모꾼이 문둥이를 보더니 걸음을 멈추고 소리쳤다.

"엑, 이게 뭐야? 조금 전에 본 것은 계집이었는데 어느새 문둥이가 되었단 말이야?"

"이거 보게 스모꾼. 술이 몹시 취한 것 같으니 그냥 지나가게. 봉변

당하지 말고."

 이 말에 스모꾼이 열을 받았다. 화를 버럭 내며 두 팔을 활짝 벌리고 달려들었다. 그러나 연잉군이 택견 기술로 그의 허벅지를 타고 올라가 목 뒤로 올라가 내리밟자 스모꾼은 맥없이 고꾸라지고 달려든 스모꾼도 발로 차서 자빠뜨렸다. 뒤로 빼던 박문수도 품밟기로 몇 번 피하다가 붙잡으려는 스모꾼의 얼굴을 박치기로 쓰러뜨렸다. 이렇게 세 명의 스모꾼들이 너부러지고 행인들이 모여들자 연잉군은 문수를 재촉해서 마구 뛰었다.


 연잉군과 박문수는 추적을 피해 산길을 따라 이동했다. 저녁때 목적지에 도착해서 여관을 찾게 되었다. 연잉군은 허리춤에서 괴불주머니를 꺼내 돈을 세어보고는 다시 집어넣었다.

 "박 비장, 우리가 먼저 도착한 것 같소. 이제 기무라를 기다리는 일만 남았으니 오늘은 좋은 음식을 먹어봅시다."

 그들은 기무라와 만나기로 약속한 여관으로 들어갔다. 안에서 맛있는 국을 끓이는지 구수한 냄새가 안에서 흘러나왔다. 객실은 모두 다섯 개였는데 투숙객은 이들뿐이었다.

 "세숫물 대령했습니다."

 안주인이 세숫물을 떠다 주자, 두 사람은 그 물에 손과 발을 씻었다. 박문수가 먼저 목욕탕에 들어앉았고 좀 뒤에 밖에 나갔던 연잉군이 벌거벗은 채로 탕 속으로 들어왔다.

 "박 비장! 오늘 저녁에는 진미를 맛보게 될 거요."

"진미? 그것이 무엇입니까?"

"이따 밖으로 나가보면 알 거요."

연잉군이 싱글싱글 웃기만 해 궁금증을 일으켰다. 아니나다를까 이들이 밖으로 나오자 한 사람이 지켜 서 있다가 연잉군에게 좋은 국을 끓였으니 먹어보라고 권유했다. 연잉군이 흔쾌히 승낙하자 문수는 더욱 궁금했다.

"나으리, 무슨 국을 우리에게 준다는 것입니까? 돈도 받지 않고."

"허, 박 비장. 기다려 보시오."

방으로 돌아온 두 사람에게 국 두 그릇이 소반에 담겨 들어왔다.

"식기 전에 드셔야 합니다."

"네. 곧 먹겠습니다. 아리가도 고자이마스."

연잉군이 후후 불며 곧 먹을 자세를 취하자 국을 가져온 사내가 방을 나갔다. 연잉군은 큰소리로 아주 맛있다, 맛있다를 연발했다. 문수가 작은 목소리로 묻는다.

"나으리, 왜 그러십니까? 손도 대지 않았는데요."

"쉿! 가만히 보기만 하시오. 아이고, 맛이 죽이는데…… 죽여."

후루룩 마시는 소리를 내자 밖에서 엿듣던 사내가 계단 밑으로 내려가는 소리가 들려왔다.

"모르는 자가 주는 국인데 그냥 먹어도 되는 겁니까?"

"쉿!"

연잉군은 조용히 하라고 하곤 살며시 방문을 열고 밖으로 나갔다. 잠시 후에 들어오더니 비로소 그릇을 들어 국을 먹기 시작했다. 문수도 따라서 국을 먹었는데 맛이 기가 막혔다.

"나으리, 맛이 기가 막히는군요. 무슨 국입니까?"

"복어국이요, 복어국."

두 사람은 순식간에 복어국을 먹어 치웠다.

"나으리, 이렇게 맛있는 국을 왜 먹는체하셨습니까?"

박문수가 투정을 부리자 연잉군이 씩 웃으며 대답한다.

"박 비장, 처음 보는 우리에게 이렇게 맛있는 복어국을 왜 주겠소? 원래 복어는 맛은 뛰어나지만, 독이 있는 고기라 우리에게 독이 있나 시험을 해본 거요."

"뭐, 뭐라고요? 이런 고약한 놈들 같으니."

화가 난 문수가 주먹을 불끈 쥐자 연잉군이 말렸다.

"그러니까 저자들이 먹는 것을 보고 나서 국을 마신 것 아니겠소. 아마 우리가 먼저 먹은 줄 알 거요. 돈 들이지 않고 맛있는 복어국을 먹었으니 다행 아니오. 하하."

연잉군은 무엇이 좋은지 호탕하게 웃고는 정어리를 반찬으로 해서 저녁밥을 두 그릇이나 해치우고는 잠자리에 들었다. 피곤한지 계속 코를 골았다. 하지만 박문수는 혹시 복어독이 늦게라도 퍼지지 않을까 조바심치면서 잠을 이루지 못했다.

포구에 어둠이 내리고 행인의 왕래가 끊어졌을 때 그림자 둘이 어둠 속을 조심스럽게 뚫고 여관으로 접근하는 것이 보였다. 기름통을 든 하나코와 그 부하였다.

"잘못 짚었네, 잘못 짚었어."

이시하라 부부는 뒤를 쫓는 요시무라와 달리 미리 도주예상지점으로 와 있었다. 기무라가 체포되어 오사카성으로 가는체하다가 사라진 것과 두 패로 갈라진 것도 요시무라가 보낸 전서구를 통해 알았다. 이에 하나코는 연잉군 일행이 이곳으로 올 것이라고 주장했고, 이시하라는 이곳에서 삼십 리 정도 떨어진 외진 해안가로 배를 댈 것이라고 헷갈린 예측을 했다.

격렬한 말싸움 끝에 이시하라에게 져서 해안가로 따라갔다가 몰래 부하 한 명만 데리고 이곳으로 달려왔다. 탐문 끝에 대 여섯 시간 전에 수상한 남자 두 명이 투숙했다는 것을 알게 되었다.

"두목님, 제가 가서 이시하라님에게 보고드릴 때까지 여기서 기다리시는 것이 어떨까요?"

"안 돼. 그때는 아침이 될 거야. 그 전에 배가 떠나면 어쩔 거야?"

말은 이렇게 했지만, 그녀의 속셈은 갈라진 두 패 중에 연잉군이 여기에 와 있으니 먼저 죽이려는 것이었다. 체포하는 것을 포기한 것은 모모타로의 음모가 탄로 났으니 자신들이 양다리 걸쳤다는 사실을 숨겨야 하기 때문이다.

우선 주인 부부와 일꾼, 하녀 세 명을 위협해 밖으로 내보냈다. 그리고는 하나코가 생선 기름이 가득 찬 통을 바닥에 뿌리기 시작했다. 바로 그때 이층 객실에 선잠에 취했던 박문수가 아랫배가 살살 아파지는 듯해서 일어났다. 살며시 방문을 열고 나가보니 하나코와 부하가 생선 기름을 여기 저기 뿌리는 것을 보았다. 얼른 들어가 코를 골고 있는 연잉군을 깨웠다.

"나으리, 나으리!"

연잉군을 억지로 깨우고는 귀에다 대고 아래층에서 벌어지고 있는 음모에 대해 말했다. 연잉군이 벌떡 일어나 옷을 챙겨 입었다.

창문을 통해 여관 뒤쪽으로 몰래 내려온 연잉군과 박문수는 쏜살같이 달려가서 문 앞에 서 있는 여관 사람들을 단도로 위협했다. 그런 다음 바윗돌을 옮겨 문을 막게 했다.

이런 사실을 모르는 하나코는 부싯돌로 불을 일으켜 기름통에 던졌다. 순식간에 확 하고 불이 붙자 문을 열고 뛰쳐나오려는데 문이 꼼짝하지 않는 것 아닌가.

"문 열어라!"

하나코가 문을 주먹으로 치며 소리쳤지만 쌓은 돌 때문에 문이 열리지 않았다. 부하가 몸에 불이 붙어 비명을 지르자 그녀는 이층으로 뛰어 올라갔다. 그러나 불길은 위로 솟구쳐 금세 타올랐다.

이층 창문에서 고개를 내민 하나코가 연잉군을 향해 소리쳤다.

"연잉군! 너는 영원히 자식을 볼 수 없을 것이다. 네 정혼녀가 내가 넣은 독을 먹고 석녀가 되었기 때문이다! 호호."

미친 듯이 웃어젖히던 하나코가 불길에 싸여 단말마의 비명을 지르면서 이층 여관은 폭삭 내려앉았다.

"나으리, 무사하십니까?"

박문수가 다가와 묻자 연잉군은 참혹한 표정으로 불타고 있는 여관을 바라보며 중얼거렸다. 장미가 석녀가 되었다구?

느닷없는 화재에 동네 사람들이 뛰쳐나왔지만, 박문수가 자신들이 오니와반슈라고 거짓말을 하자 모두 꽁무니를 뺐다.

반 시각 정도 지났을 때 근처까지 왔던 기무라 일행이 달려왔다. 이들은 박문수에게서 자초지종을 듣고는 얼른 내통하고 있었던 선장을 불러 대기시킨 배에 올라타고 떠나기를 재촉했다.

삼십리 떨어진 해안가에서 연잉군 일행을 기다리고 있던 이시하라가 타오르는 불길을 보고 포구로 달려왔을 때는 벌써 연잉군 일행이 떠난 뒤였다.

"배를 내어라. 나는 오니와반슈의 이시하라다!"

칼을 뽑아든 이시하라가 고래고래 소리를 지르며 배의 선주들을 위협해서 추격하려고 할 때 요시무라가 도착했다. 동이 터서 밖이 환했다.

"이시하라! 늦었네."

요시무라는 배를 떠나지 못하게 하고는 촌장의 집으로 이시하라를 데리고 들어갔다.

"요시무라, 아니네. 내가 뒤쫓아 가서 반드시 놈들을 잡겠네."

이시하라는 분해서 못 견디겠다는 듯이 주먹으로 마룻바닥을 쾅쾅 쳤지만, 요시무라의 눈은 싸늘했다. 그는 이시하라에게 경어를 썼다.

"이시하리님! 소바요닌님이 제게 밀지를 내린 것이 있습니다."

요시무라는 한 장의 문서를 이시하라의 앞에 내려놓았다. 그것은 이시하라가 조선의 첩자들을 잡지 못했을 때는 교토의 천황복권파들 편에 붙어 역모를 꾀한 책임을 물어 참수하라는 내용이었다.

"참수? 내 목을 베라고? 막부에 충성을 다한 나의 목을 치겠다고?"

발끈 화를 내던 이시하라는 금세 낯빛을 고치고는 요시무라에게 애걸했다.

"요시무라, 나는 자네의 친구네. 그러니……"

"그렇지. 하지만 이제 자네가 역적이 되었으니 내 친구가 될 수 없네. 미안하이."

이시하라의 목소리가 떨렸다.

"내가 할복하게 해 주게. 내 결백함을 막부에 보이고 싶네."

배를 갈라 죽는 할복을 허락받는다면 다른 가족들에게 반역죄가 연좌되지 않기 때문이다.

"안되네. 자네가 모모타로의 회유에 넘어갔다는 증거가 밝혀졌어. 교토의 동생도 지금쯤 체포되었을 것이야. 조선의 왕자를 잡았다면 용서가 되었을지 모르지만."

"그런가? 할복으로도 부족한 죄인이라 말이지."

이시하라는 고개를 떨구었다. 그는 요시무라의 부하들에게 끌려 간 뒤 곧 참수되었다.

요시무네가 가져온 편지를 보고 하늘이 무너지는 것 같았던 마나베 아키후사였다.

곧장 사직하려 했지만, 정신을 차리고 교토로 심복을 보내 레이겐 법황과 홍정을 했다. 즉 손녀인 요시코 내친왕과 쇼군 도쿠가와 이에쓰구와의 혼인을 서두르자는 것이었다. 그리고 황실이 천황복권을 노리지 않는다는 서약서를 쓴다면 측근들을 모두 사면하겠다는 것이었다. 이세 신궁에는 사람을 보내 으름장을 놓았다.

천황복권의 음모가 탄로나자 망연자실한 레이겐 법황이 모든 조건을 수락함으로써 마나베는 실각의 위기에서 벗어났지만, 불길한 소식이 전해졌다. 쇼군이 갑자기 쓰러져 누웠는데 고열로 의식을 잃고 있다는 것이었다.

이것은 금세 로쥬(老中)들에게 전해져서 긴급회의가 열렸다. 이 자리에서 마나베는 모든 정사는 로쥬들이 결정하라고 하고 자신은 쇼군의 병구완에 전력을 다하겠다고 선언했다.

요시무네는 끝내 자신에게 정권을 넘기겠다는 말을 듣지 못하자 쓴웃음을 짓고는 사태의 추이를 지켜보았다. 이제 남은 것은 쇼군이 죽기를 기다리는 것뿐이었다.

연잉군 일행이 탄 배는 순풍을 받으며 대마도로 행했다. 겉으로는 어선이지만 내부는 밀항자를 위해 꾸며져 있었다. 덕분에 불편하지 않게 먼 항해 길을 떠날 수 있었다.

뱃전에 선 연잉군은 감회에 젖었다. 대마도에서 에도로 떠나올 때는 다시 조선으로 돌아가지 못할지도 모른다는 걱정에 어깨가 무거웠는데 돌아오는 길은 좋은 성과를 얻어 마음이 뿌듯했다.

박문수도 오키섬에서 유리와의 짧지만 뜨거운 사랑과 연잉군을 만나 에도에서 벌어진 숱한 사건들이 주마등처럼 스쳐 지나갔다.

"박 비장, 앞으로도 여러 고비가 남았지만 대체로 목적은 완수한 셈이 되었소. 이것이 다 박 비장과 기무라 덕분이요."

"무슨 말씀을요. 나으리께서 의병을 일으키고 이렇게 적지에 들어와서, 활약하셨기에 가능한 것이지요. 저는 이번에 겪은 일로 키가 한 자는 더 자란 느낌입니다."

"하하, 박 비장이 키 이야기를 하니 스모꾼이 키 큰 게이샤라고 달려들던 생각이 나오."

그 말에 박문수의 얼굴이 약간 붉어졌다. 일본에서 여자 행세를 하리라고는 생각지 못했다.

"그런데 말이요. 내가 궁금한 것이 하나 있소. 오키섬에서 가까이 한 여자가 있소?"

"여, 여자요?"

"박 비장이 말을 더듬는 것을 보니 여자가 있긴 있었나 보군. 혹시

리에라는 여자 아니오?"

"네에?"

문수가 놀라 눈을 동그랗게 떴다. 오키섬에서 일어났던 일은 숨김없이 이야기했지만, 유리와의 뜨거운 사랑에 대해서는 말하지 않았다.

"잠꼬대하는데 리에를 찾습디다. 어떤 여자요? 촌장의 딸이요? 아니면 혹시 촌장의 부인이라도……"

"아, 아닙니다."

얼굴이 붉어진 박문수가 손을 내저으며 유리를 머리에 떠올렸다. 리에라는 이름의 게이샤로 접근해서 남녀 간의 사랑을 가르쳐 주지 않았던가.

"더 이상은 묻지 않겠소만 조선에서도 굳게 지켰던 동정을 이곳에서 잃은 것은 유감이오."

이렇게 말하고는 배 밑으로 발길을 돌렸다. 문수는 고개를 들어 하늘을 바라보니 유리의 얼굴이 떠올랐다.

대마도로 향한 배는 보름 가까이 항해를 했다. 그동안 여러 가지 위험을 겪기도 했지만, 무사히 하코다만(博多灣) 근처에 도착했다. 여기서 급수를 하고 식량을 받을 때 연잉군이 박문수에게 말했다.

"이곳이 사백오십 년 전에 여몽 연합군이 상륙했던 곳이오. 두 번이나 상륙했지만 엄청난 손해만 입고 결국 물러났지요."

"가미카제라는 태풍 때문이라면서요?"

"그렇소. 태풍이 부는 때를 피해 침공을 했지만 실패했지요. 그런 일은 백 년에 한두 번 있을까 말까 한 희귀한 일이라 일본인들은 자신을 돕기 위해 신이 불어준 태풍이라고 믿고 있다는군요."

"하, 침략당하는 것을 두려워하면서 남의 나라를 엿보는 심뽀는 어디서 나온 것일까요?"

"박 비장, 내 생각에는 일본인은 지진과 태풍으로 환경이 나쁘고 오랫동안 전쟁을 겪어서 옳고 그름을 생각할 여유가 없었던 것 같소. 자기 살기 바쁘니 남 생각할 겨를이 없겠지."

"나으리는 마음도 넓으시군요. 전란이라면 우리나라도 수없이 겪지 않았습니까? 일본이 예전에는 그렇다고 해도 지금은 도쿠가와 막부로 사회가 안정되었습니다. 그런데도 이웃을 계속 침범하는 것은 세 살 버릇이 여든 살 가는 것과 다르지 않습니다."

문수가 이렇게 따지자 연잉군이 호탕하게 웃는다.

"하하, 마나베 아키후사에게 할 말을 왜 내게 하오? 그때는 입을 꼭 다물고 있더니."

"그때는, 나으리가 말씀을 잘하셔서……"

문수가 말꼬리를 흐리자 연잉군이 시퍼런 바다를 바라보며 말했다.

"내가 역사를 공부해 보니 일본은 혈연으로 따지면 가깝게는 형제 멀어도 사촌이 되오. 그리고 지금 중화를 지배하는 여진족 역시 형제처럼 가깝소. 그들에게 지배당하는 한족은 혈연으로는 우리와 다른 민족이나 뛰어난 문화를 전해주었고 유교를 숭상하니 정신적으로는 형제나 마찬가지요. 이런 인연이 있는 세 나라가 싸우지 않고 힘을 합친다면 모든 백성이 평화롭고 풍요롭게 살 수 있을 것이오."

"그건 좀 어려울 듯싶습니다. 우리가 형제라면 임진왜란, 병자호란이 왜 일어났겠습니까?"

"그것이 다 권력을 가진 사람들이 정치적으로 이용하는 것이고, 어리석은 백성이 이웃 나라를 낮추고 자신의 나라를 높이려는데 있는 게 아니겠소? 서로의 차이를 존중하는 예를 갖춘다면 오늘날의 다툼 같은 것은 없을 것이요. 그리고……"

멀리 새떼들이 날아가는 것을 지켜보던 연잉군이 말을 잇는다.

"세 나라가 바다로 나가지 못하는 해금정책을 써서 문을 닫아걸었기 때문이요. 상대를 알지 못하니 자기의 잣대로만 볼 수밖에. 이렇게 넓은 바다에서 서로 만나 뜻을 같이한다면 어찌 세 나라가 우의 깊은 형제가 되지 못하겠소?"

대화는 기무라가 부하들과 함께 식품을 배 안으로 들여오면서 끝이 났다.

"왕자님, 이제 저희는 다시 돌아가야겠습니다. 그리고 요시무네님이 일본을 벗어나면 나으리께 전해 달라는 것이 있습니다."

기무라가 건네준 책자는 해적들을 공략하는 일본 수군의 전쟁서였다. 연잉군은 일급 기밀문서인 책자를 받아들고 감격했다. 마나베 아키후사가 째째한 거물이라면 요시무네는 통 큰 정치 거물이었다. 기무라가 작별인사를 하자 연잉군이 아쉬워했다.

"이제 다시 못 보는 거요?"

"아닙니다. 일이 잘 끝나 요시무네공이 쇼군이 되면 다시 찾아뵙겠습니다."

연잉군이 다시 묻는다.

"기무라, 진짜 성이 무엇이요?"

느닷없는 말에 기무라가 흠칫하더니 피식 웃고 대답했다.

"이토 코자에몬이 제 할아버지입니다."

기무라는 공손히 절을 하고 떠났다. 연잉군이 고개를 끄덕이자 박문수가 묻는다.

"이토 코자에몬? 기무라의 조상을 아십니까?"

"암요. 지금부터 오십 년 전에 우리 조선에 유황을 팔았다가 발각되어 이토 부자가 처형되었지요."

이토 코자에몬은 오십 년 전 일본 제일의 부호였다. 조선과 밀수를 통해 유황과 조총을 팔았다가 체포되어 나가사키 언덕에서 책형을 받았다. 기무라가 조선어를 잘하는 것은 집안의 내력이요, 요시무네의 측근이 된 것은 선조의 죄를 벗기 위한 것으로 판단했다.

하코다에서 보급을 받은 배는 대마도를 향해 질풍처럼 달려 며칠 후에 도착했다. 대마도의 한적한 해안에 도착해보니 아메노모리가 이들을 맞이할 준비를 마치고 있었다.

연잉군 일행을 그의 집으로 초대했다. 대마도가 태풍권을 벗어났다는 판단이 들어서인지 연신 술을 권했다.

"요시무네공께서 전서구로 사정을 알려왔습니다. 마나베님이 정권을 놓고 있지 않지만 머지않아 요시무네공의 천하가 될 것으로 예측됩니다."

아메노모리는 에도의 저택에 있는 대마도주와 계속 연락을 주고받은 내용을 상세하게 설명했다. 대체적인 전망은 마나베 아키후사의 앞날이 어두워지고 있다는 것이다. 천황복권의 음모가 드러나자 후다이 다이묘들이 급격히 요시무네로 돌아서기 시작했다고 했다.

"여러분이 무사히 동래로 돌아갈 수 있게 새 배를 주선해 드리겠습니다. 지금 그 배로는 동래로 가기 전에 부서지고 말 것입니다."

박문수가 조심스럽게 오키섬의 동태를 묻자 아메노모리가 대답한다.

"훈련이 부족한 지원병들만 남아 있습니다. 일본 수군이 참전하지 못한다면 하치에몬은 항복하거나 죽임을 당할 것입니다."

연잉군이 크게 웃었다. 하하하.

"하치에몬을 잡으면 한강 배를 오르내리는 유람선의 노꾼으로 쓰겠소. 하하."

그의 말에 좌중의 사람들은 함께 웃음을 터뜨렸다. 하하하.

**12**

## 섬을 되찾다

연잉군이 대마도로 건너간 지 두 달이 지나 석 달이 가까웠다. 의병들은 김덕재 밑에서 훈련을 계속했지만 사기는 저하되어 있었다. 어느덧 겨울이 되어 사람들 옷차림이 바뀌었다.

"왕자님에게는 아무 연락이 없습니까?"

일 년도 못되어서 폭삭 늙은 안용복의 얼굴은 근심으로 가득 찼다. 대마도로 건너간 연잉군이 에도로 밀항했다는 것은 왜관을 통해 듣고 있었지만, 그 후의 소식은 전혀 캄캄했기 때문이다.

"아직 소식은 없지만, 무사히 돌아올 것이요. 그분은 하늘이 내신 분이니 걱정하지 않아도 될 것이요."

이봉상이 자신 있게 말하는 것은 용화부인의 점괘를 믿기 때문이었다. 연잉군이 대마도로 건너간 직후에 몰래 서장미를 간호하는 용화부인을 찾아가서 점을 쳤다. 여러 난관을 헤치고 목표를 완수하고 겨울에 돌아오겠다는 말을 들을 수 있었다. 그래서 연잉군이 생사불명이 되었어도 태평하게 부하들을 훈련 시킬 수 있었던 것이다.

"중군께서 그렇게 말씀하시는 근거가 있습니까?"

좌수사가 묻자 이봉상은 엉뚱한 말로 얼버무렸다.

"요즘 충무공 할아버님이 자주 꿈에 나타나서 연잉군이 무사히 돌아올 것이라고 해 주시니 그런 것이오."

그의 말에 모두 실소를 했지만, 충무공 이순신 제독이 꿈에 보였다면 길조라고 보았다.

다음날 회의가 끝나자 이봉상은 함께 훈련장으로 나갔는데 연잉군이 대마도에서 도착했다는 소식을 보내오자 일제히 두 팔을 들어 올리며 천세를 외쳤다.

천세, 천세!

모든 장수와 수군, 의병들이 마중을 나왔다. 그 안에는 몸이 좋아진 서장미도 함께 있었다. 환영의 박수를 받으며 좌수영의 거처로 들어갔다.

"무사히 돌아왔소. 서낭자."

연잉군이 장미의 손을 굳게 잡았다. 그녀의 눈에서 눈물이 글썽거렸다.

"니으리, 무사히 돌아오시기를 하늘에 빌고 또 빌었습니다."

연잉군은 험한 뱃길을 헤치고 돌아와 피곤했지만, 곧바로 작전회의에 몰입했다.

"안감역, 신기전은 어찌 되었소?"

연잉군의 물음에 용복이 고개를 가로저으며 대답했다.

"부서진 것을 복원해보려고 했지만 실패했습니다. 화기는 어렵겠습니다."

신기전의 비밀을 지키기 위해 도면을 하나만 남기고 모두 폐기했는데 그것마저 소실된 것이 안타까운 일이었다. 오랫동안 전쟁이 없어 국방에 태만했던 것이 잘못이었다.

"할 수 없지. 다른 방도를 연구해 봅시다."

일전이 가까워진 것을 감지한 중군 이봉상은 요시무네가 준 책자를 검토하면서 울릉도를 탈환하기 위해 여러 궁리를 하다가 안용복의 제안에 따라 기다란 목책을 만들기로 했다. 사방이 암벽으로 싸여 배를 댈 수 없는 울릉도에 배를 댈 수 있는 유일한 방법이기도 했다.

"문제는 이렇게 힘들게 목책을 만들어도 무사히 울릉도까지 가지고 갈 수 있느냐 하는 것입니다."

안용복의 말에 이봉상도 동의했다. 접안용 목책을 만드는 것도 쉽지 않거니와 그것을 끌고 울릉도까지 가는 것, 또 그것을 해안에 대는 것도 몹시 어려운 일이다. 날씨도 겨울이니 동해안의 물도 차가워서 전투하기에 적당하지 않다. 결국 목책을 만드는 것을 포기하고 다른 방법을 의논하느라 밤을 꼬박 새웠다.

울릉도와 독도를 점령하고 있는 해적들은 어찌하고 있을까. 해적 두목 하치에몬은 힘에 부친 조선 수군과 의병이 울릉도를 내주고 물러났지만, 탈환을 시도할 것을 잘 알고 있었다.

해적으로 가장해서 측면지원을 했던 일본 수군은 섬을 점령하자 확전을 경계하며 곧 본부로 돌아가 버렸다.

하치에몬은 일전이 가까워지자 오키섬에 있던 해적에게 노예로 부려먹던 남자들을 모두 울릉도로 보내라고 전서구를 보냈다. 해적 두목 하치에몬은 울릉도를 몇 번씩이고 돌아다니며 조선의 수군이 상륙할 지점을 예상해 보았다. 울릉도는 선착장으로 만든 한 곳 이외에는 배를 안전하게 댈 수 있는 곳이 없었다. 떨어진 곳에 배를 대고 작은 거도선으로 접근할 수도 있겠지만, 그때 활이나 조총을 쏘면 상륙을 막을 수 있다.

"천혜의 요새야, 천혜의 요새."

하치에몬은 울릉도 즉 죽도는 점령이 어렵지 한번 자리 잡으면 방어가 쉽다고 판단했다. 더구다나 우람한 소나무가 울창한 섬이라 풍부한 목재로 목책을 만들면 조선 수군이 상륙해도 공격하기 어려울 것이다. 부하들이 반찬으로 먹을 오징어를 낚고 있는 모습이 보였다.

"두목, 배가 도착했습니다."

오키섬에서 배가 도착했다는 부하의 말에 하치에몬은 밑으로 내려갔다. 스무 명이 탈 수 있는 배가 열 척 들어와 있었는데, 사슬에 묶인 조선인들이 차례차례 내리고 있었다. 코흘리개를 겨우 면한 아이에서부터 허리가 구부러진 노인에 이르기까지 다양한 연령대의 남자들이었다. 이들은 먼젓번에 해적들이 남해안에 침입해서 무차별적으로 끌고 간 바닷가 사람들이었다. 오키섬에서 온 호송책임자가 허리를 굽혀 인사를 했다.

"모두 몇 명이냐?"

"백 마흔일곱 명입니다. 세 놈은 도망치다가 물에 빠져 죽었습니다."

철컥, 철컥

쇠사슬을 끌고 가는 포로들은 허름한 옷차림에 먹을 것도 제대로 먹지 못했는지 모두 앙상하게 말라 있었다.

"저런 몸으로 일할 수 있겠느냐? 이곳 죽도의 소나무들은 아주 단단하던데."

"죽지 않으려면 일을 해야지요."

오키섬에서 온 호송책임자가 이를 드러내고 웃었다. 포로들의 걸음이 느리다고 채찍질을 하자 여기저기서 비명을 질러댔다.

"모모타로님의 소식은?"

"지원병들을 데리고 온다고 하셨습니다. 우선 새로 만든 조총을 가져왔습니다."

책임자는 부하를 시켜 조총을 가져오게 했다. 하치에몬이 조총을 들어 여기저기 들여다보다가 점화를 했다.

치지직

노끈에 불이 타들어 가자 하치에몬은 포로들을 향해 겨눴다.

쾅

요란한 소리와 함께 총알이 포로들 머리 위로 날아갔다. 총포 소리에 포로들은 깜짝 놀라 걸음을 멈췄다. 다시 채찍질이 시작되자 비명도 지르지 못하고 끌려갔다.

"우선 나무를 베게해라. 그런 다음에 곳곳에 목책을 세운다. 알겠느냐?"

하치에몬의 명령에 따라 포로들은 곧바로 나무를 베는 일에 동원되었다. 한편으로는 울릉도 오지에 있는 산삼을 캐게 했다.

절벽을 타다가 두 명이 떨어져 죽었지만 세 뿌리의 삼을 캘 수 있었다.

연잉군은 중군 이봉상과 함께 병영 언덕에서 수군과 의병들이 훈련하고 있는 것을 보았다. 일본 수군이 만든 전쟁서를 보고 해적의 약점을 뚫고 공격할 수 있게 전투체계를 바꿨다. 겨울 날씨라 바다로 들어갔다 나오기를 반복하니 여간 추운 것이 아니다. 그래도 모닥불을 피워놓고 훈련에 열중했다.

"보제기들이야 원래 물질에 익숙하고 택견꾼들의 열성도 대단합니다. 노론의 공자들도 처음에는 꾀를 부리는 것 같더니 택견꾼에게 지지 않으려고 열심히 합니다."

보제기들이 뗏목 위에서 멀리 떨어진 육지 위에 세워진 허수아비를 향해 돌을 던지는 훈련을 하고 택견꾼들은 화살을 날렸다.

"나으리의 말씀대로 활은 목궁입니다."

연잉군은 여러모로 작전을 검토하다가 비가 올 때를 대비했다. 각궁과 비교하면 목궁은 시정거리는 짧지만, 비가 와도 사용할 수 있다. 전투에서 이기려면 해적들의 약점을 뚫고 가는 수밖에 없다.

"해적들의 화포와 조총은 비가 올 때 쓸 수 없겠지만 그건 우리도 마찬가지 아닙니까?"

"그래서 목궁을 쓰는 것입니다. 해적들이 조총을 쏘지 못할 테니까요."

"하지만 해적들이 화살을 막으며 근접전으로 나오면 우리가 불리합니다. 저자들은 칼을 잘 쓰지 않습니까."

이봉상의 말에 연잉군은 얼른 답변을 못했다. 조선 수군이 제일 무서워하는 것이 해적들이 갑판으로 올라와 칼을 휘두르는 것이어서 충무공 이순신 제독도 갑판에 창이 붙은 철판을 씌우지 않았던가. 그는 요시무네가 준 책자를 머릿속에 떠올렸다.

"우선 접근전을 피하고 배를 공격할 것입니다. 그들이 칼로 달려들면 낭선으로 하여금 맞서게 할 것입니다."

낭선은 길이가 2미터가 넘는 쇠붙이 연결체로 체격이 큰 병사가 휘둘러 칼을 무력화하는 무기다. 임진왜란 때 명군이 사용해서 큰 효과를 보았다. 연잉군은 책자를 보여주며 해적들을 공격할 방도에 대해 상세하게 설명하자 이봉상이 입을 딱 벌린다.

"나으리, 저는 무과에 급제해서 이십 년을 무관으로 지내왔습니다. 그런데 나으리께서는 저보다 더 오랫동안 전쟁터를 누빈 분 같습니다."

연잉군이 빙긋 웃으며 대꾸한다.

"중군께서는 아들뻘 되는 내게 그리 겸손하십니까? 하하."

"나으리, 안 계시는 동안 김용택과 여러 번 술자리를 한 적이 있는데 나으리께서 삼두매라는 도적으로 의심받은 적이 있으시다고요."

그의 입에서 삼두매가 언급되었지만, 연잉군은 태연하게 받아친다.

"한때 그런 일이 있소이다. 터무니없는 오해이지요. 왕자가 무엇이 아쉬워서 도둑이 된답니까. 하하."

이봉상도 얼굴 가득히 웃음을 짓고 나서 말했다.

"그렇지요. 왕자님이 어찌 경솔한 행동을 하시겠습니까? 지금 당당한 모습을 뵈니 태조께서 조선을 건국할 때 보인 무인의 기상이 그대로 살아남아 있는 것처럼 보입니다."

머리가 희끗희끗한 나이에 고위 장군인 이봉상이 연잉군을 바라보는 모습은 자신의 할아버지 이순신 제독을 우러러보는 것처럼 그윽했다.

바다 건너 울릉도에서는 모모타로가 오키섬에서 훈련받은 지원병 중 선발대를 데리고 와서 소란스러웠다. 하치에몬이 성인봉에 세워진 망루에 서서 조선 수군의 척후선을 바라보았다.

"두목, 이렇게 추운 날씨에 실전 경험이 없는 조선 수군이 쳐들어올 수 있겠습니까?"

부하의 말에 하치에몬이 냉소를 짓는다. 요시무라가 가져온 마나베 아키후사의 편지에는 겨울에는 조선이 공격하기 어려울 것이니 어떡하든 봄까지만 지키라고 했다. 하지만 모모타로와 하치에몬의 생각은 달랐다.

"결전이 얼마 남지 않은 것 같네."

독도로 떠날 준비를 마친 모모타로의 말에 하치에몬이 고개를 끄덕였다. 오랜 해적질로 얻어진 직감으로 머지않아 자신들이 전멸하던지 조선 수군이 피투성이가 되어 되돌아가든지 둘 중의 하나가 될 것으로 믿었다.

"이번 전투는 이십 년 전 아니, 그전부터 동해에 떠 있는 두 개 섬의 진짜 주인이 누구인지 확실히 매듭을 짓게 되는 한판이 될 거요."

"그렇지요. 우리가 온몸을 다 바쳐 싸울 테니 궁사 어른께서는 우리 일본을 지키는 여러 신께 기도나 잘 올려 주십시오. 하하."

모모타로는 해적 두목의 비아냥 조의 말에 슬며시 화가 났다.

"하치에몬 두목, 이번 일본과 조선의 싸움은 단순한 무력투쟁이 아니오. 조선의 신명과 일본의 신명이 저 하늘 위에서 겨루고 있소. 오래전 쿠빌라이 군대가 일본을 쳐들어왔을 때 신풍이 불어 그 배들을 깨부순 것도 우리 일본을 보호하는 신들 덕분이라는 것을 모르시오?"

모모타로가 눈을 치켜뜨고 두 차례에 걸친 원나라와 고려군의 연합함대를 가미가제(神風) 덕분에 물리친 것을 상기시켰다. 하치에몬도 그런 계절에 태풍이 몰아치는 일은 아주 드문 일이었으므로 일본인들이 신의 보호를 자랑스러워한다는 것을 알고 있었다. 하지만 그것은 외적이 일본을 침략했으니까 돕던 것이고 울릉도와 독도는 자신들이 침략했으니 가미가제, 즉 신의 바람은 반대로 해적에게 불어올지 모른다. 이런 생각이 들자 이죽거려본다.

"허, 그런가요? 제 눈에는 구름 밖에 보이지를 않아서요. 하하."

"무력은 우리가 조선보다 우월하다고 하나 하늘의 뜻이 조선에 가 있으면 패할 수도 있소. 그때는 두목의 목이나 내 목이 동강 나서 창 끝에 꽂히게 될 것이요."

모모타로가 엄숙한 표정을 지으며 말했지만 하치에몬은 자기 목을 손으로 어루만지며 계속 이죽거린다.

"어이구구, 이 목이 잘릴 때는 몹시 아프겠지요. 그러니 궁사께서는 우리가 패하지 않도록 아마데라스 여신님께 기도나 잘해 주십시오."

모모타로는 하치에몬에게 눈을 흘기고는 소매를 떨치고 포구로 내려갔다. 하치에몬이 그 뒤에 대고 코웃음을 친다.

"흥! 신이 총을 쏠 줄 아나, 칼을 휘두를 줄 아나? 승패는 오직 나와 내 부하들이 얼마나 잘 싸우는가에 달린 거야. 신은 무슨 신. 정말 신이 있다면 우리 해적들을 본 체나 하겠어?"

"암, 그렇지요. 두목님께서 큰 공을 세워 사무라이가 되면 저희도 따라서 무사가 될 수 있습니다. 네."

하치에몬을 따라 십여 년간 제멋대로 해적질을 해왔던 그들도 말단 군졸이라도 좋으니 합법적인 생활을 하고 싶었다. 점령한 섬을 굳게 지켜 확실하게 일본 땅으로 만들면 그 공을 인정받을 것이다. 그러다 섬을 지키는 것에 실패하면 배를 타고 대양으로 도주해서 다시 해적으로 돌아가면 되는 것이다.

"그깟 조선 놈들 모조리 죽여 저 바다 밑의 고기밥으로 만들어줍시다."

"옳소, 그럽시다!"

해적들은 사기충천해서 멀리서 울릉도를 빙빙 돌며 탐색하고 있는 조선 배를 향해 온갖 욕설을 다 퍼부었다. 하치에몬은 이들의 외침을 한 귀로 들으며 조선의 수군이 오면 어디에 배가 서 있고 어떻게 사면이 절벽인 울릉도에 정박할 것인가를 머릿속에서 그리고 있었다.

"두목님, 방책을 모두 설치했습니다."

방책설치를 맡은 부하가 보고를 해오자 하치에몬은 망루를 내려와 방책이 있는 곳으로 걸어갔다. 얇은 옷을 입고 쇠사슬에 묶여 덜덜 떨고 있는 조선인 포로들은 하치에몬을 보자 두려움과 증오가 뒤섞인 눈으로 쏘아보았다. 제대로 먹지 못해 바짝 여윈데다 추위와 고된 노역으로 해서 모두 지쳐 있었다.

"두목, 이제 방책을 다 만들었으니 조선 놈들을 어찌 처리해야 할까요? 저 상태로는 노예로 팔 수도 없고 식량만 축을 냅니다. 그러니……"

쓸모가 없으니 죽이자는 말이었으나 하치에몬은 고개를 가로저었다. 그에게는 아직 쓸 일이 있었기 때문이다.

"저렇게 척후선이 나와 있는 것을 보니 머지않아 조선의 수군이 들이닥칠 것이다. 전투 준비를 하도록 해라."

최후의 결전이 임박해지자 동래에서는 울릉도로 떠나는 수군과 의병들이 늘어섰다. 서른다섯 척의 각종 배에 올라탈 천여 명의 조선군들은 칠, 팔 개월에 걸친 고된 훈련으로 잘 다져진 전력이었다. 그러나 죽음을 각오해야 하는 전쟁터로 나가게 되니 잔뜩 긴장했다.

연잉군을 비롯한 중군 이봉상, 좌수사, 동래부사 등이 모두 군복을 입고 나와 위엄을 보였다. 연잉군의 옆에는 메뚜기 김광택이 매를 팔뚝에 얹어놓고 있었다.

"이제 결전의 날을 맞아 여러분의 충절을 보여줄 날이 왔소. 예로부터 매는 충절의 상징이라 했소. 우리도 이 매처럼 조선을 위해 목숨을 바칩시다."

연잉군의 말이 끝나기가 무섭게 메뚜기의 팔뚝에서 박차고 날아간 매가 군사들의 머리 위를 한 바퀴 돌고는 다시 팔뚝에 내려앉았다.

"오늘 우리 조선군이 해적을 물리치고 울릉도와 독도를 되찾을 수 있는가를 점쳐 보겠소이다. 박 비장!"

연잉군의 명령에 박문수는 쟁반 위에 한 꾸러미의 엽전을 담아 가지고 왔다. 연잉군은 가죽끈을 칼로 자르고 그중에서 엽전 하나를 집어 들었다.

"내가 이것으로 하늘에 우리 조선군의 운세를 묻겠소. 앞면이 나오면 우리가 해적들을 무찌르게 될 것이고, 뒷면이 나오면 우리는 패해서 동해 물고기의 밥이 될 것이요."

그 말에 이봉상을 비롯한 무관들의 얼굴이 새파랗게 질리고 군사들은 호기심과 두려움으로 가득 찬 눈으로 연잉군의 손을 주시했다. 연잉군이 공중으로 엽전을 던졌다.

데구루루

쟁반 위에 떨어진 엽전은 앞면이었다. 박문수가 앞면이 나왔다고 소리치자 무관들은 안도의 한숨을 내쉬고 군사들은 일제히 와! 함성을 질렀다.

"모든 것은 삼세번이요. 이번에는 중군께서 한번 던져 보시오."

연잉군이 이봉상에게 엽전을 건네주며 던지라고 하자 주뼛거리다

결국 던지니 다행히 앞면이 나왔고, 좌수사가 엽전을 던졌을 때도 역시 앞면이 나왔다.

"동지들! 세 번 다 앞면이 나온 것은 이번 결전은 우리가 승리해서 울릉도와 독도를 되찾을 것이라는 하늘의 계시요!"

우와! 수군과 의병들이 일제히 두 손을 치켜들고 천세(千歲)를 외쳤다.

이봉상이 박문수에게 슬쩍 묻는다.

"박 비장, 어찌 된 것인가? 엽전으로 운수점을 치는 것이 어떻게 세 번 다 앞면이 나오나. 난 뒷면이 나올까 봐 조마조마했소."

그러자 문수가 엽전 하나를 집어 앞면을 보여주고 다시 뒷면을 보여주었다. 뒷면 역시 앞면과 똑같았다.

"특수하게 만든 별전입니다. 누가 던져도 앞면이 나오게 되어 있지요. 나으리가 시키신 것입니다."

그제서야 이봉상은 빙긋 웃었다. 혹시 뒷면이 나올까 봐 걱정했던 것이 우스꽝스럽게 되어버렸기 때문이다.


마나베는 숨을 거칠게 몰아쉬는 쇼군을 걱정스러운 눈길로 바라보았다. 생모인 겟코인은 아까부터 한숨을 내리 쉬고 있었다. 요 몇 달 동안 잠시 회복된 모습을 보였던 쇼군에게 죽음의 그림자가 어른거리자 오오쿠로 은밀히 무녀를 불러 신의 말씀까지 들었다.

"누군가가 아마데라스 오미카미의 노여움을 샀다고 하는군요. 후지산에 용암이 끓는 것이 바로 그 징표라고 합니다. 사람들을 거짓으로 속여 전쟁을 일으키려고 했다니 그자가 바로 키비츠 신사의 모모타로 아니겠습니까?"

겟코인의 말에 마나베는 굳게 입을 다물었다. 무녀의 예언이 허튼소리라고 경멸하면서도 그 안에 에도 사람들의 민심이 반영되어 있다고 믿었다.

요시무라의 보고에 의하면 조선의 섬을 점령한 것은 불리한 정국을 유리하게 하려고 마나베 아키후사가 꾸민 것이다. 곧 청국과 조선이 손을 잡고 일본을 침공할 것이다, 이번에는 일본이 전적으로 잘못했으므로 일본을 수호하는 가미카제 같은 기적은 절대 일어나지 않을 것이다. 등등

"후지산이 폭발하면 모든 것이 끝장입니다. 모모타로를 처리해야 하는 것 아닙니까?"

"요시무라를 보냈습니다."

겟코인이 쇼군의 손을 붙잡고 눈물을 글썽거리는 것을 보고 마나베는 조용히 자리를 물러 나왔다. 밖에서 측근이 기다리고 있었다.

"조선의 수군이 동래를 떠났다는 보고를 받았습니다. 요시무라님은 지금 모모타로와 함께 독도로 갔다고 합니다."

마나베는 희미하게나마 희망을 걸어보았다. 하치에몬이 울릉도를 잘 지키면 일본의 승리이고, 빼앗기면 그것은 해적이 패배한 것이다.

"우리 수군도 본부에서 발진했다고 합니다."

이키섬에 머물고 있는 일본 수군은 조선 수군보다 더 많은 숫자의 배와 최신 화포로 무장되어 있다. 조선 수군이 일본 영해를 침범했다

고 강변을 하며 포를 쏘고 막으면 조선 수군도 어쩔 수 없으리라 판단하고 있었다. 죽도와 송도를 일본 것으로 해서 대륙진출의 발판이 된다면 요시무네가 차기 쇼군이 된다 해도 마나베 아키후사의 공로를 무시하지 못할 것이다.

'레이겐 법황도 진정시켰으니 이것만 성공하면 나와 겟코인도 무사할 수 있어.'

마나베는 요시무네가 쇼군이 될 것을 가상해서 자신의 위상을 확실히 굳혀야 한다고 마음먹었다. 일본을 위한 충절이 일본 사무라이 계층에 확실히 인식된다면 가문이 멸망하는 일은 없을 것이다. 마나베가 명령을 내리려 하는데 집안이 갑자기 흔들거렸다. 지진이었다.

에도까지 전해진 지진은 진앙이 기나이에서 북쪽으로 혼슈에서 동해에 면한 지역인 호쿠리쿠도(北陸道, ほくりくどう) 앞바다였다. 바다 밑에서 일어난 거대한 지진은 쓰나미를 일으켜 동해 쪽으로 밀려왔다.

하치에몬이 울릉도를 빙 둘러싸고 있는 방책이 빤히 보이는 포구에 늘어 세운 화포들을 점검할 때였다. 조선 수군이 일본 수군의 억지선을 뚫거나 우회해서 울릉도로 오는 것에 대비해서 화포를 전진배치한 것이다. 조선 수군들이 사면이 절벽인 울릉도에 배를 대기 위해서는 포구로 진입해야 하는 것 외에는 방법이 없다는 것을 파악했기 때문이다.

갑작스러운 지진에 나동그라진 하치에몬이 다시 정신을 차리고 일어났을 때 멀리서 파도가 밀려오는 것이 보였다. 해적들이 놀라 날뛰며 소리쳤다.

"쓰나미다!"

하치에몬이 칼을 빼어 들고 말렸지만, 해적들은 화포를 팽개치고 산 위로 도망쳤다. 커다란 산같이 쓰나미가 몰려오자 하치에몬도 부하들을 따라 산 위로 도망치는 수밖에 없었다.

쓰나미는 순식간에 화포를 물에 잠기게 했고 미처 산 위로 도망치지 못한 조선 포로들이 바닷물에 휩쓸려갔다.

"저런, 저런. 포로들을 잡아야 한다. 죽게 내버려두면 안 된다!"

하치에몬이 부하들을 독려해서 물에 빠져 허우적거리는 조선 포로들을 구하려 했으나 쇠사슬에 묶여 있었기 때문에 순식간에 이십여 명이 익사하고 말았다.

쓰나미로 몰려온 바닷물은 만 하루 동안 울릉도 포구에 머물러 있다가 빠졌다. 화약 무기의 상당수가 쓰나미에 쓸려 사라져버렸고, 떠내려가지 않은 화포 몇 문도 바닷물에 의해 훼손되어 기능을 상실했다. 하치에몬이 걸레로 안을 닦아내고 포알을 넣고 쏘아 보았더니 불발되었다. 삽시간에 불길한 기운이 울릉도의 분위기를 무겁게 했다.

그래도 다행인 것은 오키섬에서 훈련을 받았던 지원병 본대가 그 직후에 식량과 함께 도착한 것이었다.

"어? 이게 뭐야?"

배에서 내린 그들은 쓰나미로 해서 엉망이 된 포구를 보고 놀랐다. 바다 밑에서 지진이 일어난 것은 알았지만, 그것 때문에 울릉도가 초토화가 될 줄은 몰랐다.

"다 이긴 싸움이라고 하더니 이게 뭐야? 조선 놈들 화살에 맞아 죽으라는 거야?"

일본 전역에서 모인 지원병들은 강력한 무기인 화포가 쓸모가 없게 된 것을 보자 불안에 떨었다. 그냥 전쟁터에 나가 설렁설렁하다가 고향에 돌아와서 공을 세운 것을 자랑하려고 했다. 그런데 죽음의 그림자가 눈앞에서 얼씬거리게 된 것을 알게 된 것이다.

"돌아갑시다. 쓰나미로 화포가 쓸모없어졌으니 저쪽에 가면 죽음뿐이오."

"안 돼. 화포는 못쓰게 되었어도 배는 멀쩡하잖아. 죽도에는 인삼이 무진장 널려있고, 송도에는 해적들이 숨겨둔 보물이 있어. 그걸 포기할 순 없어."

지원병들은 두 패로 나뉘어 말다툼이 심했으나 결국 욕심에 눈이 어두워져 두 개의 섬을 지키기로 했다. 모모타로가 교묘하게 퍼뜨린 소문이 정설로 굳어진 것이었다.

어부로 겨우 생계를 이어가는 이들에게 자연산 인삼 한 뿌리만 손에 넣어도 몇 년은 충분히 먹고 살 수 있다. 게다가 섬을 지킨 공로로 막부에서 하급 사무라이로 편입시킬 것이라는 꿈에 젖어 있었으니 포기란 있을 수 없다.

해안을 지키던 초병이 멀리서 몰려오는 파도를 보고 소리쳤다.

"쓰나미닷!"

가미가제가 불어 조선 수군의 배를 박살내 달라고 기도 준비를 하던 모모타로는 밀려오는 두 번째 쓰나미에 하마터면 바닷물에 빠질 뻔했다. 제구(祭具)를 든 두 명의 해적이 꼭대기로 피했고 모모타로는 발만 바닷물에 젖고 무사했다. 괭이갈매기들이 떼를 지어 독도를 에워싸고는 신경을 긁는 소리로 울고 있었다.

"궁사, 이게 무슨 일입니까?"

요시무라가 모모타로에게 물었지만 뾰족한 대답이 있을 수 없다. 멀리 북쪽을 보고 중얼거렸다.

"북쪽 바다 밑에서 지진이 일어났나 보네."

"그렇게 먼 데서 지진이 일어났는데 여기까지 바닷물이 밀려옵니까?"

요시무라의 물음에 모모타로는 인상을 쓰며 소리쳤다.

"잔소리 말고 어서 기도 준비나 하세. 이게 다 정성이 부족해서 벌어진 일이니. 어서!"

모모타로는 독도를 지키고 있던 백여 명의 해적들을 죽도(울릉도)로 돌려보낸 것에 화가 났다. 요시무라의 말대로 이까짓 돌섬을 지키기 위해 그 많은 숫자가 머물 이유가 없다. 한 명이라도 더 많이 죽도로 가서 조선 수군을 막아야 하기 때문이다. 그가 바닷물에 잠긴 섬의 건너편을 바라보니 우슬이 모두 죽어있었다. 모모타로는 갑자기 숨이 막혀 와서 주저앉았다. 여신이 자신을 등지고 떠나는 모습이 보이는 듯했다.

한편 이키섬에서 떠난 일본의 수군들은 조선 수군이 들어오는 길을 막기 위해 바다로 진출했다. 최신 화포로 중무장한 수군의 배가 독도 근처까지 왔을 때 한 척의 작은 배가 쏜살같이 대장선을 향해 오는 것을 볼 수 있었다.

요시무네가 로쥬들에게 조선의 섬을 점령한 것이 천황파들의 반란 계획 중 하나라는 것을 알려 일본 수군의 참전을 막는 승인서를 가져온 것이다. 수군 대장이 그것을 읽어보고는 명령을 내렸다.

"모두 철수한다."

부하들이 의아해서 되묻는다.

"소바요닌의 명령을 어길 셈입니까?"

"마나베 아키후사는 역모에 연루되어 있다. 지금쯤 오키섬에서 지원병이 떠났을 터이니 잘하면 죽도와 송도를 지킬 수 있을 것이다. 돌아가자!"

대장의 명령이 내려지자 일본 수군의 배는 모두 돌아갔다.


연잉군은 이봉상을 비롯한 무관들과 작전을 의논하고 있는데 울릉도에 보낸 척후선이 급히 돌아왔다. 그들은 어제 두 번의 해일로 해서 해적들이 포구에 쌓아놓은 화약 무기와 화포가 심하게 파손되었고 일본 수군들도 회군했다는 것이었다. 좌중의 모든 무관의 얼굴이 환해지면서 말했다.

"하늘이 우리를 돕는 것 같습니다. 상륙이 쉽게 되었습니다."

"그렇습니다. 이번 해일로 놈들은 화포를 쓰지 못하게 되었으니 승리는 이제 우리의 것입니다."

좌중은 들뜬 분위기였지만 연잉군은 신중했다.

"모르는 말씀이요. 일본인들은 아무리 심한 지진과 태풍 속에서도 끝까지 살 길을 찾소. 단결력이 강한 사람들이니 절대 포기하지 않을 것이요."

연잉군이 의병들을 이끌고 동해로 나갔다. 바야흐로 해적들과 조선 수군과의 한판 전투가 벌어지는 긴장된 시작되었던 것이다. 이러한 것을 알기라도 한 듯이 갈매기떼들이 공중에서 맴돌며 꾹꾹 소리 내 울었다.

연잉군이 탄 배가 독도까지 왔다. 이번 침공의 주범인 모모타로가 작은 섬에 집착하는 이유를 눈으로 확인하고 싶었다. 연잉군이 밑에서 갑판 위로 올라오다가 몸이 휘청거리자 안용복이 붙잡고 말했다.

"나으리, 이제 다 왔습니다. 저기가 독도입니다."

안용복이 가리키는 손끝에 두 개의 섬이 보였다. 동해의 파란 바닷물이 끝없이 이어지다가 불쑥 튀어나온 섬은 캄캄한 어둠 속에 있다가 갑자기 눈부신 햇살을 본 기분이었다.

"아, 저기가 독도란 말인가?"

영롱한 자태에 잠시 취했던 연잉군은 한때 일본의 쌀과 독도를 맞바꾸려 했다는 것, 백성의 굶주림으로 나라의 보물을 팔려고 마음먹었던 부끄러움에 얼굴이 화끈거렸다.

"나으리, 얼마나 귀엽습니까? 막 돌 지난 아이 같지 않습니까?"

안용복이 그 마음을 알아차렸는지 싱글거리며 말했다.

"그렇구려."

탕

고요한 적막을 깨는 총소리가 들려왔다. 저 멀리서 두 명의 해적이 총을 겨누고 있는 것이 보였다. 탕탕

총소리는 요란했지만, 거리가 멀어 피해를 본 병사는 없었다. 연잉군이 망원경을 꺼내 바라보니 신복(神服)을 입은 중년의 남자와 갑옷을 입은 남자가 보였다. 언젠가 꿈속에서 자기에게 호통치던 중년 남자를 떠올렸다.

"아, 저자가 모모타로인 모양이군."

연잉군이 박문수에게 망원경을 건네주자 들여다보더니 말했다.

"네, 맞습니다. 저 늙은이가 모모타로입니다."

"그러면 사로잡아야겠네. 배를 댈 수 있겠소?"

중군 이봉상에게 묻자 고개를 가로젓는다.

"파도가 심해 접근이 어렵습니다."

"독도를 지키는 해적들은 몇 명쯤 될까요?"

"몇 명 되지 않을 겁니다. 울릉도로 옮겨 갔겠지요."

파도에 박문수가 휘청거리다가 넘어지고 연잉군은 간신히 몸을 바로 세웠다.

"할 수 없군. 그냥 울릉도로 갑시다."

조선 수군이 뱃머리를 울릉도로 돌렸을 때 강치들의 울음소리가 요란하게 들렸다.

마침내 울릉도 앞바다에 조선 수군과 의병이 모습을 드러냈다. 하치에몬은 쓰나미로 화포를 상실하자 곧바로 조선 수군이 상륙할 것을

대비해서 조선 수군을 선제공격하기로 했다. 언덕 위에 설치했던 화포를 굶주림과 추위로 병색이 뚜렷한 포로들을 채찍질해서 포구로 급히 이동시켰다. 그리고는 섬 주위 곳곳에 기뢰를 설치하고 정박시킨 열 척의 크고 작은 배의 상태를 점검하고는 곧바로 발진 준비에 나섰다.

쾅쾅

두 발의 포알이 중군의 배 옆에 떨어지자 조선 수군은 황급히 배를 포의 사정거리 밖으로 후퇴시키려고 허둥댔다. 그러자 해적들은 쪽배에 올라타서는 힘껏 노를 저었다.

쾅쾅

해적의 화포에서 연신 불을 뿜었다. 서양 포를 개량한 것으로 조선의 화포보다 훨씬 사정거리가 긴 것이어서 조선 수군들은 큰 피해를 보게 되었다. 쓰나미로 화포가 못쓰게 되었다고 안심하고 가까이 접근한 것이 판단착오였다.

"후퇴하라! 배를 뒤로 물려라!"

닻을 올리고 급히 노를 저어 가는데 쪽배를 타고 온 해적들이 쏜살같이 다가왔다.

척척척

갈고리가 달린 밧줄을 뱃전에 던지고는 날랜 원숭이처럼 기어 올라왔다. 그리고는 등에 멘 일본도를 빼들고 달려들었다. 순식간에 벌어진 일이라 수군들이 칼을 들고 나왔을 때는 이미 늦었다. 몇 명의 수군이 순식간에 허리가 베어져 죽었다.

창을 들고 나온 중군 이봉상이 해적 한 명의 가슴을 찔러 죽이고 뒤이어 수군들이 창을 들고 대거리를 하자 해적들은 일제히 바다로 뛰어들었다. 그리고는 쪽배를 타고 부지런히 노를 저어 포구로 도주했다. 정신을 차린 수군들이 활을 들고 그들을 향해 쏘았을 때는 한참 앞서 가고 있었다.

하하하

대장선을 기습하는 데 성공한 하치에몬은 크게 웃어젖혔다. 기선을 제압함으로 해적의 사기가 크게 올랐다. 두목의 명령에 따라 울릉도에 머물고 있던 해적들이 지원병들을 환영하기 위한 준비에 들어갔다. 식량으로 쓰기 위해 풀어놓았던 염소를 모두 잡아 도살하고 과일로 빚은 술도 내놓아 잔칫상을 차렸다.

어두운 밤이 되자 곳곳에 횃불을 켰다. 중앙에 나선 하치에몬이 연설하기 시작했다.

"이제 우리 일본의 섬을 빼앗으려는 흉악한 조선 도적들을 물리치고 이 섬을 대대로 후손들에게 물려주도록 하자."

이렇게 시작한 하치에몬의 연설 내용은 울릉도를 해적의 거점으로 한 다음에 조선과 청국을 드나들며 사내답게 모험을 즐기면서 마음껏 쾌락을 누리고 살자는 것이었다.

그의 연설은 쫓기며 간신히 목숨을 부지했던 해적들에게는 시큰둥한 것이었으나 세상 물정 모르는 지원병들에게는 가슴을 설레게 하는 희망의 외침이었다. 이들의 잔치는 밤새 이어졌다. 쇠사슬에 다리가 묶인 채 한쪽 구석에서 덜덜 떨고 있던 조선인 포로들은 이들이 먹고 난 찌꺼기로 겨우 배를 채울 수 있었다.

이와는 반대로 대장선이 기습당한 조선의 수군과 의병은 사기가 위축되었다.

"기다립시다. 비가 올 때까지."

연잉군은 탐색전에서 패배하자 애당초 계획대로 비가 오기를 기다렸다. 그러나 기습 공격을 당한 조선 수군들이 화가 치받쳐 특공작전을 졸라대자 이봉상도 허락하고 말았다.

쾅

새벽에 북쪽 해안에 몰래 접근하던 조선 수군의 배가 기뢰에 걸려 폭파했다. 다른 배도 기뢰에 닿자마자 앞부분이 부서져 전함의 기능을 상실했다.

"큰일이오. 해적들이 해안에 기뢰를 부설한 모양이요."

연잉군은 일본 수군의 전쟁서에 기록된 기뢰에 대해 말했다. 무관들과 회의를 거듭했지만 다른 방도가 없었다. 포구 쪽으로 접근하려고 하면 사정거리가 긴 화포를 쏘아대니 돌진해 들어갈 수도 없었다. 이렇게 며칠이 흐르자 조선군의 사기는 급격히 저하되었다.

두 진영 사이의 전투는 소강상태가 되었다.

생각대로 일이 풀리지 않자 연잉군은 잠을 이루지 못하고 있는데 창문 밖으로 불빛이 보였다. 내다보니 쪽배에 가득 짚단을 싣고 있는 사람이 보였다. 짚을 쌓고 있는 것은 수군들이고 횃불을 든 이는 안용복이었다. 그것을 가만히 지켜보던 연잉군은 퍼뜩 떠오르는 것이 있어 갑판으로 뛰어나갔다. 안용복이 수군들을 내리게 한 후 짚단에 불을 붙이자 기름을 부었는지 금세 확 하고 타올랐다.

"안 돼, 안감역!"

연잉군이 쪽배에 탄 안용복에게 소리쳤지만, 그는 돌아보지 않았다. 짚단에 불이 붙어 활활 타자 거대한 불덩이가 해류와 바람을 타고 울릉도 포구에 정박해 있는 해적의 배를 향해 급히 흘러갔다.

콰쾅

천둥벼락이 치는 소리와 함께 불덩이는 오키섬에서 온 배에 옮겨붙었다. 파수를 보고 있던 해적들이 아우성을 치며 불을 끄려고 했지만 두 척의 배가 타버렸다.

그것을 보고 있는 연잉군과 조선 수군들은 모두 눈물을 흘렸다. 연잉군이 목소리를 높여 외쳤다.

"안감역! 안감역!"

그러나 자신의 몸을 불덩이 속에 던진 안용복이 들을 리 없다. 그를 도운 수군의 말에 의하면 떨어진 사기를 높이기 위해서는 안용복 자신의 희생이 필요하다고 말했다 한다. 그래서 쪽배에 화약과 짚단을 싣고 해적의 배에 돌진한 것이다. 이 거룩한 희생을 본 의병과 조선 수군은 죽음을 각오하고 울릉도를 탈환해야겠다고 다짐했다.

제일 큰 배 한 척이 완전히 불타고 다른 한 척도 기능을 상실하자 이번에는 반대로 해적들의 사기가 저하되기 시작했다. 자신의 몸을 불살라 공격한 안용복의 기세에 눌린 것이다. 이런 것을 간파한 하치에몬은 조선 수군의 공격에 대비했다.

"포로들을 끌고 와라!"

하치에몬은 조선인 포로들을 앞에 내세웠다. 곧 있을 조선 수군의 공격에 화살받이로 만들려는 것이었다. 쇠사슬에 묶여 일렬로 세워진 백 명이 넘는 조선 포로들은 체념 대신 분노로 이글거렸다.

대부분 해안가에 살던 선량한 어부들인 이들은 해적들에게 사로잡혀 아내와 자식들은 인신매매되고 혹독한 노동에 시달리다가 굶어 죽고 병들어 죽는 가운데에서도 살아남았다. 그런데 이제 조국을 위해 원수와 맞서 싸우기는커녕 아군의 진입을 막는 인간방패가 되었으니 어찌 분하고 원통하지 않겠는가.

하치에몬은 안용복의 장렬한 죽음에 질려버렸다. 그래서 맨 앞에 조선 포로들을 세워두고 바로 뒤에 지원병이 조총을 들고 적을 맞아 싸우기로 했다. 서양의 화포를 모방해서 만든 화포 옆에 포알을 잔뜩 쌓아놓고 마지막 일전을 기다렸다. 그리고 소이탄인 보히야(棒火矢)와 수류탄인 호로쿠비 같은 각종 화약 무기들을 모두 꺼내 나누어주었다.

이들의 계획은 결전을 맞아 지원병들을 앞세워 전투를 벌이되 사세가 불리하면 해적들만 배를 타고 먼바다로 내빼는 것이었다. 조선 수군이 다가오자 화포가 불을 뿜었다. 쾅

돌로 만든 포알이 바닷물 속으로 빠져 들어가자 연잉군이 탄 돌격선이 멈췄다. 그리고는 좌우로 조선 수군의 배들이 포위하듯이 서 있었는데 돌격할 기세는 아니었다. 그렇게 하루해가 지나 밤이 되자 하치에몬의 긴장이 풀리기 시작했다.

"우리의 마음을 흔드는 작전이다. 오늘 밤에는 공격이 없을 테니 쉬도록 해라."

해적들과 지원병들은 화톳불을 피워놓고 불을 쬐며 토막잠에 빠지고 몇몇만 파수에 들어갔다.

동래 앞바다. 구름 한 점 없이 맑은 날이 계속되는 가운데 용화부인이 용왕굿을 하고 있었다. 주위에 오방기가 세워지고 제장(祭場) 주변에는 4개의 호롱불을 켰는데 네 군데의 용왕을 모시기 위한 것이다. 돼지 머리와 메밥, 시루떡 등 제물을 진설하고 굿을 시작했다. 무당들이 북과 장구를 치는 가운데 용화부인이 춤을 추기 시작했다.

덩더 덩더쿵

한바탕 춤이 끝나자 용화부인이 사방의 용에게 소원을 비는 축원을 한다.

"조선국 동래부 좌수영에서 용화부인이 용왕님께 비나이다. 동해안 푸른 물결 위에 우뚝 솟은 울릉도와 독도를 도적에게 침탈당해 용왕님도 어이없고 분한 마음이 가득할 것이니 어서 비를 내려 주옵소서."

이렇게 시작한 축원은 반복적으로 계속되었다. 비록 간소했지만, 오후부터 밤까지 용왕굿은 정성을 다했고 새벽에 짚을 잔뜩 실은 배에 불을 지폈다.

"용왕님께 띠배가 간다아~"

구경꾼들이 일제히 소리를 질렀다. 활활 불이 붙은 띠배가 바다 한가운데로 천천히 나아갔다.

울릉도 앞바다는 새벽이 되었을 때에도 아무런 기미를 보이지 않더니 휭 하는 바람 소리와 함께 촛불이 흩날리고 한두 방울 비가 쏟아지기 시작했다.

"나으리, 나으리. 비가 오고 있습니다."

보초를 서는 수군의 보고였다. 밤새 고민하다 새벽에 잠시 잠이 들었던 연잉군이 벌떡 일어나 밖으로 뛰쳐나왔다.

"드디어 결전의 시간이 왔다!"

아침 동이 트자 잔뜩 구름이 끼었던 하늘에서 비가 쏟아지기 시작했다. 비다! 비가 쏟아진다! 전투준비! 전투준비!

조선 수군의 배가 움직이기 시작했다.

울릉도에서 이것을 본 일본 지원병들이 일제히 일어나 조총을 들었지만, 비가 쏟아지니 아무 쓸모가 없었다. 소이탄과 수류탄도 소용이 없었다. 물론 화포도 화약이 젖어 장전할 수가 없었다. 이때 조선 배에서 쏘는 화살이 포구 쪽으로 날아들었다.

"화살이닷!"

조선 활이란 것이 비가 오면 아교가 풀어져 제대로 활을 쏠 수 없는데 지금은 나무로 만든 목궁으로 쏘기 때문에 화살이 날아드는 것이었다.

"포로, 포로 놈들을 앞에 내세워라!"

하치에몬의 명령이 떨어졌지만, 혼전을 틈타 훔친 열쇠로 쇠사슬로 엮은 줄을 풀어놓고 있었기 때문에 일제히 일어나서 성인봉을 향해 달아나기 시작했다. 몇 명이 해적이 휘두른 칼에 쓰러졌지만, 대부분 무사히 피할 수 있었다.

획획획

조선 수군이 쏘는 목궁의 화살이 계속 날아들었지만, 해적들은 화포도 조총도 쓸모가 없어 대적하지 못했다. 조선 수군의 배가 가까이 다가오자 이번에는 보제기들의 돌맹이가 우박처럼 쏟아지기 시작했다.

비와 함께 쏟아지는 돌 세례에 해적과 지원병들의 머리가 깨지고 팔다리가 부러졌다. 피가 비에 씻겨 바닥을 물들였다. 그 모습을 보자 지원병들은 공포에 사로잡혀 비명을 질러댔다.

칼을 뽑아든 해적들이 이들을 진정시키려고 했지만, 지원병들은 전투 경험이 없는지라 제어가 되지 않았다. 보제기들이 던지는 돌과 수군과 의병들이 쏘는 화살이 해적과 지원병들을 겨냥하고 쏟아졌다.

"젠장, 비 오는 틈을 노리다니……"

사태가 그른 것을 알자 하치에몬은 측근들을 데리고 배를 향해 뛰었지만 빗발치는 돌맹이와 화살에 막혀 다시 내륙으로 달아날 수밖에 없었다. 조선 수군은 접안을 한 뒤 배에서 내려 해적들과 대적했다. 화약 무기를 사용할 수 없는 가운데 쏟아지는 빗속에서 칼과 창이 난무하고 비명이 울릉도의 아침을 공포로 몰아넣었다.

김용택을 비롯한 노론의 공자들은 연잉군을 호위하며 길이가 긴 낭선으로 칼을 들고 달려드는 해적들을 대적했다. 연잉군의 옆에는 메뚜기가 바짝 붙어 칼을 겨누고 있었다.

해적과 지원병들은 조선 수군에 의해 수세에 몰리게 되자 방책 안으로 도망치려고 했지만, 안에서 조선 포로들이 돌을 집어 던지는 바람에 꼼짝없이 앞뒤로 포위되었다.

"이놈!"

하치에몬이 방패 뒤에 숨었다가 약간 어깨를 드러냈을 때 연잉군과 김덕재가 동시에 화살을 쏘았다. 화살이 해적 두목의 어깨에 꽂히고 연잉군의 매가 후루룩 날아가 그의 얼굴을 쪼았다. 벌렁 나동그라진 두목의 꼴을 본 해적들은 손에 든 칼을 얼른 버리고 항복했다.

사흘 동안 독도에 머물며 기도를 했지만, 조선 수군과 의병을 실은 배를 침몰시켜 줄 신풍은 끝내 불지 않았다. 독도 쪽은 구름 한 점 없이 맑은 날씨였고 울릉도 쪽은 구름이 잔뜩 낀 것을 보아 비가 쏟아지는 게 분명했다. 비가 오면 울릉도를 지키는 해적의 화포는 아무 소

용이 없다.

모모타로의 눈앞에 뭔가 보이자 몸을 휘청하더니만 쓰러져 화로를 엎고 제단을 더럽혔다. 요시무라와 부하 두 명이 급히 그를 일으켰을 때 모모타로의 얼굴은 새파랗게 질려 있었다.

"죽도가, 죽도가 조선놈들에게 다시 빼앗겼소!"

"네에?"

"내가 분명히 봤어. 하치에몬 두목도 사로잡혔소. 곧 이리로 조선 수군들이 몰려 올 것이요. 어서 배를 띄우……아니지."

모모타로는 자리에서 일어나 보따리에서 약병 하나를 끄집어냈다. 그러더니 샘물이 있는 곳으로 내려갔다. 몇 번을 구르면서 내려간 곳은 독도에 하나밖에 없는 샘물이었다. 뒤따라간 요시무라가 묻는다.

"샘물에다 무슨 짓을 하려는 것입니까?"

"독을 푸는 것이요. 이 돌섬이 일본 것이 될 수 없다면 조선 놈도 살게 내버려 둘 수 없지 않겠소?"

모모타로가 약병을 열어 샘물에 붓자 맑은 물이 금세 시커멓게 변했다. 그것을 잠시 보더니 중얼거리듯 말했다.

"언제 나를 처형할 것이요?"

그 물음에 요시무라는 태연히 대꾸한다.

"그게 무슨 말이요. 내가 왜 궁사를 죽인다는 말입니까?"

"알고 있소. 우리가 이겼다면 나는 신이 될 수 있었는데, 패배했으니 모모타로님에게 죽음으로 사과해야지. 시간을 줄 수 있다면 내 말을 들어보겠소?"

"말해 보시오."

요시무라가 퉁명스럽게 대답했다. 그는 이번에 두 개의 섬을 영구히 일본으로 편입해 천명직수(天命直授)로 신사에 모셔진 신이 되려고 했다는 속셈을 털어놓았다. 반도에서 나당연합군에 패해 일본으로 도망쳐 온 백제인의 후예로 조상의 원한을 갚아 제2의 모모타로가 되려고 했다는 것이다. 오모리라는 이름의 신으로 후세에 기억되고 싶었다고 했다.

"먼 훗날 우리 후손들이 이곳 송도 밑에 무진장 묻혀있는 불타는 얼음을 캐낸다면 기억할 거요. 일본을 위해 큰일을 한 사람 아니 오모리 신으로 말이요. 얼음 한 개가 통나무 하나의 화력을 갖고 있소. 그러나 이제 다시 조선으로 넘어가면 귀중한 보물은 영영 잃어버리는 것이요."

요시무라의 대답이 차가웠다.

"그건 모르겠지만, 천황을 복권하려고 했던 것은 기억하겠지요."

요시무라가 무뚝뚝한 표정으로 말했다.

"아, 그렇군. 천황……그렇지. 아마데라스 오미카미의 핏줄을 이은 우리 천황은 어찌 되셨소? 법황은?"

"모두 무사할 것입니다. 벌써 타협을 끝냈습니다."

요시무라는 이시하라가 참수당하고 이세 신궁의 모반자들은 귀양 갔지만, 황실은 온전히 보존될 것임을 말해 주었다. 다만 황실과 모모타로를 오가던 밀사와 주걱턱을 한 귀족은 참수당했다는 말을 덧붙였다. 모모타로의 얼굴이 환해졌다.

"다행이다, 이제 끝내주시오."

몇 번 중얼거리더니 벌떡 일어났다.

"나는, 나는 일본을 사랑했다네."

요시무라가 얼른 대꾸했다.

"일본을 위험에 빠뜨리기도 했지요."

뭔가 계속 중얼거리며 밑으로 내려가는 그의 등을 향해 요시무라의 조총이 겨누어졌다.

모모타로가 두 팔을 번쩍 들고 소리쳤다.

"덴노 헤이카 반자이! (천황 폐하 만세!)"

쾅

요란한 굉음과 함께 발사된 총알은 두 손을 번쩍 들고 천황폐하 만세를 계속 외치는 모모타로의 등판을 뚫었다. 그는 빙그르르 몸을 돌리면서 쓰러졌다. 요시무라가 조총을 들고 다가가서 보니 몹시 분한 표정으로 두 눈을 부릅뜨고 두 주먹을 움켜쥔 채 자빠져 있었다.

울릉도와 독도를 되찾은 조선 수군은 성인봉으로 도망친 포로들을 구출해서 배에 태우고 항복한 해적들과 지원병들은 쇠사슬에 묶었다. 전투 중에 죽은 수군과 의병들의 시신도 거두어졌다.

일부 수군들은 울릉도를 수비하기 위해 남아 있었지만, 연잉군과 의병들은 나머지 수군들과 함께 포로들을 끌고 동래로 돌아왔다.

부민들이 모두 나와 환영을 하는 가운데 붙잡혀 갔던 조선 포로들은 조정에서 나눠준 돈과 무명피륙을 가지고 고향으로 돌아갔다. 큰

공을 세운 보제기들과 의병들도 제각기 돌아갈 채비를 차리고 있었다. 일부 보제기들은 처자식을 데리고 울릉도로 돌아가 살기로 했다. 발에 쇠사슬을 채운 일본 포로들은 모두 옥에 가두었다.

서울로 떠나기 전날 밤 연잉군은 박문수와 메뚜기의 호위를 받으며 왜관을 찾았다.

"먼 길에 고생이 많았습니다."

연잉군은 엎드려 절하는 아메노모리 호오슈를 잡아 일으키며 말했다. 막부의 밀명을 받고 편치 않은 몸을 이끌고 대마도에서 건너온 것이다.

"왕자님, 부탁이 있습니다. 이번 불미한 일은 모모타로라는 괴물이 엉뚱한 욕심을 품고 소바요닌 마나베 아키후사를 부추긴 것에서 비롯된 것입니다."

"알고 있소. 그 모모타로는 어찌 되었소?"

"그자는 천벌을 받아 벼락을 맞고 죽었습니다."

아메노모리는 독도에서 기도를 드리고 있던 모모타로가 벼락에 맞아 죽은 것을 그 자리에서 본 것처럼 말했다.

물론 이것은 막부에서 꾸민 거짓말이다. 연잉군도 모모타로가 벼락을 맞은 것이 아니라 살해당한 것임을 알고 있지만, 그의 말을 믿는 처했다.

"하늘이 무심하지 않구려. 그자는 조선은 물론이고 일본에게도 큰 죄를 지은 자요. 지옥으로 갔을 것이요."

"왕자님, 하치에몬을 비롯한 해적들은 참수를 면치 못할 것입니다."

하지만 지원병들은 부화뇌동한 죄밖에 없으니 돌려보내 주시기를 바랍니다."

아메노모리의 간청에 연잉군은 고개를 끄덕였다. 조선에 남아있기를 바라는 자들을 제외한 모든 일본인들은 일본으로 보내 처리하기로 했다. 관대한 처분에 감격한 아메노모리는 눈물을 흘리고는 옷 속에서 한 장의 편지를 꺼냈다.

"에도의 요시무네님이 보낸 편지입니다."

연잉군이 읽어보니 두 개의 섬이 다시 조선으로 넘어간 날 곧 폭발할 것 같이 끓었던 후지산의 용암이 숨을 죽였다는 것이다. 하늘의 뜻인 것 같으니 이번 일은 조선과 일본 양쪽 모든 기록에서 삭제하자는 것이었다. 그러니까 일본이 조선의 두 개 섬을 점령하기 시작한 것부터 조선 수군이 다시 탈환한 과정을 후세에 숨김으로 양국 사이에 아무 일이 없었던 것처럼 하자는 것이었다. 양국의 영원한 교린을 위한 것이라는 말을 덧붙였다.

연잉군은 잠시 망설였으나 개와 고양이의 다른 점을 상기했다. 그것이 수치스러운 침략의 역사를 숨기려는 일본인다운 화해조건임을 알고 승낙했다. 요시무네에게 답장을 쓰고 난 뒤에 박문수에게 가져온 보따리를 풀게 했다. 하치에몬이 포로들을 동원해 캐낸 산삼 세 뿌리를 가져온 것이었다.

"두 뿌리는 요시무네님에게 보내는 선물이고, 한 뿌리는 아메노모리님에게 드리는 것이오."

아메노모리는 사양했다가 결국 호의를 받아들이고 연잉군이 요시무네에게 보내는 편지와 함께 소중하게 챙겼다.

다음날. 하치에몬을 비롯한 해적들과 지원병들이 대마도에서 온 배를 타고 떠났다. 연잉군을 비롯한 의병들과 구당 선생, 용화부인 일행도 도성으로 향했다. 일 년 이상 조선과 일본을 긴장시켰던 울릉도, 독도 탈취 전투는 이렇게 끝났다.

대마도로 끌려온 하치에몬은 십자가에 묶여 창에 찔려 죽는 책형을 당했고 해적의 상당수가 참수되었다. 하치에몬과 모모타로의 목은 상자에 넣어져 에도로 갔고 중심가에서 한 달 이상 전시되어 세상의 조롱거리가 되었다. 일본 전역에서 모였던 지원병들은 제각기 자기 고향으로 돌아갔다.


설날이 지난 며칠 뒤. 김춘택의 집 후원에서는 커다란 잔치가 벌어졌다. 장남 김덕재가 의병을 훈련시키고 하치에몬의 어깨에 화살을 맞춰 생포한 공으로 김포현감 자리에 오르게 되었기 때문이다.

군데군데 눈 내린 흔적이 남아 있고 날씨도 추웠지만, 도성 안 최고의 기생과 악공들을 모두 불러 흥겨운 자리가 마련되었는데 주빈은 물론 연잉군이었다. 같이 전쟁터에 나갔던 노론의 공자들뿐만 아니라 노론의 대신이 모두 모여 마치 노론 당파의 회동같이 보였다. 한쪽 구석에 앉은 박문수는 꿔다놓은 보릿자루처럼 말없이 앞만 바라보고 있었다.

"나으리의 영도력으로 왜국의 침략을 물리치고 빼앗겼던 국토를 회복한 것을 감축하옵니다. 이로써 조선의 신민들이 모두 나으리를 우러러보게 되었습니다."

노론 신하들이 앞다투어 아첨 섞인 인사를 올리자 연잉군이 바보 같은 웃음을 흘리며 대답했다.

"하하, 난 그런 것보다 에도에서 품었던 게이샤를 생각하는 것이 더 즐겁소이다."

그리고는 옆에서 술을 치는 기생을 버럭 잡아끌어 입을 맞추는 것이었다. 민망해진 대신이 자리에 앉자 연잉군이 또 허튼소리를 한다.

"내가 어쩔 수 없이 의병을 이끄는 자리에 앉았지만, 여기에 모인 동지들이 아니었더라면 어찌 과업을 완수할 수 있었겠소. 억지로 점잔을 빼려니 몸이 쑤셔서⋯⋯술과 계집이 어찌나 그리웠던지. 하지만 어쩌겠소? 나를 바라보는 눈이 많으니. 이제 이렇게 술자리에 앉으니 신선이 부럽지 않소. 자, 술이나 듭시다."

예전의 난봉꾼 그대로 돌아온 연잉군을 보고 노론의 대신과 중진들은 속으로 혀를 찼다. 그러나 김용택을 비롯한 노론 공자들의 생각은 달랐다. 의병을 일으킬 때부터의 지휘능력과 대마도를 거쳐 에도까지 가서 목적을 달성한 대담성, 울릉도를 공격할 때의 치밀성 등으로 볼 때 연잉군은 정체를 알 수 없는 인물, 거짓으로 위장한 음흉한 인물이라고 생각하는 것이다.

그들의 마음을 읽었는지 노론의 공자들 쪽을 훑어보더니 연잉군이 말을 이었다.

"그래도 내가 한량 기질만 있는 게 아니라는 것은 알았소. 심심풀이로 읽은 병서를 실전에 써보니 척척 들어맞는 게 아니겠소? 무인으로서 약간의 소질이 있는 듯하오. 그런데 말이요."

그는 활을 쏘는 시늉을 해 보였다.

"내가 쏘는 화살은 모두 빗나가니 반쪽 무인인가 보오. 분명 하치에몬을 향해 활을 쏘았는데 정작 신임 김포현감의 화살에 쓰러지는 게 아니겠소? 전쟁이 입으로만 하는 것이면 나는 무적의 상승장군 일게요. 하하하."

연잉군의 농담에 좌중은 모두 따라 웃었다. 하하하

"이보시오, 김현감. 절박했던 그 순간을 좌중의 여러분께 말해 주오."

그러자 해적 두목을 잡은 것에 우쭐한 김덕재가 활을 가져다 당기는 시늉을 하며 생생한 전투장면을 늘어놓기 시작했다. 하지만 하치에몬의 어깨를 맞춘 것은 덕재가 아니었다. 이 사실을 아는 사람이 있으니 아까부터 말없이 음울한 눈빛으로 연잉군을 노려보던 김용택이었다. 하치에몬이 방패 뒤에서 옆으로 옮길 때는 겨우 어깨 부위가 한치 정도 보였을 때였다. 그 순간을 노려 정확히 맞출 수 있는 사람은 신궁이 아니면 어려울 것이다. 그런데 그걸 연잉군이 맞췄다. 덕재의 화살은 연잉군보다 조금 늦었고 방패에 맞았다. 분명히 연잉군이 맞추는 것을 보았는데 화살은 김덕재의 것이니 도대체 알 수 없는 노릇이다. 눈 밝은 이천기도 보지 못했다고 한다. 용택은 속으로 중얼거렸다.

'삼두매. 그래, 연잉군은 삼두매였어.'

그는 지난날 연잉군의 행동 하나하나를 되짚고 있었다. 삼두매 도둑이 노론 대신들을 집중적으로 털어간 것은 그들에 대해 많은 정보를 알고 있기 때문이다.

여기저기서 축하주를 따라주어 마신 김덕재는 호기만발해서 큰소리쳤다.

"이제 청국이 우리 조선을 넘보지 말게 하는 것입니다. 김포에 있는 대명포구를 통해 많은 명나라 유민들이 들어오고 있는 형편에 저 김포현감 김덕재의 사명이 막중합니다. 안 그렇습니까?"

덕재가 술에 취해 눈이 풀린 상태에서 주절거리자 연잉군이 맞장구를 쳤다.

"암요, 암요. 궁방전이 통진부뿐만 아니라 김포현에도 있으니 오직 현감 나으리만 믿겠소. 그런 뜻에서 내 술 한잔 받으시오."

연잉군이 덕재의 잔에 술을 따르고는 벌떡 일어나 악사의 반주에 맞추어 한량무를 추었다.

덩기 덩기 덩

승리의 술잔이 오고 갔지만 이웃한 석중립의 집에서는 피 냄새가 진동하고 있었다.

"오늘 여러분을 이리 부른 것은 배신자를 찾아냈기 때문이요."

이 집 주인의 말은 작고 낮았지만 울림은 화산폭발처럼 컸다. 희미한 호롱불 아래에 둘러앉은 십여 명의 간부들은 일제히 경악했다.

"누, 누구입니까?"

드르르 방문이 열리면서 피범벅이 된 채 결박당한 사내가 끌려 들어왔다. 담장을 사이로 창의궁에서 울려 퍼지는 흥겨운 풍악 소리가 좌중을 더욱 으스스하게 만들었다. (3권으로 계속)

| 모모타로를 통해 본 일본 |

　각 나라마다 국민이 좋아하는 이야기가 있다. 한국에서 춘향전이 인기가 있는 것처럼 일본은 주신구라(忠臣藏)가 있다. 이와 마찬가지로 민담에서도 국민의 성향을 알 수 있는데 일본인들이 좋아하는 모모타로 이야기에서 이웃 나라인 한국과 중국이 극히 경계하는 일본의 침략성을 단적으로 드러낸다. 주신구라가 주군에 대한 충성으로 치밀한 계획과 속임수로 복수하는 것에서 피의 냄새를 맡듯이 모모타로에서 이웃 나라를 무력으로 침범해서 약탈하는 강도의 흉폭함을 엿볼 수 있다. 일본의 침략사는 고려말 왜구가 동북아의 평화를 깨뜨리며 시작하더니 임진왜란과 일제 식민지를 거쳐 지금은 한국의 독도를, 댜오위다오(釣魚島)를 영토분쟁에 끌어들이고 있다.
　메이지 유신의 선각자라고 하는 후쿠자와 유키치는 모모타로를 침략자로 규정해서 가훈을 통해 "모모타로가 도깨비섬을 간 것은 보물을 빼앗으러 간 것이니 도둑이나 마찬가지다."라 가르쳤다고 한다. 아이러니하게도 후쿠자와는 일본 전역을 돌아다니며 동양인임을 부정하고 서양을 따르라는 탈아론(脫亞論)과 함께 조선을 비롯한 아시아를 침략하라고 강연했다고 한다. 무의식적으로 침략을 합리화하고 있으니 태평양 전쟁을 자위권 행사로 미화하고 위안부의 존재마저 부정하는 것 아닌가. 이런 역사를 보면 일본인은 모모타로에 홀려있는 것 같다.

왜구의 등장 이후 일본은 믿을 수 있는 이웃의 모습을 보여주지 못했다. 부유한 강대국이 되었어도 침략의 고질병은 고쳐지지 않았다. 세계인의 질타를 받으면 수그러졌다가 다시 발병하는 모모타로의 세균이 언제 박멸될지 알 수 없다. 그러나 병의 원인을 알았으니 치료방법도 분명히 있다. 호전적인 극우 세력을 비판하는 양심적인 지식인과 정치인, 시민단체가 일본사회를 치료하는 의사가 될 것이다. 이들이야말로 진정한 일본의 애국자이다.

동북아의 불안은 세계 평화를 저해한다. 이렇게 한중일의 얽힌 문제를 해결하기 위해 세 나라가 함께 창설한 국제기구 한중일 협력사무국(www.tcs-asia.org)이 역할을 다해 주기 바란다. 또한 동북아시아의 갈등을 극복하고 화해와 평화공존의 길을 열어가기 위해 만든 동북아 역사재단(http://www.historyfoundation.or.kr)의 활동에도 국민들이 관심을 보여주기 바란다.